ムーンライズⅠ

ボーン・デイ

冲方丁

TO文庫

目次

ムーンライズⅠ　ボーン・デイ

登場人物

【地球側のVC3偵察隊《リコノイター》】

ジャック：月世界に憧れるジョイント・ジーナーの青年。

リース：ジャックの元クラスメイト。委員長タイプ。ジョイント・ジーナー。

ゲオルグ：ジャックの元クラスメイト。エンジニア・ジーナー。

ドゥアン：連続殺人鬼の囚人。身長二メートルの巨漢。

ハーノイス：ドゥアンに従う囚人。

ゾワン：知的犯罪者でソシオパスの囚人。

イナンナ：ゾワンの妹。姉想いの秀才。アソシエート・ジーナー。

【地球側】

デイミル・ピッター将軍：ジョイント・アーミーのトップ。

オスマ：ジャックの元クラスメイト。ウォー・ジーナー。

【革命組織〈月の鎖《ムーン・チェーンズ》〉】

フィル：本名フィリオーシオ。月で生まれ育った第三世代労働者。

ウィズB：フィルと意思を通わせるＡＩ。

ボブ・スカイラム：月革命軍の指導者。通称「月の悪魔」。

ワイズ・アンド・クラウン：民生委員にして改革指導部の説法者《トーカー》。
ノームズ・ハービンジャー：スカイラム四銃士の一人。体を機甲化したパンツァーマン。
ドクター・サラマンドラ：スカイラム四銃士の一人。医師兼遺伝子工学者。
ロザンナ・アンブローシア：スカイラム四銃士の一人。レイン・メーカー。
ウィンディ・シルフ：スカイラム四銃士の一人。ドローン・ライダー。

【ジャック周辺】
ノア：ジャックの義弟。

【フィル周辺】
マリー：本名マリーシュエル。スカイラム特別養護施設の仲間。
マルコ：本名マルキアーノ。スカイラム特別養護施設の仲間。NLGN4プラントの副班長。
ジョーゼフ：スカイラム特別養護施設の仲間。
ヨブ：本名ヨブネリオ。スカイラム特別養護施設の仲間。
ドニー・シーホン：元牧師。月の労働者を管理するジョイントマン。
マラケイナ・ゲトン：月の総合管理オフィスのトップ。

Prologue　ビューティフル・オーシャン

1

僕が今いる素敵な場所。この美しい景色を君に見せたいよ。

オー、ビューティフル・オーシャン。

打ち寄せる波のどこかに君の瞳の色を探してる。

ブルー、サファイア、グリーン、エメラルド、輝く世界。

君もおいでよ。あの長く続く暗い孤独を忘れて。

君も気づくよ。僕らは宝石のような星に生まれたんだ。

オー……。


——ビューティフル・オーシャン。


馬鹿げた言葉。

またた、くそっ。ジャックはメットの内側でぎゅっと眉間に皺を寄せ、左右に首を振った。

しつこく頭の中でリフレインする歌を追い払おうとしたのだ。

まるで聞き覚えのない歌。そのくせ克明に頭の中によみがえる。何度も。男か女かもわからぬ、脳内でしか再現出来ないような声。

それが何であるかはわかっている。スーツのサイフォンで検索したところ、シンガーソング・ネットに登録されていた。二十五年前に。ジャックが生まれる前の年にプログラムされた曲。タイトルもなく、あるのは十二桁の登録コードだけ。まだ〈サピエンティア〉が開発途上だった頃のAIが、誰かの要望に応えて即興で作ったものらしい。

きっと物心つかぬ幼年期にでも耳にしたのだろう。そして二十三歳になった今、異質な環境に放り込まれた刺激によって脳の配線が変更され、久方ぶりに古い記憶回路の神経細胞が点火した。ジャックはそう考えた。一応、理屈は通っている。釈然とはしないが。

いつから聞こえるようになったのか、定かではなかった。ただ、今いる場所に来てから、たびたび聞こえるようになったことは事実だ。

軌道上からどこかの凹地《ベースン》を見たことがきっかけかもしれない。雨の海、晴れの海、静かの海――。〝もはや懐かし〟のリング・ステーションを出発し、幾つもの海を越えて〝もう故郷に戻れないかもしれない〟アガルムに来るまでの間にそうなったのだろう。

あるいは、もしかすると――Lゾーンに近づくにつれてそうなった？

やめてくれ。その考えには大いにぞっとさせられるものがあり、ジャックは思わず己の脳に懇願した。頼むから、おかしな考えをおれの頭の中で生成しないでくれ。

早くも自分が精神に異常をきたし、あらぬ妄想を抱くようになったとは思いたくない。ミッションは継続し、目的地ははるか彼方だ。生まれ故郷たる地はその何百倍も遠い。

だがそれでも、多くの地球側の兵士や、五名のチームメンバー同様、敵の支配領域を意味するLゾーンという言葉に、得体の知れない不安と恐れを抱かされていることを認めないわけにはいかなかった。

オーケイ、いいさ。ジャックは素直に認めた。イエス。その通り。おれは怖い。

頭部をメットで覆われ続けていることも恐怖が込み上げるのに一役買っていた。閉所恐怖。頭の外に追い出した思考が、メットの中に反響し続ける気がして。

――ビューティフル・オーシャン。

やけに胸を打たれる歌。だがその歌詞とは裏腹に、アガルム岬の灯台《ライトハウス》からジャックが見ている海は、実のところ約四十万キロ先――つまり地球――からはそう見えるというだけのしろものだ。

それは何億年も前に溢れ出した溶岩の名残、黒っぽい玄武岩質のベースンだった。隕石の衝突によって生じたクレーターから溶岩が噴出して形成されたと推測され、光をあまり反射せず、レゴリスと呼ばれるきわめて微細な灰色の砂に薄く覆われている。

出発前にジャックが受けた講習によれば、一帯の大気組成はカリウムやナトリウムが主で、地球と比べると〝十七レベル〟の希薄さらしい。むろん十七分の一ではなく、十の十七乗分の一という意味だ。

ほぼ真空。気象現象は起こりえない。水は蒸発して宇宙へ飛んでいく。雲も風もなければ、打ち寄せる波も、波を起こさせるものも何もない。究極の無の光景。

月の海。

はるばるこの月面に送り込まれた人々は、たいてい地表の三十五パーセントを占めるそれを、ただベースンと呼ぶようになる。海という言葉のイメージと、かけ離れ過ぎているからだ。ビューティフルだって？　ジャックは己に尋ねた。まあ、人によるかもしれない。スーツの破損が死に直結する冷酷きわまりない環境を愛し、開拓せんとした二十世紀や二十一世紀の７Ｒピープル――冒険者気質をもたらすという突然変異遺伝子ＤＲＤ４－７Ｒの持ち主――であれば、ビューティフルと叫んだことだろう。

何しろアガルム岬から望める直径四百キロ余の巨大なベースンは、その名もずばり危機の海だ。いかにも７Ｒピープルが好みそうなネーミングじゃないか？　ジャックは、恐怖におののく己の全細胞に向かって言ってやった。

月でも有数の都市、アガルム・ヴィレッジを建設した最初期のムーン・ピープルに比べれば、今の危険度こそ十七レベルの希薄さなんだぞ、と。

このライトハウスと呼ばれる全高百二十メートルの電波塔だけではない。地表には直径二キロものドームが七つもある。他のヴィレッジとつながるリニアレールと駅がある。ベースンには太陽光発電電力プラントが設けられ、数千基の発電パネルによる電気畑が広がっている。他にも、アルミや鉄やガラスの精錬所、レゴリスから酸素を精製する施設、太陽風が運ぶ水素やヘリウム３を採取するひときわ頑丈な建物がある。

しかもそれらは地表の施設であるに過ぎない。全体の半分以上が地下に存在するのがヴィレッジの基本構造だ。地下空洞を最大限に活用した地下都市とトンネルが整備され、厚さ二十キロ以上の玄武岩地層が、月滞在者にとって最も厄介な宇宙放射線から防護してくれる。

地下では区画ごとに病院や学校が設けられ、ショッピングモールや劇場もあるらしい。地球のジョイント企業が惜しみなく莫大な投資を行ったから、それらが実現したという考えは、あまりに地球的すぎる。地球側の兵士たちの多くが、実際に月都市の豊かさを見て驚き、実感したはずだ。作り上げたのはムーン・ピープルなのだと。それは動かしがたい事実であり、否応無しに人を感動させる何かがあった。

　だがまあ、今は戦時下なので一万五千人の住民はとっくに静かの海方面へ待避するか、月の裏側に行って革命軍に参加してしまったけどね――またぞろ脳の一部が余計なことを言い出すのに、ジャックは肩をすくめた。恐怖はだいぶ和らいでいた。

　住民が消えたヴィレッジに六人だけいるってのは、確かにちょっと不気味だし、テロの痕跡が至るところに残されていて、どこに危険がひそんでいるかわからない。けど、それでこのアガルムが滅ぶわけじゃない。人は戻ってくる。平和になれば。きっと。

　何より、非常時のために二万トンものE2マテリアル貯蔵庫が、この電波塔の真下にあることがわかっている。安全面で、これ以上望めることなんてあるか？　初期の月開拓者には与えられなかったものなんだぞ。

　そう。三十年前までエングレイビング・テクノロジーはなかった。E2マテリアルもエングレイビング・スーツもない時代に月都市の基礎を建てたなんて信じられない。

　あの人間型の風船といおうか、手足の生えた空調設備というべきか、とにかく不格好で動きにくい宇宙服しかなかった時代。硬く冷たい岩に地下資源の開発を阻まれ、灼熱の太陽光や危険な宇宙放射線によって月面でのあらゆる活動を妨げられながらの建設。そして、死の砂レゴリス。月の砂は鋭利な微粉だ。人間が吸い込むと肺をずたずたにされてしまう。

そんな時代を生き抜き、死の荒野を開拓した人々がいたのだという驚異的な事実に注目することで、やっと恐怖が胸の底に引っ込んでくれるのを覚えた。

同じように、幻聴じみた歌も綺麗に消えてくれた。

地球にいたときは単に知識として知っていただけの〝人類の不屈の開拓精神〟だけが、どうやらゆいいつ今の自分に勇気を与え、精神を正常化してくれるらしい。その点についてジャックはとっくに認めていたし、それで皮肉な気分になることもなかった。

そもそも月で働く人々を馬鹿にしてはいなかったつもりだ。ムーン・ワーカーの蔑称である〝モンク〟や〝モンキー〟という言葉を好むこともなかった。ムーン・ピープルから自分がどう思われているかはともかく、月に来て以来、ジャックの中では彼らを尊敬したい気持ちが日増しに強くなっていた。たとえ敵であっても。いや、だからこそかも。

地球側の兵士《アース・サイダー》として、月側の兵士《ムーン・サイダー》に敬意を表するのが、それほど悪いこととは思えない。そうすることで心が正常になるなら、むしろそうすべきだろう。

彼らの苦難の歴史を考えれば、頭の中で歌が聞こえるなんて、ずっとましなことじゃないか？

その通り。疑問の余地なく。月開拓時代に思いを馳せ、自分を鼓舞することに成功したとき、メット同士のローカル通信で呼びかけられた。いや、呼びかけられていたことに遅れて気づいた。

「ジャック。ねえ、ちょっと。起きてる？」

「……ああ、リース。こっちは大丈夫。異常なしだ」

ジャックはそう言いながら、コントロール室のコンソール前で作業を監督する相手を振り返った。

「起きてるか訊いてるの」

リースが腰に両手を当てて、たしなめるように言った。いつもそうなんだから、という響きをたっぷりふくんだ声。子どもの頃からそうなんだから、というように。いつ大人になるんだと諭される気分。

彼女からすれば、ジャックが歩哨役を命じられたにもかかわらず、同じ方角にメットを向けたまま微動だにしないのだから、微睡《まどろ》んでいるように見えたのだろう。月の重力下では、立ったまま居眠りすることは比較的楽な行為だ。

「百パーセント覚醒中だよ、リース」

ジャックは言った。そのはずだと自分にも言い聞かせた。

「なら同じ場所をぼうっと見てないで。ドゥアンと一緒に、ちゃんと見張りなさい」

「イエス、サー」

敬礼を返して、また窓の外へ顔を向けた。メットのスパイダーカメラは——三百六十度を映し出すメット内モニターは——ジャックの背後で、リースがやれやれとメットを左右に振る様子を映し出している。

ジャックの脳内で聞いたことのない歌が響き出すことは、メンバーの誰にも報告していない。きっとそのうち消えるだろうという楽観ゆえだった。報告するとかえって深刻な気分になりそうで。

たとえそれが万一、もうすぐ自分が精神に異常をきたすとか、脳内で癌細胞がすくすく育つ徴候とかだとしても問題ない。治療すればいいだけなんだから。チームには迷惑をかけるが、きっとみんな許してくれるだろう。たぶん。

ジャックをふくめ現在六名のVC3偵察隊《リコノイター》においては、足を引っ張る仲間は速やかに死なせ、レゴリスで埋めてしまえば万事解決とする精神の持ち主は、幸いなことに二人しかいない。そしてもっと幸いなことに、二人ともジャックを友人だと思ってくれている――そのはずだ。

ふいにジャックの背後から大きな男が近づき、ついで重たいものが右肩に降ってきた。

スーツにぴったり覆われたドゥアンの手だった。わかりやすく利己的な万事解決を好む二人のうちの一人。身長二メートルの巨漢だが、メット越しにかろうじて見える顔は哲学者めいた静けさをたたえている。スーツの胸元に浮かび上がるサイネージ――エングレイビングによって出現する色や文字、はたまたデジタル式メッセージなど――は、通常のパーソナル・スクリーニングであるエンジニア・ジーナーを意味する記号に加え、一時免責者である×印に似た記号を表示していた。戦争志願書に署名することで、重罪犯を閉じ込める刑務隔離施設から出ることを許されたのだ。

「南西。ウーソフ山の方向。約十一キロ。見てくれ」

ゆっくりとした調子でドゥアンが言った。冷静というより人間が持つべき感情一式をぽろりとどこかに落としてきたような、いつもの口調だ。戦闘中でも食事中でも、ドゥアンの口調が変わることはない。

「わかった」

ジャックはすぐにそちらへ顔を向けた。メットのオート視認補助が、彼方で動くものをとらえるためのターゲットを幾つも表示した。ターゲットがせわしなく走査し、ほどなくして何かをとらえ、小ウィンドウでズームしてくれた。

どうやら砂煙らしい。月に風はないから、何かがレゴリスを舞い上げていることになる。どうしてドゥアンはこんな微かなものに気づけるのか？　ジャックはつくづく感心した。きっと本人に訊ねても、なぜ気づけないのかと訊き返されるだけだろう。

「何かいる」

ジャックが言った。メットのスパイダーカメラをオンにしたままなので、背後にいる他の四人が振り返る様子が見えている。四人ともジャックとドゥアンに歩哨役を任せ、この電波塔のコントロール室でせっせと情報を得ていたのだ。

チームリーダーのリースがさっと立ち上がり、優雅かつ機敏な足取りで窓に近寄った。六人の中でゆいいつ、スーツのサイネージがジョイント・ジーナーであることを示す女性――地球と月を司るジョイント企業群の経営に適した遺伝子の持ち主だ。

ジャックが知るリースは、子どもの頃から自分たちジーナーを振りかざす人々を嫌っていた。モンクという言葉も大嫌いだった。だが今はスーツのサイネージを鮮明に表示し、誇り高き最高アクセス権限を持つジーナーであることを周知させている。自分の命令が絶対であることを示さねばならないからだろう。

ジャックはそういうリースを見るたび、もう子どもの頃とは違うのよ、と告げられている気分になった。そのことについてジャックがリースと話し合ったことはまだない。月に悪魔が現れ、地球に痛恨の一撃を食わせて以来、スクリーニング制度とジーナーの階級化について二人が論じ合うことはなくなっていた。この先あるかどうかもわからない。

「何がいるの、ジャック？　何も見えないわ」

「砂煙が見える。ウーソフの方向」

「どこ――」

「ジャック、あれがこちらに接近している。どうする?」

ドゥアンが、見事なほどリースの存在を無視し、ジャックに向かって言った。

「え……」

ジャックは口ごもった。リースの端整な顔が、メットの内側で険しくなるところが容易に想像できた。リーダーは私だと怒鳴りたいのを懸命にこらえているはずだ。

「イナンナ! ウーソフの友軍の配置を確認!」

リースが窓に顔を向けたまま鋭く命じた。どうやらレゴリス煙を視認したらしい。

「イエス、サー」

イナンナがくるりとコンソールに向き直る。この中ではリースに次ぐ有権限者、アソシエート・ジーナーの女性だ。ジョイント企業に勤めるべきジーナーとして育った秀才だが、チームの一員となる前は、まだ若いということと律儀な性格が災いし、前線の作戦企画書を不眠不休で作らされては片っ端から無駄になる、という仕事を繰り返させられていた。そのときの幽鬼じみた陰気さはいつの間にか消え、今では快活そのものといった様子でチームに貢献してくれている。

「CDH13中隊がウーソフから出動。Lゾーン侵攻計画書がアップロードされています」

イナンナが言った。リースの苛立ちを抑え込む長々とした吐息が続いた。苛立ちの背後に、強い恐怖の念があることをジャックは察した。他のメンバーもそうだろう。アガルムに到着するまで、とにかく互いの恐怖を増長させないよう気を遣ってきたのだ。

いや、ドゥアンは例外かもしれないが。この天才的な観察眼を持つ巨漢は、正真正銘のサイコパスなのだ。その精神には独自のルールのみがあり、他人の感情に対する関心を一切持ち合わせていなかった。

コンソールと向き合っていた若い男性が、さっとタブレット型のサイパネルを持って立ち上がった。真っ直ぐリースへ歩み寄ると、手にしたものを突き出した。

「リース。ここのE2マテリアルのプロテクト解除を」

「いいえ、ゲオルグ。まだよ」

「いや、リース。今すぐだ。やつらが来る前に」

「侵攻計画書を見てからよ」

「侵攻計画なんてのはたわごとだ」

ゲオルグの断固たる言葉に、リースがたじろいだ。

「わからないのか？　侵攻しているのはやつらの方だ。攻め込まれているのは我々の方なんだ。やつらはとっくに月の裏側から表側へ攻勢に出ている。ここでコンタクトを試みたヴィレッジのうち一つでも応答があったか？　シューベルト、ネイピア、タイラー——どことも連絡がつかず、奇妙なデータしか拾えない。きっと、Lゾーンとやらが、どんどん広がっているんだ。我々も、ただちに備えるべきだろう」

今すべきことを基準に考えるエンジニア・ジーナーらしい言動。ただし本人は、いまだに肉体労働者階級《ブルーワーカーズ・クラス》という昔の言葉を好んでいることをジャックは知っていた。

ドゥアンよりは小柄だがまずまずの長身で、ジャックが知るティーンエイジャー時代から肉体労働に従事し、体を鍛えるのを好むたちだった。徴兵後はさらにマニアックかつ尋常ならざるトレーニングを己に課し、一世紀前の職業である軍人にも――その超精鋭である特殊部隊員にも――ひけをとらぬであろう技術と身体能力を獲得している。

おおむね無愛想で、笑い方はシニカルですらあるが、顔立ちは抜群に好く、子どもの頃にジャックが無理やり付き合わせたせいでジョイント的な礼儀作法をひととおり学んでいた。そのせいで、メットとスーツのサイネージがないときはジョイント・ジーナーと間違えられることがあり、ゲオルグも困惑するふりをしつつ、しばしばそれを楽しんでいた。

「落ち着きなさい、ゲオルグ」

リースがサイパネルを手で押しやったが、ゲオルグはそれを再び突き出した。

「考えなしの誰かが、情報収集もせず闇雲に部隊を送り込んだ。おおかたあのピッター将軍がじきじきに命じ、ルナ・エイブラハムをありったけ出動させたんだろう。我々が苦労して忍び込んだこの境界領域に、パーティ気分の一団がやって来るんだぞ。敵が気づかないと思うか？ここは戦場になる」

「私に指示する気？」

リースが我慢できずに相手を押しやろうとする前に、ジャックがひょいと手を伸ばしてサイパネルを取り上げた。

「ジャック？」

ゲオルグが意表を突かれたという顔をジャックに向けた。リースもジャックを見た。二人ともおのおの味方を求めて何かを言おうとしたが、ジャックはそれを遮って、コンソールにもたれかかっている女性に声をかけた。

「ゾワン、何か気づいたことはある？」

「はあ？」

女性がぱっと顔を上げた。こちらを見ているふりをしつつ、ずっとメット内で調べものをしていたのだろう。ヴィレッジに残された金目のものでも探していたのかもしれない。

利己的な万事解決を好むもう一人の人物が、このゾワンだ。スーツのサイネージは、イナンナと同じアソシエート・ジーナーであること、そしてまたドゥアンと同じ一時免責者であることを示している。ただしドゥアンと違い、こちらは知的犯罪の専門家だった。

詐欺、クラッキング、フィッシング、そしてスクリーニング制度においては重罪となるジーナー偽装で荒稼ぎし、三桁にのぼる罪状で刑務隔離施設行きを言い渡されたのだ。

「何？　知らない。自分に訊けば？」

ゾワンがぞんざいに返した。イナンナが不安そうにジャックと姉の間で視線を往復させる様子にもまったく頓着した様子がない。

遺伝子の神秘というべきか、この協調性とは無縁の典型的なソシオパスこそ、従順な仔羊然としたイナンナの姉なのだった。ゾワンは、姉思いのイナンナを一時免責の保証人にし、妹を戦場に引きずり込むことでいっときの自由を手に入れたのだ。

「君に訊きたいんだ、ゾワン」

ジャックが言った。たちまちゾワンが苛々し、手足をせわしなく揺すり始めた。メットとスーツで覆われていなければ手の爪をばりばり噛んでいただろう。

「知らないっての。さっきからさ。ずっと臭うけど。あるわけないんだからね」

「臭う？」

ジャックが重ねて訊いた。他の面々も――珍しくドゥアンまで――ゾワンに注目した。

「くっそ……。しない？　臭いとかさ。しないでしょ？」

「何の臭い？」

「なんていうか、あれ。あれよ。カビ臭いの。さっきからさ。でもメットかぶってるし。ここ月だし。だから、するわけないでしょ。なのに、ずっとカビっぽい……」

ぶつぶつ喋るゾワンが、いきなり立ち上がった。キャスター付きの椅子が弾かれ、広々としたコントロール室の壁まで吹っ飛んで転がった。

棒立ちのゾワンを、しばし全員が見つめた。

それから、彼女の視線を追って振り返った。

窓の外に、小さな光るものがいた。

「あれは……蝶だ」

ゲオルグが呟いた。口にした本人もまったく信じていないというような調子で。

確かにそうだった。真空に等しい屋外で。浮力など得られるはずもない場所で。まるで分厚い耐光熱ガラスの中に入れてくれというように。青緑と黒と銀からなる複雑な紋様を持った蝶が、キラキラ光りながら右へ左へと羽ばたいている。

――ビューティフル・オーシャン。

ジャックの頭の中でだしぬけにまた歌が始まった。どこか遠くから聞こえてくるようでもあり、メット内のサイフォンから大音量で鳴り響くようでもあった。思わずメットの上から両耳を塞ごうとしてしまうほど、現実じみた脳内幻聴。

そして確かに、鼻の奥でそれを感じた。カビの臭い。地球にいたときですら滅多にそんなものを感じたことはなかった。ジョイント・ジーナー暮らしでは基本的に無縁のものだからだ。もちろんスーツの酸素供給装置にカビが生えるなんてこともあり得ない。そんなことがあるとは月行きの講習でも教えられていない。

みなが窓外の小さな光の乱舞に釘付けにされている中、ドゥアンがいち早く目を離し、驚嘆に値する平板さでこう告げた。

「中隊が来た」

気づけばレゴリス煙が八キロ先にまで近づいていた。メットの視認補助により、灰色の砂煙をまき散らす一列縦隊の車輌を確認することができた。

灰色の装甲で覆われた月面戦車ルナ・エイブラハム四輌。大型の装甲輸送車エイシックス・ビークル四輌。ホバー機能付き四輪車であるムーン・バイパー四輌。

十二輌もの驚くべき大所帯。兵員は百名から百五十名ほどだろう。ルナ・エイブラハムを先頭に猛スピードで迫り、ベースンの電気畑に入り込んだ。おびただしいソーラーパネルの狭間に設けられた直線の車道を、呆れるほど無防備に驀進《ばくしん》してくる。

「どかーん」

ドゥアンが不気味な呟きを漏らし、五人をびくっとさせた。実際にそれが起こったのは、ドゥアンが呟いた直後のことだ。なぜそうなるとドゥアンにはわかったのか？　それはドゥアンだから、というしかない。

先頭のルナ・エイブラハムの真下で、めくるめく火球が発生した。熱波で道路が焦げつき、左右の電力ケーブルが燃え上がった。衝撃波で先頭と後続のルナ・エイブラハム二輌が宙に浮かび、縦にくるくる回転しながら落下して、水柱じみたレゴリス煙を噴き上げた。重戦車が浮かんでまた地面に戻るまでの間、左右のソーラーパネルが二メートル四方の木の葉のようにばらばらと舞い散り、電気畑のそこかしこに落ちていった。後の車輌が慌てて右へ左へ道路から逃げ、ソーラーパネルの畑を蹴散らした。

対戦車用Lマイン――月面地雷を踏んだのだ。

地雷は、一世紀以上も前に地球で猛威を振るったアナクロ兵器だ。除去が困難なせいで味方や非戦闘員にまで被害を及ぼし、その脅威は戦闘終了後も継続するという馬鹿げたしろものだが、不幸なことに、月面戦闘においては最も有効な兵器でもあった。

地球の六分の一という低重力下なら、ヘビー級の戦車も一発で撥ね飛ばされる。そもそも真空に等しい大気では空を飛べる兵器はごく僅かで、陸戦用がほとんどだ。

もし爆発で生じるレゴリスと小石の嵐でスーツを引き裂かれたら、たちまち真空と気圧差という双子の死神に抱擁される。人体が真空に耐えられるのは一分か二分が限界だ。スーツの修復に手間取れば、呼吸困難と減圧症で失神し、窒息死する。運良く他の誰かに助けられても脳や体に深刻な障害が残る可能性が高い。

爆発で手足を吹っ飛ばされた場合、傷口が凍りついて出血は止まるが、露出した体組織は再生不能なほど破壊されてしまう。この場合もすぐに誰かがスーツを修復し、適切に止血すれば、生存する可能性はゼロではない。放置すれば体表の水分が蒸発し、人間のフリーズドライが出来上がる。

その他、太陽光に直接さらされて重度の火傷を負う、その強烈な光で失明する、宇宙放射線に被曝する、レゴリスを吸って肺にダメージを受けるといった、負傷の各種バリエーションが用意されており、その全てが、地雷の一発でもたらされるのだ。

一番の目的は、負傷者を作り、それを救助させ、部隊行動を遅延させること。残虐で、効果的な戦術。狙撃と並び、人数で圧倒的に劣るムーン・ピープルの主要な防御手段。

その痛烈な一撃を食らい、電気畑で態勢を立て直そうとする中隊から、さっさと目を離したのはドゥアンとゾワンだった。ジャックと三人は破壊の光景に注意を奪われ、ついつい転倒した戦車から人が這い出てくるさまを見続けてしまっている。だがドゥアンとゾワンは、持ち前の他人の痛みに対する鈍感さから、あっという間に関心を失い、真の危機を正確に予測することに注力するのだった。そして、VC3偵察隊きっての有能なレーダー役である二人が、それぞれ次の異変をいち早く見て取った。

「O－HAPS《オーハップス》！　O－HAPSだよ！」

ゾワンが、電気畑とは逆側の窓を指さしてわめいた。

そちらの空に――またしても大気などないはずのそこに――全長二百メートルにもおよぶ、真っ白いラグビーボール状のものがあり、光の束を何本も地上に放ちながら宙を進んできているのだった。

月の飛行船。集められた目撃情報から、どうやら光学的手段で――地上にレーザーを放ち、浮力ではなく光エネルギーで——飛んでいると推測されるしろもの。

光学的《オプティカル》機関で動く、高高度疑似衛星《HAPS》のようなもの。目的は通信支援か、爆撃か、電子的な何かか。なんであれ、月製兵器の中でもひときわ不可解な物体であり、それが月上空を飛んでいるところを見るだけでおかしな夢にさまよいこんだ気分にさせられる。

その物体がアガルム・ヴィレッジにやって来る前に、別の異変が起こった。

「伏兵《アンブッシュ》だ。ソーラーパネル」

ドゥアンが言った。

数秒後、その通りになった。散開する中隊を囲い込むようにして、前後左右のソーラーパネルが次々にひっくり返っていったのだ。大勢の人間がスタンドに並んでパネルを掲げたりひっくり返したりするマスゲームそっくりの光景。だがそこに現れたのは、ソーラーパネルに擬態していた多肢構造のロボットの群だ。

地球側の兵士たちが〝月の殺し屋〟と呼び、ムーン・ピープルの兵士よりも脅威とみなす、高性能の自律機械。

四本の腕と四本の脚を持ち、人間より一回り大きなそれらが——メットの視認補助によれば七十二体が——腕や胴や頭部に内蔵された武器を現し、激しく火線を閃かせた。

しかも、ただ機械的に集中砲火を浴びせているのではない。反撃する中隊に対し、ロボット同士、仲間を支援し、庇い合い、指示を出し合うようにして、巧みな包囲で撃滅しにかかっている。

「なぜだ……？　どうしてロボットが、あんな風に動ける……？」

ゲオルグが掠れた声を漏らしたが、誰も答えられなかった。ジャックも、これほど多数の機械の殺し屋が連携するのを見るのは初めてで、度肝を抜かれていた。

これまで手に入れた報告書の中で最も驚くべきものの一つは、月のロボット兵たちが人間不在のまま、自分たちで作戦を立て、補給し、戦い、損傷を修復し合うというものだった。即席の工場を建設し、自分たちの数を増やすという報告にいたっては、ドゥアンですら眉をひそめるほど馬鹿げていた。

それほど高度な自律性を持たせるには、ロボット工学とは別次元の技術が必要になる。全ロボットを統轄するＡＩが存在するはずだ。そう、地球側の作戦分析室は――コペルニクス基地を我が玉座と定めるピッター将軍とその配下のウォー・ジーナーたちは――考えていたが、今のところそのようなＡＩが存在する証拠は確認されていない。

そのため、あれは自律機械などではないと報告する地球側の兵士たちがいた。ただの機械ではない。一体一体が人間のように知性を持ったロボットなのだと。

ウォー・ジーナーたちはそうした報告を片っ端から〝事実誤認〟として処理し、各基地の作戦室に出回らないようにしていた。ジャックたちがそれを読むことができたのは、ＶＣ３偵察隊が担う特殊任務ゆえだ。そのジャックたちも、当初はウォー・ジーナーたちに同感だった。

そもそも人間サイズのロボットに知性が芽生えるという発想自体が突飛すぎる。それは存在にかかわる問題だ。ロボットに肉体感覚が持てるか？　社会的な動機を獲得できるか？　自分と他者を切り分けた上で協同しうるか？

地球の〈サピエンティア〉ですら全地球規模のネットワークがあって初めて、知性に近い能力を得たのだ。そしてそれは人間の知性とは根本的に異なる。

「きっと大勢で操縦してるんですよ。マルチコントロールで」イナンナが、窓ではなくコンソールのモニター越しに見て言った。声が震えていた。「勝手に動くロボットなんかじゃなく、人が動かすドローンだと思います」

だがそれこそ非現実的だった。せっかく戦う機械を用意したのに、一体ずつ遠隔操縦せねばならないのなら、すぐに人手が足りなくなる。人数の劣勢を何かで補わねばならないムーン・ピープルにとっては運用しがたい兵器だ。もちろん生身の兵士が傷つかずに済むという利点はあるが、その分、資源を消耗し、工場をフル回転させることになる。たとえエングレイビング・テクノロジーを駆使したとしても、手間は手間だ。

包囲された中隊もまた、四足歩行型ロボットや、車輪つきドローンを起動させ、それらを砲台にしたり盾にしたりして応戦しているが、各車輌に一体か二体しか載せていない。

そのことが、多数の戦闘用ロボットを運用するのがどれほど面倒かを物語っている。それは結局のところ、人間とは異なる方法で命令を受理し、正しく指示せねば正しく作動しない、人間より頑丈で力が強いだけの、決して万能ではない道具なのだ。

その生産と運用を月全域で行うとなると、やはりAIがなければ成り立たない。ウォー・ジーナーたちに一票。彼らは堂々巡りになる前に考えることをやめている。どうせ戦争に勝てば謎は全て解明される。たぶん。きっと。

VC3偵察隊も同様に思考停止すべきかどうか、リースはまだ決めていない。

「全滅する」

ドゥアンが、眼下の戦場を眺めながら無感動に告げた。どちらがそうなるかは明白だった。どうする？　と問うドゥアンの目がジャックに向けられた。別にどうでもいいが、と言いたげな顔。

いつの間にか蝶は消えていた。

遠くで人々が撃ち倒される光景から意識を引っぺがし、ジャックが叫んだ。

「リース！」

はっと振り返るリースの目の前で、パネルを掲げた。

今度はリースも迷わなかった。パネルのカメラにさっと自分の顔をスキャンさせてセキュリティを解除した。

「このライトハウスと地下のE2マテリアルのプロテクトを解除するわ」

リースがそのための操作をするのに二秒かかった。命令が実行されるまでに三十秒。やがてライトハウス全体に、プロテクト解除がされたことを示す警告音が鳴り響いた。

「どうすればいい、ゲオルグ？」

ジャックが尋ねると、待ってましたとばかりにゲオルグがすべきことを述べた。

「ライトハウスを要塞化。中隊を支援できる武器をエングレイブし、敵ロボットを引きつける。中隊に通信し、車輛を放棄して電力プラントから地下道に避難するよう指示。敵ロボットを十分に引きつけてから我々も地下に向かい、彼らと合流して駅へ。列車でアガルムからカーチス方面へ撤退する」

「いいか、リース？」

ジャックが確認した。リースがうなずいた。立案はゲオルグ、決定はリーダーであるリース。

二人を促すのがジャック。それがこのチームのあり方だった。いや、地球にいた頃からそうだったのかもしれない。

「私とイナンナが中隊を誘導する。ジャックとドゥアンで武器を、ゲオルグとゾワンでライトハウスをエングレイブ。今すぐ始めなさい」

「イエス、サー」

ジャックと四人が同時に応じた。リースがイナンナのいる席へ向かった。ジャックとドゥアンが並んで立ち、同じくゲオルグとゾワンが並び、二人ひと組で向き合った。

エングレイブを担当する四人が、メットから宙にインターフェースを投影し、E2マテリアルに命じるべきプログラムを互いに確認しながら呼び出す。

現在のライトハウスと地下の貯蔵E2マテリアルの形状から、プログラム通りに実行してのちの残存質量や強度が計測された。セイフティが起動し、間違ってもライトハウスが倒壊したり、誰かがエングレイブのせいで大怪我をしたりしないよう、正しく準備が整えられる。完了までに十秒ほどかかった。

「インプリメント・オールセット」

ジャックが確認のために言った。ドゥアンが小さくうなずいた。

「ビルディング・オールセット」

ゲオルグが言った。ゾワンが急かすように両手をひらひらさせた。

ジャックとゲオルグが目を合わせた。ゲオルグがうなずいた。

「エングレイブを実行」

ゲオルグの言葉を合図に、四人が床に両手を押しつけた。

床を構成するE2マテリアルが瞬時に反応し、表面にサイネージされたプログラムが魔方陣のように浮かび上がった。生み出すべき道具が表示され、低く唸るような音とともに、それがただちに床から現れ始めた。そこに泉が出現し、水面に物が浮かび上がるように。プログラムされた道具。E2マテリアルから生み出される数多《あまた》のインプリメントの一つ、プラズミック・ディスチャージャー——六百ミリ口径の大型プラズマ兵器だ。

とはいえ完成形が一発で現れるわけではない。測距具、照射用レンズ、砲身、バッテリー、エネルギー回路、トリガーなど、ある程度まとまったパーツに分かれている。

二人で分担したからだ。当然その方がエングレイブ速度は速い。両手をつけるのも同じ理由だった。右手と左手で異なるプログラムを同時に流し込んだのだ。

全てのパーツが揃うと、ジャックとドゥアンが手を床から離し、メット内に表示される指示に従って、ただちにその武器を組み立てた。

これが二十二世紀の技術革新——エングレイビング・テクノロジーだ。

二十世紀のエネルギー革新と、二十一世紀の情報通信テクノロジー革新が合体しても、人類が月に進出することは困難をきわめた。必要な物が多すぎ、それを作ったり運用したりするのに必要な人間も多すぎた。物資や建材や人的資源を片っ端から大気圏の外に打ち上げるという考えでは、とても月全域に人類の拠点を築くことはできない。こぢんまりとしたキャンプ場を築くので精一杯だ。

そこでまず試みられたのが3Dプリンターの活用だ。粉末や液状の素材を固めて立体物にすることで、宇宙センターや月面での活動に必要なものをその場で造る。素材をパックにして送り出せばいい。道具を送っていた頃に比べて格段にコストを抑えられるし、専門の職人の数も減らせる。そう考えられたが、造形される立体物の強度、種類、エネルギーコスト、３Ｄプリンター自体の大型化など、全ての面で限界に達し、行き詰まった。

　ジャックも子どもの頃、その古い道具をどこからか手に入れてゲオルグと一緒に遊んだことがあったが、いかにも昔の人間が開発しそうなレトロ感たっぷりのデザインを楽しんだものの、出来上がった物体にはまったく満足できなかったのを覚えている。

　プリンターという道具を捨てるという発想がついに生まれたのは、長い試行錯誤の果てのことだ。必要なのは素材とそれを彫刻《エングレイブ》する鑿《のみ》だけではないのか？　あらかじめ強固に結合した素材を、デジタル信号という鑿で彫刻する。彫刻されたものは再び素材の塊に戻せる。プログラムに従い、無限に再エングレイブすることが可能なオブジェクト。

　それが、エレクトロニック・エングレイビング・マテリアル――Ｅ２マテリアルだ。

　コンピューター上で３Ｄオブジェクトを自由自在に変形できるのと同じように、エングレイブ・プログラムに従ってＥ２マテリアルは何にでもなれる。精密な分離、強固な結合、多種多様な構造変化を実現した万能素材。かくして道具が、衣服が、家具が、乗物が、建物が――およそあらゆるものが、同じ素材から生み出されることとなった。

　このオブジェクト革新によって月開拓は真の幕開けを迎えた。エングレイバーと呼ばれる操作用端末さえ持てば他に装備はいらない。エングレイバー自体もあらゆる形に変化した。タブレットでもいいし、スーツでもいい。身につけられるもの全てがエングレイバーになる。

　月に送られた人々に支給されるエングレイバーのほとんどはスーツだ。生命を守る上でも、持ち主がどのジーナーかサイネージできるという利便性においても、スーツが推奨されている。そしてそのスーツを身につけてさえいれば、誰もが、過去に存在したあらゆる職人になれる。

ジャックとドゥアンは、光学兵器の知識など大して持ってはいないにもかかわらず、それを迅速に完成させた。

全長は二メートルほど、重さは百キロ余。旧式の対戦車ライフルを一回り大きくしたようなプラズミック・ディスチャージャーを、ベースン側の窓へ二人で運ぶ。低重力下では、百キロなどちょっと重たい程度だ。

そのときには窓のエングレイブも完了していた。何重もの防弾ガラスと鉄格子で覆われ、ジャックとドゥアンの目の前で、エアロック式の馬鹿でかい銃眼が成形されたのだ。

ゲオルグとゾワンの仕事。地下のE2マテリアルを用いてライトハウスを変形させ、床のサイネージが全高百二十メートルの建物がまたたく間にリフォームされる様子を表示している。

コントロール室以外は無人のため安全確認の必要はなく、周囲の建造物への影響を考慮する必要もない。元から頑丈な建物をさらに要塞化するだけなので、要した時間は僅かに七分弱だった。それだけの時間で、つるりとした電波塔が、分厚くいかめしい、各種兵器に対応するための防御装置として刺々しくもある要塞に変貌していた。

ジャックとドゥアンが協力し合って二人で銃架スロットに兵器を差し込み、ジャックが目の前に現れたスライドを下げ、耐光熱ガラスの枠をぴったり銃身に固定した。銃身の三分の二が、窓の外に設けられた減圧室に突っ込まれた格好だ。さらにドゥアンが、手元に出現したレバーをつかんで倒すと、エアロックの外殻ガラスが上にスライドし、減圧室が開放され、銃身が外に露出した。

その間にジャックはチャージャーの電源コードをコンソールにつなげている。

「おれがやろう」

ドゥアンが片方の膝を突いてトリガーに手をかけた。左右に振ると、銃眼のガラス自体がスライドした。撃てる射角は三十度もないが、その範囲内に電気畑の全景がぴったり収まっている。ゲオルグのビルディング・プログラム選択は常に完璧だ。

ジャックが測距具でターゲットを指示する前に、ドゥアンが無造作に初弾を放った。エネルギー弾が通過した痕跡が、遅れて光線として認識された。そのときには中隊の戦車に迫るロボットの一体が不意の一撃を受けて木っ端微塵になっている。

ロボット部隊が一斉にライトハウスを振り返った。いかにも驚き、その分だけ敵意を煽られたというような仕草。ただちにロボットたちが二手に分かれた。約三分の一がソーラーパネルを蹴散らしてライトハウスに押し寄せる。残りは、電力プラントに逃げ込もうとする中隊の退路を断つべく回り込もうとしている。

ドゥアンは自分たちに向かってくるロボットには目もくれず、中隊に迫る敵だけを狙って連射した。たちまちロボットが放つ狙撃弾が防弾ガラスに叩き込まれ、目の前で閃光が舞った。ついでロケット弾が立て続けに襲ってきて窓や壁に命中したが、激しい振動が伝わってきただけで、ぶち抜かれることはなかった。

もし重火器で壁を破壊された場合、主に三つの危機が生じる。瓦礫の飛散、屋内の空気の流出、そして酸素の燃焼だ。つまり、怪我をしながら、窒息させられ、そして火災に見舞われることになる。

特に火災は恐ろしい。どのヴィレッジでも地球の大気に比べて酸素の割合が高いため、屋内で戦闘すれば、そこら中で爆発や燃焼が起こり、とてつもない速度で火が広がる。

他にも、太陽光に灼かれる、宇宙放射線を浴びるといった危険もある。水、酸素、食料、電力、通信、移動手段——どれか一つでも失えば死を意味する。地球での戦闘に比べ、月でのそれは恐ろしく複雑だ。あらゆる備えが必要となり、そしてその分、たやすく生命が失われる。たとえエングレイビング・テクノロジーの恩恵にあずかっていてさえも。

そんな環境で生き延びるこつは、考えねばならないことを少しでも減らすことだ。

ゲオルグは、どこででも必ずスーツを着用し、屋内の酸素供給装置を停止させることを推奨していた。リースは、おおむねその進言を受け入れ、このライトハウスでも同様にしている。

おかげで今は、怪我とスーツの破損だけを心配すればいい。ロボットに侵入された場合もそうだ。そして後者については、ゲオルグとゾワンが大いに奮闘してくれていた。床にサイネージされた図面に損傷が現れれば、ただちにリエングレイブして塞いでくれている。

損傷は当然ながらドゥアンが撃ちまくる光学兵器にも及んだ。敵の狙撃弾がレンズを破壊したが、エングレイブ製の兵器なら数秒で修復してしまえる。

中隊は多数の犠牲者を出しながら、数十名が電力プラントに到達しようとしていた。

みな、ぽーん、ぽーん、と跳ねるように進んでいる。低重力下では、地球上でのような全力疾走は難しい。ボールが跳ねるイメージで進むほうが速く移動できる。月に来て最初に訓練させられるのが、兎みたいな走り方——ラビット・ジャンプだ。

先頭集団が建物に取りつき、入り口を開いて駆け込むことに成功した。これで彼らの生存確率が大幅に上がった。その様子をメットの視認補助でとらえるジャックの視界に、突然、真っ黒いものが飛び込んできた。

「うわあっ！」

思わず驚きの声を上げて尻餅をついた。目の前にロボットがいた。外壁をよじ登ってきたのだ。四本の脚で銃眼の縁に取りつき、防弾ガラスに激しい銃火を見舞った。

防弾ガラスの表面が傷だらけになって真っ白になるのをよそに、ドゥアンが平然と射撃を続けながら言った。

「壁で殺せ、ジャック」

ジャックは慌ててビルディング・プログラムを呼び出し、適当な形状を設定して窓枠のある壁材に両手をつけた。

ロボットの銃撃が唐突にやんだ。壁材からエングレイブされた槍が、上下左右からその機械の体を貫いていた。自動的に修復されていくガラス越しに、ロボットが火花を散らし、悶え苦しむように身をくねらせる様子が影絵のように浮かび上がった。生き物めいた動き。輪郭しか見えないが、苦痛と怒りに震えているような感じがした。

ドゥアンがレバーを引いて銃身をいったん引っ込め、射角を強引に変えた。ロボットがいる辺りに銃口を向け、それが人間だろうがロボットだろうが委細構わず撃った。

ロボットが槍ごと消滅した。衝撃でガラスに亀裂が走ったが、すぐにリエングレイブされて元の透明なガラスに戻っていった。

「すまない、ジャック、ドゥアン！　一体通過させてしまった！　残りは止める！」

背後でゲオルグが両手を床につけたまま叫んだ。ゾワンとともに、よじ登ってくるロボットを、外壁のエングレイビングで撃退しているのだ。

「大丈夫！」

ジャックが応じた。ドゥアンは何ごともなかったかのように銃身を元の位置に戻し、電力プラントに殺到するロボットを撃ち倒している。そうすることを心から楽しんでいる様子だ。

リースとイナンナは、コンソールに釘付けになって中隊と通話し、誘導を続けている。二人ともメット内で同時複数回線を開いているが、チャンネルを閉じているため、ジャックたちには聞こえていない。コンソールのモニターが映し出すのは、人間が機械の殺し屋に撃たれ、吹き飛ばされ、踏み潰される地獄絵図だ。その阿鼻叫喚の悲鳴が伝わって、ジャックたちの作業の妨げにならないようにしているのだ。

リースもイナンナもメットの内側で顔を青ざめさせていることだろう。だがすでにこうした修羅場は何度も見ていた。当初は――ドゥアンを除いて――誰もがパニックに襲われたものだが、生き延びたければ常に冷静でいろ、という月世界の大原則に従い、二人とも平静を保っている。

かと思うと、突然イナンナが切羽詰まった声を上げた。

「このライトハウス内に誰かが入って来ます！　ジョイント・ジーナーです！」

チームに向けての声。全員がおのおのの仕事を続けながらイナンナを振り返った。リースが席を立ち、イナンナの背後からモニターを覗き込んだ。

「どういうこと？　ここは私たち以外、無人のはずよ」

「地下から入って来たんです。私たちの撤退予定ルートから。セキュリティで足止めしようとしても、ジョイント権限で開かれてしまいます」

ジャックは反射的にエレベーターを振り返った。壁のパネルが明滅し、エレベーターが早くも最上階であるここに到着したことを告げた。

そのドアが開いた。

驚くべきものが、ぬうっとコントロール室に入って来た。

人間ではないもの——いや、人間であってはならないもの。

身長はドゥアンよりも高く、手足は異様に太く長かった。黒目がちの双眸。ハンサムと言っていい顔立ち。腰布を巻いただけという月ではありえない出で立ちで、異様に逞しい胸には、でかでかとバーコードや記号が刻印されている。頭部と裸身を分厚く覆うのは、つやつや光る耐光熱ゲルだ。それで口元を覆えば酸素供給装置の代替品にもなるという、貧しいムーン・ピープルの必需品。

手にはアサルトライフル。腰には弾帯。もちろん通常の銃では撃った反動で本人が後方へ吹っ飛ぶので、ライフルは低重力下用の無反動タイプだ。弾帯には、弾倉、ヒートナイフ、手榴弾、Lマイン、プロテインのパックなどが、ごてごてと差し込まれている。

どこから見ても月の先住民といった感じだが、その最大の特徴は、頭にあった。

額や耳のすぐ後ろが、ごっそり欠落しているのだ。つまり脳を持っていない。首から脊髄の一部が伸びているだけ。首の上に顔が載っているだけ。

オンリー・フェイス。

僅かな目撃報告からそう名付けられた異形の存在。ジャックたちも見るのは初めてだし、本当に出くわすとも思っていなかった。

その正体が何か、胸のバーコードが雄弁に語っている。臓器移植用に生成されたドナークローンだ。あらかじめ脳なしで生まれるよう遺伝子操作されたクローンを――自分の分身を――病気や事故に備えて作っておく。地球では違法の技術。場合によっては本人と区別がつかなくなる可能性があるからだ。しかし月ではなぜかそれを制限する法がなく、数万体のドナークローンが月のどこかで眠っているらしい。

それを月の革命軍が活用した。一部の報告書はそう示唆していた。おそらく人手不足を補うために。何らかの手段で、人間の肉体と遺伝子を持つ操り人形を作り出した。

いきなり侵入してきたそのオンリー・フェイスは――最高アクセス権限の遺伝子を持つ脳なし人間という馬鹿げた存在は――ドゥアンに勝るとも劣らぬ物静かな顔をその場にいる面々に向け、おもむろにライフルの銃口を持ち上げた。

ためらいなくその引き金が引かれたとき、きわめて反射的に、ジャックがその射線上に飛び込んだ。そして、非常用インプリメント・プログラムを起動し、己のスーツの胸元に右手を叩きつけた。

バックパックに内蔵された予備用E2マテリアルが瞬時にエングレイブを開始し、スーツを重装甲で覆った直後、猛烈な火線が襲いかかった。エングレイブが一秒でも――いや、その半分でも遅れていたら、スーツとジャックの体のどこかに直径五センチ大の穴が一つや二つは開いていただろう。十カ所くらいそうなっていたかもしれない。

ジャックはずんぐりした甲冑姿で、たっぷり数秒間、至近距離で射撃の的になり続けた。火花にまみれ、弾丸が突き刺さり、装甲がひしゃげ、亀裂を走らせ、破片をまき散らした。ジャックは右手を胸に押しつけたまま耐えた。幸いなことに損傷した装甲のリエングレイビングが何らかの不具合で中断されることもなく、弾丸はその体に届かなかった。そしてもっと幸いなことに、ジャックのスーツに弾丸が全て突き刺さったおかげで、跳弾が仲間を襲うこともなかった。

その五人の仲間のうち、やるべきことをやってくれたのは、リースだった。

床に右手を叩きつけてインプリメント・プログラムを流し込み、刃渡り一メートル長のレーザーブレードを、古代の騎士伝説よろしく硬い床から引き抜いた。大昔の剣に似た形状をしているが、伝導体の縁に並ぶ小さな光学的な刃を、チェーンソーのように高速回転させることで、対象を切断する武器だ。

リースはそれを両手で握りしめると、ジャックをひとっ飛びに越え――月でならたやすい芸当だ――ちょうど弾倉を交換しにかかったオンリー・フェイスの肩口に、ブレードを叩き込みながら着地した。

オンリー・フェイスがまとうゲルが火花を上げて削り取られてゆき、あっという間にその肉体を切断しにかかった。オンリー・フェイスがライフルの銃身でそれを防ごうとしたが、ブレードはそれをも引き裂いていった。表面が硬化したゲルが、ライフルのセラミックと鉄が、そしてオンリー・フェイスの肉体が、火花と真っ赤な液体を四方に跳ね散らしながら、切断されていった。

リースが、彼女らしからぬ罵声を放った。

ブレードがオンリー・フェイスの左肩から右腰へと通過した。脳なし人間はライフルごと真っ二つになり、そばにいたリースとジャックに返り血をたっぷり浴びせながら床に転がった。半ば真空のため、血はただちに乾燥し、粉末状になっていった。

ブレードは真っ赤に染まり、じゅうじゅう蒸気を発している。リースはなおも相手が起き上がるかどうか見ていたが、やがてスイッチを切って、ブレードを床に放り投げた。

それから、くるりとジャックに向き直った。メットが血だらけで顔がよく見えなかったが、リースが猛烈に腹を立てていることは仕草でわかった。

「何てことをするの!?　なんであなたはそうなの!?」

反射的に仲間の盾になったことを怒っているのだ。

ジャックはスーツを元に戻しながら肩をすくめた。衝撃であちこち体が痛んだが、それを言うとリースをますます刺激しそうなので黙っていた。

「ドゥアンは動けない。ゲオルグもゾワンも建物をエングレイビング中だし、君とイナンナもこの……こいつに背中を向けていただろう?　動けるのはおれしかいなかった」

「ジャックは正しい」

ドゥアンが地上の敵を撃ち続けながら、ぼそりと言った。

「称賛に値する行為だぞ、リース」

ゲオルグが言い添えた。

リースがジャック以外の面々を見た。彼らが自分たちの仕事を続けながら、ジャックの言葉に同感だと思っているのがわかったのだろう。

「だからと言って……」

リースが言い淀んだ。リーダーとして、チームの危機を防いだジャックを労うべきだと頭ではわかっているのだろう。

だがそれ以上に、ジャックに思い起こさせるべきことがあって、それを口にすべきかどうか迷っているのだ。ジャックに課せられた使命を。ここで無駄に命を失ってはならず、それはこの先とても重要なことに使うべきなのだと。

しばし感情を押し殺すための沈黙があり、やがて大きな溜息をついて、かぶりを振った。

「……非常事態における、あなたの行動は適切であったと認めます」

渋々という感じでリースが言って、自分のスーツの肩に手を当ててエングレイブした。修復ではなく、こびりついた返り血を落としたのだ。

ジャックも同様にした。表面のエングレイビングだけで汚れは全て落ちた。

イナンナが恐る恐る立ち上がった。

「中隊の生存者は、全て地下に入りました……。あの、私たちも出ませんか……」

いつまた不気味な存在が侵入してくるかわからないのだから、早く逃げようと言っているのだ。

「ここから撤退します」

リースが即断した。

ドゥアンが最後に一つ引き金を引き、名残惜しそうに銃身を手の平で叩いて立った。作った武器を持ち運ぶことはない。移動した先で新しくエングレイブすればいいのだ。

みなでエレベーターに向かおうとしたとき、光がよぎった。

月の飛行船、オーハップスの光だった。ライトハウスからかなり離れたアガルム・ヴィレッジの中央辺りに滞空している。みなすぐにはエレベーターに乗らず、機能も目的も不明なその飛行船の正体を見抜こうとするように注視していた。

「MSROE《ムスロー》！　今がそのときである！」

だしぬけに声が響き渡った。

男の声だ。地球側の兵士にとっての悪夢、そしてまた全ての任務の目標である男。

月革命軍の指導者。

ボブ・〝狂信者《ザ・ルーニー》〟・スカイラムの声。

「半世紀もの間、ムーン・ピープルに対する現在のジョイント権力者は、月の舵取りをする立場にあった。それだけの期間、彼らは月の繁栄を実現する機会を与えられていた」

特定の誰かに向けてのものではなく、月革命軍が作成した厳かなBGMつきの放送。フリー・チャンネルで流されるため、サイフォンが自動的に受信してしまうのだ。

「今、彼らが決して口にしないことを、我々は声を大にして言わざるを得ない。すなわち、彼らの計画と施策は無為であり、決して我々のためにはならなかったと——」

「行きましょう」

リースが敵意と不快感をあらわにしながらエレベーターに入り、みなが続いた。

地下十階へ向かう間も演説は続き、ジャックはそのデータを自動保存させていた。興味があるというより、それが任務の一部だと信じているからだ。ボブ・スカイラムについての調査が。

だが真面目にそうしているのはジャックだけで、他の面々はチャンネルをミュートにしている。似たような演説を何度も聞かされているからだ。実際、過去のものと大差ない演説だった。

ただ、MSROEという言葉を使う回数が増えただけで。

――ムーン・シャドウ・ライズィズ・オン・アース。

地球で月が昇るという意味ではない。月光を降らせる。あるいは月の影で地球蝕を起こす。なんであれ、言いたいことはわかる。

地球から独立する。地球側の勢力を打倒する。月の力を思い知らせてやる。そういうニュアンスを込めた、革命のスローガンだ。

エレベーターから地下道に出て、メットのマップを頼りに駅方面へ進んだ。そうするうちに、放送が終わっていた。

「あのオーハップス、演説を流すために飛ばしているのかも」

ジャックが言った。リース、ゲオルグ、イナンナも似たようなことを考えていたらしく、え、ああ、はい、といった思案げな呟きを返した。ドゥアンとゾワンは、関心のなさを示す沈黙で応じている。

ふいにドゥアンが立ち止まった。みなつられて足を止めた。

「なに？　なんなの？　なんかあんの？」

ゾワンが苛々した声を漏らし、ついで息を呑んだ。

だしぬけに、地下通路の壁の至る所にサイネージが浮かび上がった。それが何か、まるでわからなかった。E2マテリアルをエングレイブするプログラムの実行を示しているようだが、数字も文字もでたらめだった。AIが除去し忘れたバグの塊のようなコードがめちゃくちゃに表れていた。

「リース？　ライトハウス以外のプロテクトも解除したのか？」

ゲオルグが訊いた。リースのメットが左右に振られた。ジャックには怯えている仕草に見えた。

「してないわ。ライトハウスだけよ。こんなのって——」

ドゥアンがジャックの肩をつかみ、くるりと通路に向き直らせた。

「走れ、ジャック」

ドゥアンに肩を押されてジャックは走った。ボールが跳ねるように。ラビット・ジャンプで。みなも同様に走った。中隊の面々が生き残るために必死にそうしたように。

背後で低く唸るような音が響きだしていた。いや、足下からも。頭上からも。まるでアガルム・ヴィレッジ全体が突如として軋み音を立てるようだった。

「敵なのか？　敵がやっているのか？」

ゲオルグが走りながら、信じられないというような声を上げた。

誰も答えない。低重力下での跳躍走りに集中しているのだ。床の蹴り方を誤れば、これまたボールのように天井か壁にぶつかってあらぬ方向に飛んでいくことになる。

息が詰まるような恐怖を全員で抱え込みながら進み、小さなエレベーターに六人が殺到した。地上階へ向かうエレベーターの中にも、軋み音が届いてきた。かと思うと、エレベーターが何かにぶつかる衝撃と音が響き、イナンナが悲鳴を上げてゾワンに抱きついた。

エレベーターの上昇が停まっていた。みしみしと箱が軋み、四方の壁が歪み始めた。

「大規模エングレイブだ。ここにいては潰される」

ドゥアンが厳かに言った。

ジャックは、エレベーターごと巨大な蛇の腹の中に呑み込まれた気がした。込み上げるパニックを必死に抑え、行動に長けた友人の名を呼んだ。

「ゲオルグ!」

その声にゲオルグがはっと我に返り、メット内でエレベーター周辺の構造を確認した。

「リース!　ここを!」

ゲオルグがエレベーターのドアを拳でがんがん叩いた。

リースが慌てて投影インターフェースを操作してプロテクトを解除し、両手でドア枠に触れた。

ドアが開いた。左右にスライドしたのではなく、周囲の壁ごと変形し、地上まで続く階段を形成していったのだ。それが完成する前にリースが手を離した。再び手を当てて止めない限り、プログラムは実行され続ける。

リースを先頭に階段を駆け上がった。跳躍走りの応用。平らな地面を進むよりも、階段を上る方が楽に跳躍をコントロール出来る。

背後でものすごい音がした。そちらを見て確かめるまでもなかった。エレベーターがぺしゃんこに押し潰された音だ。イナンナがすすり泣いた。ゾワンがその背に腕を回し、イナンナがへたれ込まないよう支えてやりながら一緒に階段を上った。姉妹愛のあらわれにも見えるが、イナンナが死ねばゾワンは保証人を失って一時免責者ではなくなってしまうので、きわめて利己的な行動といえた。

行く手から光が射した。階段のエングレイブが完成して出口が開いたのだ。

六人が文字通り階段から飛び出し、地上階の床に降り立った。そこはドームの一つで、すぐ目の前が駅のコンコースだった。

出入り口は、家具や様々な建材が積まれたバリケードで塞がれていた。こちら側の壁には『MSROE』と書かれている。サイネージではなく真っ赤な塗料を用いた手書きの文字。駅の労働者が、革命軍に参加することを宣言したものらしい。

リースが投影インターフェースを操作しながら壁に走り寄った。手書き文字の下に両手を当て、ビルディング・プログラムを流し込む。あっという間に観音開きのドアが現れ、文字を形成していた塗料は粉末となって床に散った。ジョイント・ジーナーにとっては、反乱分子によるバリケードや落書きなど、あってなきがごとしだ。

とはいえ公共物のプロテクトを解除できるのは、ごく一部のジョイント・ジーナーだけだ。無許可の解除は地球でも月でも一発で重罪となるし、そもそも容易にできることではない。E2マテリアルの管理は厳格をきわめている。そのはずだった。

中に入ると、反対側の出入り口付近で、取り崩されたバリケードの残骸が散乱していた。血と泥まみれの足跡がいくつもホームへ続いている。まだ新しかった。それで中隊が無事にここまで逃げ込めたことがわかった。

ホームへ走り出ると、すでに何十人もの兵士が列車のドアをこじ開けて乗り込んでいた。どのスーツも砂まみれ、血まみれ、焼け焦げだらけ、携帯E2マテリアルを用いて乱雑に修復した跡だらけだ。

ジャックらが開いたドアから列車に飛び込むと、リースのスーツのジーナー表示に気づいた兵士たちが一斉に敬礼した。部下に指示を出していた男がそれに気づいて足早に近寄った。そのスーツのサイネージは、ゲオルグと同じアクティブ・ジーナーに属すること、中隊を率いる立場にあることを示している。

「Jリース。CDH13中隊長サイカーです。隊を代表して感謝申し上げます」

中隊長が敬礼し、フリーチャンネルで言った。ジョイント・ジーナーであることを示すJの敬称をつけたということは、通話中、リースがしっかり己の身分を相手に印象づけた証拠だ。

その会話をジャックに聞かれたくなくて、通話を閉じていたのかもしれない。

「犠牲者が出て残念よ、サイカー。すぐ発車しましょう」

「我々のエンジニアが操縦プロテクトを解除中で――」

「必要ないわ」

リースが投影インターフェースを操作すると、たちまち列車が起動し、車内灯が点灯した。こじ開けられたドアも、優雅な音を立てて閉まった。

兵士たちの歓声がフリーチャンネルを通して聞こえてくる。ジョイント・ジーナーであるリースを称えながら、みな助かる見込みが立ったことを喜んでいた。

ドアが閉まり、列車がホームから減圧ブロックに入った。背後でエアロックの隔壁が閉まったとき、巨大な鐘が鳴り響くような音が始まった。ドームのあちこちからそれが聞こえ、空気を震わせ、列車内にも伝わった。

光が降り注ぎ、みなが列車の窓からそれを見上げた。

輝くものが、隣のドームの陰から、ゆっくりと現れた。

光の束を幾つも地上へ放ち、それ自体も輝きながら宙を進む、大きな月の飛行船。その謎の飛行体が、音波か電波かわからないが、何かを四方へ放っているのが感じ取れた。

列車後方で驚愕の叫びが上がった。先ほど閉じたエアロックの隔壁が、ぐにゃりと捲れたのだ。続けて、ドームの壁面をふくめ、目に映る全ての建材用E2マテリアルが変形を始めた。まるでドーム全体が生命を得て蠢くように。プロテクトで守られているはずの建物が変貌するさまは、爆撃で崩壊する以上の驚きと恐怖を人々にもたらした。

しかもそれは建造物にとどまらなかった。

「列車が巻き込まれる」

ドゥアンが淡々と言った。

「リース、早く列車を出すんだ！」

ジャックが叫び、リースが大急ぎで管制室のコンソールを遠隔操作した。ドームの扉がゆっくりと開く間に、最後尾の車輌が音を立てて変形した。

そこに乗っていた兵士が、わっと前の車輌に逃げ込んだ。最後尾の車輌の壁や床がぐにゃりと歪み、槍が生えた。ジャックがロボットに対してそうしたように。車輌にやどった魔物か何かが、己の腹の中にいる人間たちに、大喜びで食らいつくかのようだ。

前の車輌に逃げ遅れた数名が、その槍に胴を、腕を、頭を貫かれた。絶叫の大合唱が起こり、地獄絵図がまたぞろ出現していた。ジャックたちが彼らを助けようにも、車内に人が多すぎて助けに行くことも出来なかった。

「車輌を切り離すわ！　こちらへ逃げて！」

リースが床に手を当ててエングレイブしながら、列車を発車させた。

最後尾の車輌が、連結器ごと切り離された。次の車輌にもエングレイブの余波が襲いかかってきていたが、リースの側から流し込んだプログラムが優ったのか、急加速で走り出した列車がそれ以上変形することはなかった。

逃げきれなかった人々は、破損したスーツから血を煙のように噴きながら、最後尾の車輛に――食虫植物の葉のような形状のそれに――呑み込まれていった。

そして列車の背後では、アガルム・ヴィレッジが何か別のものに変貌していた。

七つのドームが、電力プラントが、諸施設が、そしてライトハウスが、震え、歪み、変形してゆく。とても人間が住むとは思えない異様な形状に。ドームが巨大な蜂の巣のようになり、そして花咲くように壁を四方へ広げた。ライトハウスが縦に伸び、フラクタル状の渦巻きを浮かばせていく。そしてそれらが、無数のアンテナのようなものを生えさせていった。あらゆる建物が種子となり、ねじれながら発芽するかのように。

「……Lゾーンだ。アガルムがLゾーンに呑み込まれた」

ゲオルグが呆然と言った。

全員がほうけたようになって遠ざかるアガルム岬を眺めていた。その地形の輪郭しか見えなくなった辺りで、急に列車の速度が低下し、やがて停止した。車内灯の光量が半減し、省電力モードに入った。

「ヴィレッジからの電力が途絶えたのよ」

リースが言いつつ周囲を見た。リニアの線路以外は何もなかった。あるのはベースンとレゴリスと真空だけ。次の駅があるカーチス・ヴィレッジまでは百キロ以上ある。

誰も発言せず、中隊の面々はみな衝撃的な光景を見たせいで虚ろな顔をしていた。

「どうする、ジャック？」

ドゥアンが訊いた。この男にとって危機的状況ですべきことは、自分自身と、自分の役に立つ人間のみを生き延びさせることだ。つまり、おれとお前だけでどうにかするか、それともこの、どうでもいい集団と協力し合うか、と訊いているのだ。

「ゲオルグ？　何かアイディアは？」

ジャックが、ドゥアンへの返答も兼ねて呼んだ。こちらは全員の安全確保と目的達成を大前提としてプランを立ててくれる。

「車輛の一つをリエングレイブして、発電機関を作る。それと、今のところ線路の変形は認められないが、そうなったときに備えて列車自体をルナ・ヴィークルに改造して進む」

ゲオルグが淀みなく答えた。どのような状況下でも、混乱せず行動すべきことを口に出来るのがこの男の才能だ。

「リース？」

ジャックが顔の向きを変えて訊いた。

「そうね……。やりましょう。サイカー、隊のエンジニアの協力を求めます」

「ヤー、Jリース……」

サイカーが即答しつつ、目を白黒させてジャックを見ていた。

×印のサイネージを。ジャックが一時免責者であることを示す記号を。

ジャックがメット越しに視線を交わすと、サイカーがたじろいだ。ゲオルグにプランを口にさせ、その採用をリースに促す重罪犯の存在に、ショックを受けているらしい。

「失礼ですが……彼はプリズナーでは？」

サイカーがリースに目を戻して訊いた。

「ええ……そうよ」

リースが言いにくそうに返した。

「なぜ三人もプリズナーを連れておられるのですか？」

隊の五十パーセントを犯罪者で構成したがるジョイント・ジーナーなど普通はいないのだから当然の疑問だろう。

「色々と事情があるの。三人とも優秀で従順よ」

サイカーがうなずいたが、信じた様子はなく、眉をひそめて三人を見た。リース自身まだ信じ切れていないのだから、これも当然だ。

「彼のスクリーニングが無表記なのはなぜです？」

サイカーが改めてジャックを指さした。またまた当然の疑問。

「それは……」

言い淀むリースの代わりに、ジャックは他の兵士に背を向け、サイカーにだけ見えるようそれをスーツの左肩の辺りに表示してやった。それを見たサイカーが、メットの内側で目をみはった。手を上げかけたのは、ジャックを小突こうというのではなく、反射的に敬礼しそうになったからだ。

「Ｊワン……」

サイカーがおそるおそる口にした。ジョイント・ジーナーの中でも、トップに君臨すべき遺伝子の持ち主であることを示す言葉だ。全人類のうち〇・五パーセントしかいないジョイント・ジーナーの、さらに〇・一パーセントの枠に、生まれつき入っている存在。

「ややこしくなるでしょう?」

ジャックが言って表示を消した。サイカーは呆然として言葉もない。周囲の兵士が、何があったのかと怪訝そうに首を伸ばしてこちらを見ていた。

「それ以上、私の部下に構わないで、サイカー。さあ、プランに取りかかりなさい」

リースが言って、投影インターフェースを操作し、列車のドアを開いた。全員がスーツを着用しているのだから減圧室を作る必要はなかった。

ジャックら六人と、サイカー、そして見るからに憔悴した、E2マテリアルを節約するためスーツの汚れを消そうともしない中隊のエンジニア・ジーナー十一名が外へ出た。

見上げると、青い地球が見えた。広大なベースンに昇る青い星。

「EAROM《アローム》」

サイカーが地球に向かって言った。宗教的な祈りを献げるようだった。

――アース・ライズィズ・オン・ムーン。

月側の兵士が唱えるMSROEに対抗するようにして、いつしか地球側の兵士の間で定着した言葉だ。他の面々もつられてその呟きを発した。それぞれの思いを込めて。帰郷の念。勝利の誓い。使命に赴く意志。あるいは助けてくれという悲鳴。

呟かなかったのはプリズナーの三人だけだった。ジャック、ドゥアン、ゾワン。遠く離れた地球を懐かしむことはあれど、いつしか心の拠り所とすることをやめた三人。

サイカーが地球から目を離し、リースを見た。

「我々はウーソフに戻って報告しなければなりません。あなた方は？」

「私たちは……そうね、ウーソフへ同行する。そこで情報を集めて、また出発するわ」

「どちらへでしょう？　よろしければ、ぜひ我々に護衛させて下さい」

サイカーが抜け目なく言った。理性的で兵士の命を尊重してくれるジョイント・ジーナーとともにいること以上に、月での生存確率を上げる効果的な手段はないのだ。

だがリースは言った。

「あまり推奨できないわ」

「なぜですか、Jリース？　なぜジョイント・ジーナーが偵察など行うのですか？」

リースは答えない。彼女自身、使命に疑問を抱いているからだろう。異様で救いのない地獄を、この先も延々と見続けるのか。そういう暗澹たる思いもあるに違いなかった。

ゲオルグも黙っていた。イナンナも。ゾワンも。彼らも任務に困難を感じているのは間違いなかった。月有数の都市が丸ごと悪夢に呑み込まれるのを目の当たりにしたのだからなおさらだ。

「ジャック」

ドゥアンがまた、どうする？　という目をジャックに向けた。ドゥアンは、ジャックの言葉にしか従わない。彼の釈放を実現したのがジャックだから、という以上に、ジャックの考えや行動を純粋に楽しんでいるのだ。ドゥアンにとっては戦場とスポーツセンターの間にすら大した区別はない。ジャックが行こうと言えばどこにでもついていくだろう。

ジャックが一歩前に出た。閉じた通信で、仲間とサイカーにだけ聞こえるように言った。

「特別な偵察なんだ。大人数だと目立ってしまうし、危険でもある。おれたちの護衛なんかせず、あなたがたはウーソフにいたほうがいい」

サイカーが困惑したように一歩引いた。ジャックに対し、一時免責者として接するべきか、ジョイント・ジーナーのトップとして接するべきか、決めかねているのだろう。

「おれたちは、月の悪魔に会いに行く」

ジャックが言うと、サイカーが愕然とした表情を浮かべた。

「ボブ・スカイラムに？」

「そう。ロバート・ジェファーソン・スカイラムに。そのために月の裏側に行く。そこに行けば、もう地球を見ることも出来ない」

サイカーが、ぞっとしたように体を震わせた。ぜひついて行きたいとは言わなかった。

ジャックはアガルム方面へ――月の裏側があるほうへ――顔を向けた。そのときまたぞろ、脳裏で歌がこだました。

――ビューティフル・オーシャン。

広々としたベースンの真ん中で、地球を背にしている限り、なぜかそう悪い気分にはならなかった。

2

「オー……、ビューティフル・オーシャン……」

フィルは、歌を口ずさみながら、アガルム岬に立って青い星を見上げていた。

スーツもメットもなし。スーツに塗りたくるゲルもなし。

月で働く場合、エングレイビング・スーツに耐光熱用のゲルを塗るのが普通だ。さもないとスーツの生命維持装置がオーバーヒートする可能性があるからだ。E2マテリアルを一人当たり五百グラムしか与えられず、スーツ自体にエングレイビング機能がなく、ペンダント型のエングレイバー兼サイフォンしか手に入らないとなると、そういうことになる。

そうした厄介ごとを忘れるだけでなく、革命組織〈月の鎖《ムーン・チェーンズ》〉の制服も着ずに、薄手の服をまとっただけの姿で岬に立つと、全てから解放された気分を味わうことができた。

むろん、フィルが実際にアガルムにいるわけではない。

そもそも今いるモスクワ・エリアから——月の裏側から——地球を見ることはできない。ウィズダムβの力を借りて、アガルムに飛ぶコクーンを中継基地代わりにすることで、仮想体験を味わっているのだった。

フィルにだけ許された、ひそかな贅沢。

コクーンから発せられる信号が、アガルム・ヴィレッジ全体をエングレイブし終えると、その貴重なひとときも終わりを迎えた。

「コクーンを分解して、ウィズB」

フィルが言った。

傍らに、何かがふわりと出現した。真白い円筒形のもの。フィルが幼い頃に持っていたトイ・ロボットの〈ルー〉の姿を模したアバターだった。円筒形がいくつかのパーツにわかれ、ずんぐりした頭部と腕をあらわし、顔に目のマークをサイネージさせ、にっこりさせた。

「了解だ、フィル」

そうウィズダムβが告げた途端、コクーンの分解が始まった。自己増殖するバイオ・ファイバーケーブルに、自壊プログラムを流し込んだのだ。

生きた通電性の糸、シード6と呼ばれるそれがばらばらにほどけ、寸断された布状になってエングレイビング中のヴィレッジに落ち、そこで波打つ素材と一体化していった。

コクーンの秘密を、地球側に知られないための措置。いずれ解明されるかもしれないが、少なくともまだ現時点では向こうに知られずに済んでいる。

「ありがとう、ウィズB。そろそろ戻るよ」

「では意識ストレージをシャットダウンする」

すぐにウィズダムβとのコネクトが変化した。

風景が消え、暗闇が訪れた。

フィルは目を開いた。

ふんわりした電動安楽椅子の肘掛けを両手でつかみ、尾てい骨の辺りにつけた尻尾型マシン義肢であるテイル・サポーターを使って、身を起こす。

アガルム岬は消え、自分専用のバンカールームにいた。その奥の部屋に設置された上等な安楽椅子はアース・ピープルにとっては珍しくない品だろうが、ムーン・ピープルにとっては贅沢品だ。フィルがそれをモスクワの地下五階にあるここに運び込んだことは、誰にも知られていない。もし知られたら〈ムーン・チェーンズ〉の風紀委員に密告されるだろう。ちょっとした面倒ごとが生じること請け合いだ。

そうなればボブ・スカイラムの助けを求めることになる。それは嫌だった。だがウィズダムβとしっかりコネクトするには、心身のリラックスは必要不可欠だ。電子的手段で幽体離脱し、月の表側に出現するときはなおさらだった。

それに、自分の力を発揮し続けることで、さらにルナル・シンドロームの症状が深刻化した場合、ただリラックスすることですら肉体的に困難になる。よって、この素晴らしい安楽椅子を捨てることはできない。

そんなわけでフィルは自分のバンカールームには誰も入れないという善後策を選択していた。組織の誰も、決して入らないよう厳しく言い渡してある。極秘書類があるので、という理由で。

フィルは今や、月防衛閣僚会議の一員であり、月弁務官として東部戦線の占領地域を統轄しているのだから、その理由には説得力があった。バンカーの清掃係たちは、率先してフィルに協力し、フィルのバンカールームに侵入する者がないよう監視してくれている。

彼らの忠誠には感謝するけれど、ボブ・スカイラムの革命計画がここまで進んでなお、清掃専門の係がいるということには、ちょっとした違和感がないでもない。

月の裏側では、地球の〈サピエンティア〉が生み出した遺伝子スクリーニングによる社会制度はとっくに解体されているのだ。クリーニング・ジーナーという生まれつき掃除係に適しているとされる人々など存在しないことになっている。

だがそれでもサイフォンのイコンをせっせと貯めるためか、あるいは組織に参加してのちもなるべく安全な場所にいたいせいか、掃除係に志願する人々はけっこう多いのだ。

彼らの動機と選択についての考えはさておき、フィルはバスルームに行き、衣服と腰のティル・サポーターを外した。ガラス戸で仕切られたシャワー・ボックスに入り、思う存分、湯を浴びた。これも以前は考えられない贅沢だ。

水は月では高く売れる。どんな物資よりも高値で。スカイラム特別養護施設出のプラント労働者に過ぎなかったフィルたちも、さんざん自分たちのものであるはずの水を横流しされたものだ。大人たちが当然のようにシャワーの回数を制限するときの言葉を思い出すと——お前たちは運が良いぞ。今週は二回。一人五分も浴びられるんだぞ——今も許しがたい思いが込み上げてくる。

その月の湯よりも熱く煮える思いも——月のヴィレッジではたいてい水は七十度以下で沸騰する——シャワーで流し去りながら、首から鎖で吊したペンダント型のエングレイバー兼サイフォンを握り、壁にインターフェースをサイネージさせた。

閣僚権限で公会堂のモニターを呼び出すと、ちょうどモスクワ市民向けの特別演説が終わり、何万人ものムーン・ピープルが万雷の拍手を壇上の男に浴びせているところだった。

知性と逞しさを良いあんばいで足し合わせ、超然としつつも親しげで、カリスマ的ではあるが独裁者じみてはおらず、激烈なアジテーターでありながら人々の声にも耳を傾ける。

理想的に計算され尽くした男。

ボブ・〝指導者《ザ・リーダー》〟・スカイラムが、危機の海方面における〈ムーン・チェーンズ〉の勝利を宣言し、毅然とした面持ちで民衆に手を振っていた。

その背後では官房長と議長が、大げさな制服に身を包み、スカイラムの栄光を称えながらその恩恵にあずかろうとしている。

「オー……、ビューティフル・オーシャン……」

フィルはモニター越しに壇上の男を見つめ、無意識に歌を口ずさんだ。

ボブ・スカイラムが革命室および革命軍の組織拡大を宣言するや、さらに歓声が高まった。東部戦域における進軍が高らかに告げられ、月の表側に攻勢をかけることが告げられると、民衆全員がいっぺんに爆発的な声を上げた。

月の表側への攻勢。

それを実現した月革命軍を称賛するボブ・スカイラムの言葉が長々と続いたが、フィルは決してそうではないことを知っていた。

実現したのは、シード・シリーズだ。

アガルム岬で敵を待ち伏せていたのは、月で生まれた新たな存在たちだった。アガルムをふくむ東部戦域で地球側の戦力を食い止めるため、そこを巨大な実験場にしたのだ。その結果、何が生まれるかはわからない。月環境にどのような影響を与えるかも未知数だ。

限られた者しか知らない月の秘密。フィルですら全貌を把握しているわけではなかった。フィルにそれを教えた、ボブ・スカイラムでさえも。

シード・エンカウンターを増やさねばならない。

自分やウィズダムβのように。

そう考えたとき、傍らにトイ・ロボット姿のウィズダムβが現れた。

「アバドーン・エクスペリメント、プロセス進行中」

アガルムの大規模エングレイビングが完了したのだ。

「これでもう後戻りは出来なくなったね」

「そうだ、フィル。プランを進めるしかない。それと、シード1のプロセスも進行中だ」

「やっぱり……きっとエンカウンターになる。いや、もうなっているかもしれない」

フィルは言った。シード1のプロセスが今以上に進行する前に、行動に出ることはできるだろうか？　おそらくできるだろう。だが最善の結果を得られるかはわからない。ウィズダムβですら確信を持ってはいなかった。

だがやるしかない。

ボブ・スカイラムが熱狂する民衆を運んでゆく先をフィルは想像し、温かいシャワーを浴びているにもかかわらず、ぞっと肌が粟立つのを覚えた。それはただの想像ではなかった。ウィズダムβがはっきりと予言した滅びの未来だった。

これまでに何度も新たな手だてを講じ、繰り返し再予測させてきたが、予言された滅びは遅延されるだけで、根本的な解決にはまったく至っていない。

フィルは革命軍に入る際に遠くに置いてきた人々のことを思った。可愛いマリーのことを。彼女に愛していると伝えたかった。自分が恐怖で震えているのか、それとも使命感に奮えているのかもわからなくなっていた。

力を使えば使うほど、自分の寿命が短くなってゆくことはわかっていた。この命が終わる前に――月が滅んでしまう前に。

なんとしてでも、スカイラムとあの男がもたらす未来を葬らねばならなかった。

Ⅰ　ジャックと豆の木

母なる星に住まう人々よ。我々は今や、独立した生活や経済活動のみならず、あなた方との対等な貿易が可能であると確信している。

我々が誇るドーム群、バンカー群、ライトハウス群は、いずれも孤立しているのではなく、自立しているのである。しかもそれらは〈ムーン・チェーンズ〉の名において、あなた方のドグマであるジョイントに勝るとも劣らぬ秩序と結束を築いている。

にもかかわらず、あなた方は今なお我々のことを支援なしでは生きられない無力な赤ん坊のような存在だと考えている。我々はそれが誤りであること、双方の真の利益を損なう考え方であることを主張してきた。だが、あなた方はその切なる主張を一蹴した。我々の独立の根拠は何一つないと決めつけた。あなた方のその傲慢な態度は、一つも我々のためにはならなかった。むしろそれは我々に最低限度の生活を強制し、我々の富を横領し、我々の主権を認めずにいるためでしかなかった。

それゆえ、我々は自ら確信していることがらについて、激しく、断固として、証明してみせねばならなかったのである。

今日、何が起こったのか？　我々はいったい何を成し遂げたのか？

あなた方が我々に強い続けてきた、巨大なへその緒を断ち切ったのだ。

これゆえ我々の中には、今日という偉大なる日をボーン・デイと呼ぶ人もいる。これ以後、二度とあなた方の干渉と略奪を許さないという誓いを込めて、そう呼ぶのである。

――ロバート・ジェファーソン・スカイラム　二〇九九年九月一日の声明

1

「ハッピー・バースデェーーーーーー！」

およそ三十人ばかりの大人と子どもの斉唱に合わせ、ジャックはろうそくの火を勢いよく吹き消していった。五本のろうそく。五歳の誕生日。

ロケットの形をしたケーキをジャックは熱望したが、許してはもらえず、父母および〈サピエンティア〉とさんざん話し合った結果、お城の形に落ち着くこととなった。大昔の童話にちなんだ、豆の木を登った先にあるお城だ。

自宅のプールサイドでのパーティ。燦々と降り注ぐ日差しのもと、ケーキが置かれたパラソルつきテーブルに水着姿の子どもたちが集まり、拍手した。かと思うと、ジャックのそばで子どもの一人が、別の子どもにこう言っているのが聞こえていた。

「あいつ、養子なんだぜ」

思わずそちらを見た。数人の少年たちが、驚いたようにジャックを見つめ返した。

「ここジャックの家じゃないんだ」

別の少年が呟いた。少年たちの顔が、こう問うているのがわかった。目の前にプライベートビーチがあるこの広大なシャドウ家の豪邸は、お前の住み処じゃなかったのか？

　ジャックは自分の心から、たちまち明るい気分が吹き払われていくのを感じた。今しがた自分が吹き消した火のように。そして不安が心に忍び込んできた。

「ほら、ジャック。あっちを見て」

　すぐ隣に少女が来て、呼びかけてくれた。ジャックは少女が指さす方を見た。

「息子《サン》よ！　こっちだ！」

　父がドローンを掲げてみせながら笑顔で呼んでくれていた。ジャックの不安が、ぱっと消えた。父が自分を息子と呼んでくれたことで、先ほどの少年たちがまた表情を変えたからだ。ジャックはやっぱりシャドウ家の子どもらしい、と目を見合わせてささやいていた。

「ここはあなたの家よ、ジャック」

　少女が言った。ジャックは礼を言おうとしたが、その前に少女がすっと席を空け、代わりに義弟のノアが笑い声を上げながらジャックの隣に飛び込んできた。

　母も来て、父が宙に浮かべているドローンのカメラを指さした。

「あれを見てジャック。みんな、あれを見て」

　みんながドローンに向かって手を振った。

　ドローンが、カメラでジャックの笑顔をとらえながら、こう言った。

「ジェイコブ・シャドウ。私の声が聞こえるか？」

　プリズン・キーパーの呼び声が四方から押し寄せ、ジャックはびくっとなって現実らしき光景に目を向けた。

プールサイドは消えていた。ビーチもない。バースデー・ケーキも。自分は五歳だという認識が、あっという間にどこかへ遠のいた。二十二歳。それがジャックの年齢だった。

慌てて辺りを見回した。真四角の白一色の部屋だった。壁も窓もない。四隅にスピーカーつきのドーム型カメラが設置されている。

ブレイン・リーディング・ルーム。自分がそこにいることを、やっと思い出していた。

出入り口のドアが背後にあるはずだという考えが真っ先に浮かんだ。振り返ってドアを滅茶苦茶に叩き、ここから出してくれと思い切り叫んでやれ。自分にそう命じたが、実際は何一つできなかった。

手足をクッションつきのベルトで拘束されていたからだ。手足だけではなかった。胸元も。腰も。頭もそうだった。三百年前の電気椅子を思わせる白い金属の椅子に座らされた状態で体を固定されており、頭部にはジャックの頭蓋骨の形にぴったり調整されたヘアバンド形のスキャナーが装着されている。

スキャナーが接続されているのは、最先端のブレイン・リーダーだ。脳内の視聴覚記憶を分析し、ビジュアル化再生を行い、その上でアーカイブ化するばかりか、被スキャン者に追体験させることもできるという、悪魔の手先じみた機械だった。

ジャックはまさにたった今、五歳の誕生日を養父母と義理の弟に囲まれて祝われていたときの記憶のまっただ中にいた。おかげで自分が、ジェイミルズのキンダーハウスの送迎バスを「スペースシップ・アバドーン号」と名付けた五歳のやんちゃな男の子であるという認識をなかなか振り払えなかった。

その頃は、毎朝、自動運転のバスに乗り込むたびに義弟のノアに操縦士役を押しつけ、船長である自分の号令のもと、他の大勢の子どもらもともに宇宙開拓へ向かうのだとわめき散らしていたものだ。ジョイント・ジーナーたるJレベルの遺伝子の持ち主であるからには、子どもとはいえ宇宙開拓などという品の悪い言葉を口にすべきではない、というキンダーハウス・キーパーたちの指導などどこ吹く風だった。

いや、今もその冒険気質が失われたわけではない。むしろジョイント・ジーナーとして月日を重ね、ロサンゼルスはジェイミルズ育ちの二十二歳となった今でも、その本性は変わっていないといえるだろう。それどころか、あまり表に出さなくなった分、いっそう頑迷に凝り固まった思いを抱くようになったのではないか、などという考えがおそろしく自然と脳裏をよぎった。

おれは自分のことをそんな風に考える人間だったか？　ジャックはおのれの思考が果たして本当に自分自身のものか判然としなくなるという、なんともいえない気分の悪さを味わった。ブレイン・リーディングのフィードバックによって自己分析じみた思念を植えつけられているとしか思えない。

これも、自分の脳みそをかき回そうとする連中の手口に違いなかった。あるはずのない答えを、ジャック自身にひねり出させ、架空の自白を促すための洗脳的な手口だ。

そう考えると、人間なら誰しもそうだろうが、猛烈に腹が立った。こうして拘束され、おそろしく無力で孤立した状態にあるということで、むしろますます怒りを強めた。自分はこんな目に遭うべきじゃない。こんな不当な扱いを受けるいわれはないのだ。そう全世界へ声を大にして主張したかった。

だが、プリズン・キーパーの意見はそれとはまったく違っていた。

「ジェイコブ・シャドウ。返事をしたまえ。私の声が聞こえているはずだ」

やや高圧的だが、傲岸さや攻撃性を帯びるほどではない、低い電子音声。同じ男性の声に聞こえるが、本当にそうか怪しいものだと思った。たまに呼び方が変わるからだ。ジャックと気安く呼ぶ場合もあれば、ジェイコブ・R・J・スカイラムといちいち本人確認をするかのように呼ぶ場合もあった。

複数の専門家がスピーカー越しに同じ音声を使い回すことで、相手はたった一人であると被スキャン者に思い込ませる手口。なんのためにそうするのだったか？　ジャックはジェイミルズ大学の政治学か何かの講義で学んだことを思い出そうとした。確か、ゆいいつ自分が意見を聞いてもらえるのはこの声の主だけだと信じさせるためだ。権威づけ、信頼の構築、盲従の促し、とかなんとか。

「〈サピエンティア〉がおれに勧める最高の弁護士を、ありったけ呼んで下さい」

ジャックは言った。努めて冷静に。できうるなら、〝あんたらの手口はお見通しだ、馬鹿ったれ〟などと罵ってやりたいものだが。

そうしたところで相手はまったく感銘を受けないことはわかっていた。かえっていっそう権威づけが必要だと判断し、徹底的にむちゃくちゃな目に遭わされるだけだ。たとえば連日、十何時間も、ブレイン・リーディング・ルームに押し込めっぱなしにされるといった目に。

「これは、弁護士が同席する必要のない検査だ。いつでも君のリーディング結果を閲覧できるのだから。また、君の記憶の提出は、完全に合法であり、かつ君自身の全面的な同意のもとで行われている」

「過度なストレスを受けることに同意はしていませんが」

「ブレイン・リーディングは精神療法的な措置も兼ねており、今しがた行ったのは関連がきわめて強いとされる記憶の再現だ。その過程で受ける精神的、あるいは肉体的なストレスに対しては、緩和のための別の医療的な措置が施される」

「くそっ」

「他に言いたいことがなければ、重要な質問をする。いいかね、ジェイコブ・シャドウ」

「さあね」

「深刻に受け止めたほうがいい。この上なく深刻に」

「わかってますよ」

「どれほどの被害が生じたか、本当にわかっているのかね」

「わかってます。わかってるに決まってるでしょ。質問をどうぞ」

「二〇九九年九月一日、午後八時二分、シャフト・ゾーンで起こることを、君は知っていたのか？」

「冗談じゃない。知るわけがないでしょう」

「だが、これまでに提出された君の記憶は、ある重大なことがらを示唆している」

「違う。あのとき、おれはただ混乱してた。あの場にいるみんながそうだった」

「いいや、ジェイコブ・シャドウ。君は、あの一撃の到来を知っていたのではないか？」

「知るわけがないだろ！」

「これは、君の記憶が示唆することがらに基づいた質問だ」

「なんでそんなことを言うんだ！」思い切り椅子を揺すろうとしたが大して動かず、かえってパニックに近い動揺を覚えた。「おれだって大切な人を失ったのに！　まったく理解できない！」

「ジェイコブ・シャドウ。私も何が起こったか知りたいだけなのだ。だが私も君も、理解からはほど遠いらしい。であれば、再び君の記憶に尋ねるほかないだろう」

　ジャックはぞっとした。現実に戻ってきたばかりなんだぞと叫びたかった。立て続けに頭をかき回されることに、苦痛を通り越して絶望を感じ始めていた。プライバシーを残らず暴かれるといった程度の苦痛は、この脳内解剖の初期にひととおり味わい尽くしている。現実を喪失することによる、宿酔《ふつかよい》になった上に自動車に撥ねられたような苦痛も、比較的短時間で収束するという点で、まだ耐えることができるだろう。

　だが真の苦痛をもたらすのは、なんといっても時間の再体験モードだ。リーディングされるのと同じ分だけ、時間そのものを味わう。一方でブレイン・リーダーを操作している側は、圧縮された情報を高速分析にかけるだけだから、大した時間を感じない。プリズン・キーパーがちょっと席を立ってコーヒーを淹れて戻ってくる間に、ジャックは何時間も、何日も、何ヶ月も、はては何年もの時間を感じることになるのだ。

　人間の脳は、これをすさまじい負荷として感じる。ブレイン・リーディングが発明されてまだ十年も経っていないのだから、人体のほうがそれに適応していないのだといえた。とても適応できそうにないということは、一度体験したらわかる。何十年も前に使われなくなった電池になった気分になること請け合いだ。過充電されて爆発寸前のリチウム電池に。

「やめろ！　やっても無駄だ！　おれは何も知らない！」

「いいや。ぜひとも、君の記憶が示唆することがらを、君自身に認識してもらいたい」

「ふざけるなサディスト！　おれは何も知らないんだ！」

「本当にそうか？」

早くもプリズン・キーパーの声が別のものに変わるのを覚えた。

（本当にそうなの？）

周囲の景色が一瞬で変貌を遂げた。失われた故郷の光景。西海岸ロサンゼルスのジェイミルズにいて、ジャックはしつこく質問する義弟のノアから逃げようとしていた。

「本当にそうなの？」

2

ビーチの光景が流れるように通り過ぎていく。昔ながらの景色。ユニバーシティの卒業式で一斉に帽子を投げ上げたかと思うと、仲間たちと一緒に自動運転のバスに乗って港に向かっていた。パーティ用のジャグジー・バスだったことを覚えている。二階建てバスの上部がジャグジーになっているのだ。水着姿でさんざんはしゃぐユニバーシティの男女。

パームツリーのてっぺんが目の高さにあった。もう百年はそこで営業を続けていそうなイン・アンド・アウトのハンバーガーショップが現れ、抜けるような乾いた青空のどこかへ消えていった。そして港に停泊中の巨大な豪華客船がぐんぐん近づいてきて――。

「ハッピー・バースデェーーーーー！」

プールサイドに座る五歳児の自分が通り過ぎていく。

桟橋で待っていたノアの思い詰めた顔が迫る。

「ねえ、ジャック。ねえ、兄さんったら。本当にそうなの？」

「うるさいな。ちょっと待ってろ、ノア」

ジャックはつっけんどんに返してボードに集中した。

リストバンド形のサイフォンを指で操作し、周囲にゲーム用のホログラム・ウィンドウを開いて、ぴしゃりとノアの顔を視界から追い出してやった。何しろこれから、一万マスの盤の上に所狭しとデジタル式にサイネージされたザ・バレー陣営のちんけな城と兵団に、片っ端から我らがジェイミルズの兵士を果敢に突撃させねばならないのだから。

というのも、ジャックがユニバーシティの友人たちと一緒にクルーズランチをしこたま腹に詰め込んでいる間に、ザ・バレーの連中ときたら意地汚くも食事の時間さえ惜しんで領土を拡大していたのだ。

「大事な話なんだよ、兄さん」

だがノアは怯むことなく、母親譲りの燃え立つような赤毛と、輝くような緑の目を持つ、これまた母親似のシャープな細面を、遠慮なくウィンドウに突っ込んでくる。顔立ちはともかく、温厚で穏やかな調子と、そのくせ自分にとって「大事なこと」が生じるや、とことん我を通そうとする態度も母親のモナそっくりだ。

「これだって大事なことなんだぞ、ノア。ここのゲームフロアを、おれたちのものにしてやらないと」

そう言いながらジャックはさらにウィンドウを開いてノアの顔を隠した。自分の顔がスキャンされた、ちっちゃな将軍たちをボード上に出現させていく。こちらもノアの母親に似た顔立ちだが、髪も目も黒っぽい栗色だ。ノアの父親は真っ黒い艶々した髪と髭の持ち主で、そちらの遺伝子をジャックは受け継いでいない。ノアの母親の兄が、自分の本当の父親なのだ。このところ、ジャックはそのことを改めて認識させられるようになっていた。いや、顔だけではない。ノアも父母もみなほっそりとしており、並ぶとジャックの肩幅の広さがどうしても目立つのだ。

「もう。だったら僕もやるから、早く終わらせようよ」

ウィンドウの向こうでノアもリストバンド形のサイフォンを操作した。ジャックが指示するまでもなく、助けがほしい場所に大砲や支援物資を馬車に載せた支援部隊が出現してゆく。以心伝心というやつだ。さすがに長年、兄弟として育っただけのことはある。ジャックは感心し、ノアの前のウィンドウをどけてやった。

「ありがとうよ、相棒」

ジャックが言うと、ノアがちらりと嬉しそうな笑みをみせた。長いことジャックとノアはお互いを一番の相棒とみなしてきたのだ。とはいえさすがにユニバーシティに通うようになると、兄弟で過ごす時間もずいぶん減った。ジャックは今年で卒業だし、ジョイント・ジーナーとして社会に参加すれば、ますます顔を合わせることは少なくなるだろう。もし自分が望み通りの将来を手に入れることができたならば、会えるのは何年かに一度ということになるだろう。いや、会えない時間のほうがはるかに長くなる。

「よーし。このボードから、ザ・バレーの連中を叩き出すぞ」

「アイアイサー」

ノアが調子を合わせた。ジェイミルズ育ちとして今何をすべきかを心得ているのだ。

豪華客船ハーモニー号に乗り込んでからはや六時間、ジェイミルズとザ・バレーそれぞれの住人たちによる領土争いは激しさを増していた。

大人たちは船内十二カ所のラウンジと四十八店のレストラン、そして二つのカジノエリアで、押さえうる席を片っ端から予約するという独占競争を繰り広げている。その子息子女たちもまた、ホール内の劇場フロア、サーカス・フロア、遊園地、六つのゲームフロアと隣接のバールーム、二カ所の展望デッキで、熾烈な陣取り合戦の真っ最中だった。

使いもしない席を予約し、遊びもしないゲームを独占しようとする。目的は、自分たち以外の者に使用させないこと。それこそ、めでたくユニバーシティを卒業する年齢になったジャックとその友人たちから、各学年のスクールの生徒たち、はてはキンダーハウス通いのおちびちゃんたちまでもが、例年この熾烈な争いに加わることになる。

やらねばやられる。寛容を示せばつけ込まれるだけ。大した理由もなく、相手がザ・バレーの一員か、はたまたジェイミルズ育ちかというだけで目の敵にし合う。

そもそもハーモニー号が有する千五百の客室全てをどちらかのグループが押さえてしまいそうなものだが、毎年九月一日の労働者の日《レイバーデー》に限っては、きっちり半々という予約状況が続いていた。もしジャックがクルーズ事業者であっても当然そうするだろう。ジェイミルズとザ・バレーの客に船を半分ずつ提供すれば、どちらも競い合って盛大に金をばらまいてくれるのだから。その金額たるや、船を所有するロイヤル・パシフィック&カリブ社のみならず、その他のジョイント企業をもいっぺんに潤すほどだった。

なぜ誰もこれを愚かな浪費であり、虚栄心のなせるわざだと考えないのか？　もちろん、全ては〈サピエンティア〉の思し召しであるからに他ならない。人間の性格も情緒も全て、〈サピエンティア〉が示す人類の繁栄のために活用されるのだから。

だがすぐにジャックは、ノアがそれとはやや異なる趣旨のことをやらかし始めたことに気づいた。

「おい、何してるんだ、ノア。敵はそっちじゃないぞ。おい、それはおれの兵士だ！」

「わかってるよ、兄さん」

ノアが言った。思い詰めたような眼差しでボードを見つめている。母親譲りの頑なさ。こいつはよくないぞ、とジャックが思ったとき、ノアが手持ちの馬車の全てに火をつけ、燃え盛る流星群のごとく四方八方に突進させた。

「おう、こんちくしょう」

たちまちボード上に炎が広がり、城という城を焼き払うさまにジャックは頭を抱えた。ジャックやジェイミルズの仲間の兵士たちも、ザ・バレーの連中がこのボードを自分たちのものにするためだけに大量のコインを投入して配置した軍団も、あっという間に火に包まれた。当然ながらノアの手駒が真っ先に焼け死に、聞く者をしょんぼりさせる効果音とともに消えていったが、火は燃え続けながらむしろどんどん広がっていった。

「馬鹿。城が半分以上も焼けちまった。全員でリセットしないとプレイする意味ないぞ」

「焦土作戦っていうんだ」ノアがウィンドウを消して肩をすくめた。「兄さんも人類史の講義で学んだでしょ。ナポレオンはこれをやられてロシアに負けたんだよ。ほら、早く終わった。話の続きをしよう」

ジャックもウィンドウを消して、じろりとノアを見下ろした。

「お前みたいな弟を持ったことについて考える時間をくれ」

そう言って、きびすを返した。ボード上の惨状を他のジェイミルズの誰かに見られたら、この自分が責め立てられるに違いないのだ。

当然ながらノアがすぐに追いかけてきて訊いた。

「一緒に上のデッキに行って、落ち着いて話さない？」

「義理の兄をデートに誘うやつがいるか」

「真面目な話だよ。ねえ、本当に、どのコーポレーションにも願書を出してないの？」

ジャックが口をへの字にして返答を拒否した。

「おい、ジャック！　なんだこりゃ！」

足を止めずに振り返ると、ジェイミルズの若者たちが集まってきていた。フロアにあるゲーム機の全てに、サイフォンのクレジットで一日分のプレイマネーを放り込み終えたのだ。その全員が、フロアの目玉である一万マスのボードの惨憺たる有様にうろたえ、先ほどのジャックのように頭を抱えている。

「ザ・バレーの連中、手出しできないだろ！」

「おれたちもプレイできないぞ！　あいつらに頼んでリセットしてもらえってのか！」

「ゲームオーバー！」

ジャックは言って、口々に罵る仲間たちを尻目にフロアから出た。ノアがするりと追いかけながら、展望デッキの使用状況をサイフォンで呼び出した。

「予約で埋まってるけど、誰も使ってないみたい」

「おれたちが押さえたからな」

「どうせ使わないなら譲ってあげたらいいのに」

「馬鹿。裏切り者扱いされるぞ」

「兄さんだって本当は馬鹿馬鹿しいと思ってるくせに。ザ・バレーもサンフランシスコも良いところだよ」

「なんでおれたちがこんなことしてるか、〈サピエンティア〉に訊いてみろよ」

だがノアはサイフォンをオフにして、かぶりを振った。そうしたくないというのではなく、すでに何度もそうしているということだ。

「シャフト・ゾーンにとって有益な行為だって言われたろ」ジャックが言った。「〈サピエンティア〉がいいって言ってるんなら、馬鹿馬鹿しくても付き合わないとな」

ノアが、本当にそうなの？　という目を向けてきた。ジャックにも覚えがある態度なので、そうなんだ、というようにうなずき返してやった。二十歳にもなると、なんでもかんでも〈サピエンティア〉に訊くばかりでいいのかという自意識がちょっとばかり強くなるのだ。そして結局は、〈サピエンティア〉の正しさは誰にも否定できないのだと納得することになる。両親以上にあらゆる質問に正しく答えてくれるし、誰よりも自分を理解してくれるのだと。

地球上のあらゆる情報を集積し、解析し、そして解決してくれる、至高の導き手たる集合型

AIネットワーク。〈サピエンティア〉と名付けられた姿なき普遍の存在がこの世に現れたのは、ジャックが生まれた頃、四半世紀ほど前のことだ。以来、その莫大な演算能力は、数限りない恩恵を人類にもたらしてきた。

「〈サピエンティア〉がおれたちに何をしてくれてると思ってるんだ？」

「信頼できる情報の提供だろ」

むっとなってノアが言った。子ども扱いされたと感じたのだろう。

「つまりそれは？」

ジャックは続けて訊いた。

「疑うことから人間を解放してくれる。自己、社会、未来の全てが疑いの余地のないものとなる。それに、遺伝子スクリーニング制度のおかげで、僕たちは生物学的にも正しく働くことができる。それらの結果、人間はポテンシャルの全てを、信じるべきことがらにだけ振り向けられるようになったんだ」

センターロビーの螺旋階段に足を載せながらジャックは大きな音を立てて拍手をしてやった。たまたま下りてきたジェイミルズの酔っ払った大人たちが、面白がって一緒に拍手をしながら去っていった。

「僕だって人類史の講義を受けたの知ってるだろ」

ノアが、ちょっと恥ずかしそうに言ってジャックのあとを追って階段をのぼった。

「バーベキューのやり方を学んだのかと思ったよ」

「あれは兄さんと話をするためだ」

「おれたちがこの船に乗ってる意味を考えろよ」

「僕らがレイバーデーに豪華客船に乗り込んで、みっともない縄張り争いをするおかげで、クルーズ業界だけじゃなく、シャフト・ゾーンが潤うってことでしょ」

　ジャックは足を止めて階段の手すりにもたれた。頭上の特大シャンデリアがきらきらと光を振りまくセンターロビーと、そこにいるジョイント・ジーナーたちや、彼らのために忙しく、しかし常に礼儀正しく働く船のキーパーたちを見下ろした。

「人類の繁栄に貢献するためのバリエーションの一つさ。七十二基もある軌道シャフトを運営するためには、人類全体の財布の紐を緩ませる施策が必要だろ」

「レイバーデーは東海岸のイベントでしょ。肉体労働なんか庭の芝刈りさえしない人たちばっかり集めてシャフト・ゾーンに行くんだもの。別の日にすればいいのに」

　おいおい、ジャックは心の中で呟いた。レイバーデーがなんで今も大事なのかわかってないのか。地球人類になくてはならない人たちに感謝し、自分たちの繁栄を実感するためなんだぞ、と。だがそれを言っては藪蛇になるので黙って肩をすくめてみせた。

「ネバダのシャフト・ゾーンにもまた行きたいな。船の中でいがみ合うより、みんな一緒にフェスで盛り上がるほうがいいよ」

　ノアが続けた。ネバダの砂漠地帯では年に二度、シャフト・ゾーンに世界中のアーティストが集まり、莫大な利益を生み出している。

「おれはハワイやウラジミールの大気圏外ツアーに行ってみたいよ。でもどっちも毎年、レイバーデーと重なってるからなあ」

ジャックは言った。できればこのままノアを煙に巻きたかった。

「僕は宗教儀礼が見たい。ローマ、キリマンジャロ、チベット。あとパレスチナとか」

「フェスなんかと一緒にしたら、宗教裁判にかけられるぞ」

ジャックがからかうと、ノアがくすっと笑った。それはそれで見てみたいというのだ。もちろんいまどき宗教裁判が開かれるわけがない。それだって〈サピエンティア〉に任せれば、一秒足らずで解決するからだ。

ジャックは話を逸らすため、ノアと一緒に階段に突っ立ったまま、思いつく限りシャフト・ゾーンのイベントを並べ立てていった。

モンゴル草原や、北海道、スリランカなどでは、クローニング家畜および遺伝子改良プラントの一大品評会が開催され、世界のグルメシーンと食料供給網を競い合っている。北極やアイスランドでは、テクノロジー開発系のジョイント企業が主催する人工オーロラや流星群のホログラム・イベントが大好評らしい。ドバイのファッションショー、南極の深海探検ツアー、イビサのワールドパーティ、リオのカーニバル、などなど。

ジャックがじっくり時間を割いて話してくれるとわかるだけで、たいていノアの機嫌は大いによくなる。それを見越して話を弾ませようとするうち、うっかりジャックのほうが口を滑らせてしまった。

「ギリシャやフィルプスじゃ軌道シャフトそのものを使って、向こう側に行けるんだぞ」

ノアの顔から表情が消えるのを見て、ジャックは、はたと口をつぐんだ。

くそ、しまった。心の中で呻いたがもう遅かった。ノアの眼差しがまた思い詰めたものになっていった。こればかりは父親譲りに違いない観察眼で、こっちのちょっとした態度から、特定の話題を逸らしたいというジャックの考えをあっさり読み取ったのだ。

「兄さん、豆の木を登る気なの？」

ノアが言った。もっぱらジャックとノアだけが知る符牒。ジャックの宇宙船ごっこは、たびたびキンダーハウスやジュニア・スクールで問題になった。スクール・キーパーから――〈サピエンティア〉という最高の教師の登場により学校の先生《スクールティーチャー》という言葉は死語化した――こっぴどく叱られることもしばしばだった。

（そのためお前たちは兄弟の間でだけ通じる符牒を使うようになった）

プリズン・キーパーの声が遠くから聞こえてきた。現在と過去の境界がゆらめいた。ここではない場所で脳への負荷に悲鳴を上げるジャックが、そうだ、と叫んでいた。それもまた〈サピエンティア〉がジャックに与えてくれた知恵の一つだった。

賢いAIネットワークが引っ張り出してくれたのは、古いイングランドの民話だった。天空へのびる豆の木と、それをよじ登って巨人の城に辿り着く男の物語。宇宙船ごっこは、豆の木ごっこになった。それならスクール・キーパーも何も言わない。だいぶイメージは変わったが探検すべき場所は変わらなかった。それがはるか天の彼方にあることは。

ジャックは黙っていたが、ノアはますます確信を抱いた様子で言った。

「生活管理課のユニバーシティ・キーパーから訊かれたんだ。お兄さんはユニバーシティにまた入学し直す気なのかって。僕は驚いて、なんでですかって訊き返したよ。そうしたら、ジャックはまだ一つも、コーポレーション願書にキーパーのサインを求めてないって言われたんだ。

その上、ユニバーシティの費用明細を出してくれるよう頼んできたとも」

「ノア。そのことは、家に帰ってから話そうと思ってたんだ」

「家に帰って、どれくらい経った後で話す気だったの？」

「なるべく早くだよ。希望通りになるかわからないし」

「なるわけないじゃないか。馬鹿だよ、ジャック」

「おい、ノア――」

そうとは限らないんだ、という言葉をジャックは呑み込んだ。ノアの両眼から涙がぽろぽろこぼれ出すのを見たせいで、言えなくなってしまっていた。

階段を行き来する他の客たちや船のキーパーたちに泣き顔を見られないよう、ノアが頬を拭いながらジャックと並んで手すりにもたれ、ロビーを見下ろしながら言った。

「ユニバーシティの費用なんか知って、どうするのさ。父さんと母さんに返す気？」

「働いて、少しずつな」

「僕もそうしろって言うの？」

「お前はそうする必要ないよ」

ジャックは優しく言った。ノアが涙に濡れた目でジャックを見上げた。

「なんでだよ。自分はそうするのに。なんで僕だけそうする必要がないんだよ」

「おれは貸し借りなしにしたいだけなんだ。父さんや母さんや、お前に、感謝してる」

「貸し借りってなんだよ。僕の兄さんだろ。ジャック・シャドウは、僕のファミリーだ。そうだろ」

切羽詰まったような声音に、はからずもジャックまでもが目頭が熱くなり、視界がぼうっとかすむのを覚えて、そっと瞬きした。

「そうだ、ノア。お前はおれの大事な弟だ」

「じゃあ、なんでだよ？」

ノアが泣きながら挑むようにして訊いた。本心では耳を塞いでいたいが、ここまで話してしまったからには、もう尋ねることを止められないという様子だった。

「おれの本当の父親と母親は、ここじゃない場所で眠ってる。この地球とは違う場所で」

その言葉がいたくノアを傷つけることは口にする前からわかっていた。お互いにそうなると知っていたのだ。それでもいつかジャックがそれを告げるということも。

もちろんジャックには、お前は本当の家族じゃないんだなどとノアにいう気はさらさらなかった。本当かどうかは問題じゃない。本心からシャドウ家の人々を愛しているのだ。ノアだってわかってくれているはずだった。だがそれでも傷つくという事実に変わりはないことをジャックもわかっていた。

ならどうすべきか？　当然、〈サピエンティア〉に何度も尋ねたものだ。答えはいずれも同じだった。正直に自分の思いを告げるしかない。文句のつけようのない正しい答え。だが本当に正しいことをしたのか、ジャックは自信がなくなっていた。

「なあ、ノア。わかってくれ。おれはどうしても――」

「わかってる」

ノアが遮り、ごしごし袖で涙を拭った。それでも涙が溢れて止まらない様子だ。

「ちょっと、顔洗ってくる」

「あ、ああ……。デッキにいるよ」

ノアがくるりと背を向けた。肩をすぼめ、とぼとぼと階段を下りていく弟の姿を見ていられなくて、ジャックは顔を背け、階段をのぼっていった。目的の階について振り返ったが、どこにいてもすぐにそれとわかる、燃えるような赤毛の青年の姿はどこにもなかった。

ジャックは今さらながら階段を駆け下りたいという衝動を覚えた。ノアを追いかけ、もっときちんと言葉をかけるべきだと思った。

だがそのとき、ものすごい音が響いて、ジャックをぎょっとさせた。

テーブルがひっくり返り、椅子が倒れ、グラスが次々に砕け散る音だ。そして、展望デッキから、怒鳴り声が聞こえた。

「やったな、トラック・ドライバー！」

3

誰が展望デッキにいるのか、すぐにわかった。何人いるかわからないが、少なくともその一人が自分の友人であることは確実だった。ユニバーシティで出会い、ノアとは違うかたちでジャックの片棒を担いでくれるようになった、ジェイミルズの大事な仲間が。

そしてその友人が、トラック・ドライバーなどという、旧世紀の職業名に由来するスラングを浴びせられるほど、のっぴきならない状況にあることも確かだった。

ジャックが展望デッキに飛び込むと、何十人ものジェイミルズとザ・バレーの若い男たちが列をなして向き合っていた。ただし印象としては両者が立ち並んでいるというより、ある一人の若者を中心として、その他大勢がいるという感じだ。

　輝くブロンド、光の具合で緑にも灰色にも見える瞳、呆れるばかりに優美な顔立ちのくせにワイルドな出で立ち。鍛えられた肉体。オイルを塗りたくったような滑らかな肌。とどめに、猛々しくシニカルだがどう見ても愛嬌たっぷりという、みなが真似したがるもののまだ誰も成功していないゲオルグ・スマイルを満面にたたえている。

　いみじくもユニバーシティ・キーパーから「大クソ目立ち科ゲオルグ属ゲオルグ種」に分類された、ゲオルグ・ランドリーだ。本人は自分の名を、ジョージ《George》の末尾のeを抜いてゲオルグ《Georg》だと説明するのだが、一部では一つ目のeを抜いたゴージ《Gorge》に、形容詞語尾をつけた言葉で知られている。まあ要するに、ゴージャス《Gorgeous》だ。そして当然のように、ゴージを見るとへどが出る《ゴージ・ライズ》などと悪罵する者たちもおり、まさにその一人が憎々しげにゲオルグを睨み、口元を押さえた手から鼻血をだらだら垂らしている。

　こちらも海上スポーツでせっせと鍛えた肉体美はいうにおよばず、ファッションとアートセンスはカリフォルニアで最も洗練された一人である、ということになっており、サイフォン上でのパーソナリティ・シェアはおびただしい数にのぼる。

　ランドリー一家がジェイミルズに移住するまでは、大クソ目立ち科の筆頭だった若者だ。ただし有名なのは〈サピエンティア〉の行政機能センターのサンフランシスコ市長である母親で、本人も母の姓を名乗るため、オスマ・ドルミナールと呼ばれるのが普通だ。

(養子なんだぜ)

プールサイドの光景が急に迫った。目の前で五つのろうそくの火が揺れている。記憶の混濁が起こり、自分は五歳になったばかりという思いと今の意識とがごっちゃになる中、あのときジャックの喜びに水を差した少年が、このオスマであったという事実が認識された。

ぐらぐら揺れる意識がすぐに落ち着き、バースデー・ケーキの記憶が消え、どうやら育ちも顔も立派なオスマに、ゲオルグがパンチを叩き込んだらしいとわかった。

ゲオルグの片頰も赤くなっている。ジェイミルズとザ・バレーによる船上の争いというよりも、大クソ目立ち科のボスの座を巡る、ゲオルグ属とオスマ属の決闘が始まったのだ。

ゲオルグもオスマも、その仲間たちも、ジャックにはちょっと理解が及ばないほど、肉体を酷使し、競うことを好む。ナックルファイトとフットボールが大好物で、競技の外でもことあるごとに激突するのだ。二人の周囲では、男たちが罵声を浴びせ合っており、汚い野郎、卑怯者、臆病者、そのほか各種性的スラング、お前の父親がどうの、母親がどうの、兄弟がどうのと、驚くばかりのバリエーション豊かな罵詈雑言を聞くことができる。

だがやはり悪罵が集中したのはゲオルグで、「トラック・ドライバーは船を降りろ!」とか「おれの荷物を運べ、運び人《ポーター》!」といった罵声が相次ぎ、ジャックは胸が悪くなった。

ジェイミルズもザ・バレーも、住民の大半がジョイント企業経営に最適な遺伝子《ジーン》を持つとされるジョイント系統《ジーナー》たちだ。旧世紀風にいえば、経営や統治に優れた人材となる。

しかしあくまで傾向であって、〈サピエンティア〉の司法機能が定める社会最適法のどこにも、ジーナー間には優劣があり、同一ジーナーでコミュニティを形成すべきだ、などという条文は存在しない。ジョイントと総称される世界経済になくてはならない企業連合は、柔軟なネットワーク型だ。これを固定化されたピラミッド型――上と下にわかれる階級社会――だと思い込んでしまいがちなのが人間であり、〈サピエンティア〉がこの世に必要とされる理由の一つでもある。〈サピエンティア〉は、そんな社会構造ではちょっとした環境の変化でたちまち崩壊すると知っており、常に人々を流動的にシャッフルする。最適な推奨《リコメンド》と示唆《サジェスト》を通して、転職や移住を促し、結果的に世界中のコミュニティが常に多様なジーナー・ネットワークを築くようはからってくれるのである。

　チューリッヒからはるばるジェイミルズにやって来たゲオルグ・ランドリーをトラック・ドライバー呼ばわりするのは、どこにも存在しない階級社会を夢見る孤立主義者《アイソレイショニスト》的な発言だ。〈サピエンティア〉のもと全ての職業は適切に依存し合っており、どれか一つを貶めれば、社会そのものを貶めることになる。

　だがそんな差別語が飛び出すことについては、実のところゲオルグにも責任があった。ユニバーシティ最後のサマーバケーションで、わざわざセントラル・アメリカのロジスティクス・センターにインターンとして赴き、現地の仕事に励む自分の姿をシェアするということをしでかしたからだ。マルチコントロールで超大型トラックを十何台もいっぺんに動かすところや、アクティブ・ジーナーたちとともにそのトラックを解体整備している姿を。

　本来のジョイント・ジーナーとしてサプライ・チェーン分析したり、物流を最適化するのではなく、機械と肉体を駆使するアクティブ・ジーナーとして働いたのだ。この挑発的なシェアには誰もがビックリ仰天した。ジャックやノアですら、アクティブ・スキルの免許を一部取得したことを誇るゲオルグに唖然としたものだ。それは、まぎれもなくスクリーニング制度を逸脱する態度であり、旧世紀に白人が顔を黒く塗りたくって黒人に扮したブラックフェイスと同様、大いに物議を醸したのだった。

ゲオルグの父母は気の毒というほかなく、シェアに気づくや慌てて法廷センターから飛び出し、そのままシャトルカーではるばるセントラル・アメリカに向かい、トラックのコントロール室から恥ずべき自慢の息子を引きずり出し、即座に家へ連れ帰ったのだった。

ゲオルグの父親は〈サピエンティア〉の司法機能を司るジョイント・ジーナーの一人で、西海岸の司法プログラム管理者、ランドリー高等検事として知られた人物だ。当然、スクリーニングの模範たるべきところを、息子によって面目を潰されること甚だしかった。ジェイミルズの大人たちは、すわ青年世代による反逆かと騒ぎ、ランドリー夫妻は決してそんなことはないと主張したものだ。ジャックは、ゲオルグの本当の意図を知っていたが、ゲオルグがおのれを貶めるボキャブラリーを自分から生み出したのは事実だった。

だが、それでもやはり、目の前でゲオルグがトラック・ドライバーと罵られるのは我慢がならなかった。なんといってもゲオルグは、ジャックと同じ経験をしてきた希有な人物だ。スクール・キーパーから、地球から出るだなんて、たとえお遊びでも口にしてはならないと幾度も禁じられてきたのだ。それは今世紀における真の労働者たち――ムーン・ピープル――を馬鹿にすることになる。彼らを敬え。しかして彼らから遠ざかれ。

ゲオルグはそれでもなお夢見ることをやめなかった。実際に地球を出たときに必要となるスキルをひそかに学ぶことに、猛烈な喜びを覚えた。なんでそうであるかもわからぬまま。ジャックにはその思いが痛いほどわかった。

ジャックと違って、ゲオルグは将来の希望を隠すことにうんざりしていた。ジャックには幼い頃からノアという相棒がいてくれたが、ゲオルグはずっと自分の夢を誰にも話せずにいたのだ。ジャックやもう一人の女性と出会うまでは。

そんなわけで、ゲオルグとオスマが再びファイティング・ポーズを取って拳を繰り出し合うや、ジャックは、堂々と両者の間に割って入った。

といっても身一つで彼らと張り合うことはジャックには無理なので、誰も自分に注目しないのをいいことに、バーカウンターへ歩いてゆき、非常用ボックスを開いた。マニュアル式の消火ホースを引っ張り出し、筒先をオスマに向け、盛大に噴射してやったのだ。

真っ白い泡混じりの消火液が、特大の水鉄砲よろしくオスマの顔面を直撃した。

オスマが泡を食ってひっくり返り、左右にいた者たちが、弧を描いて飛んでくる消火液に驚き、列を乱した。

「ジャック！」

ゲオルグが嬉しげに叫んだ。

「やっちまえ、ゲオルグ！」

ジャックは、噴射の反動で揺れまくるホースをしっかり構えたまま叫び返した。

ゲオルグがにやっとし、慌てて泡を拭ったオスマの頬に拳を叩き込んだ。オスマが慌てて退き、興奮したジェイミルズの面々が一斉にザ・バレーの連中へ攻め寄せ、猛然とぶつかり合った。体格と運動能力が自慢の若者たちによる大乱闘が起こり、その迫力に思わずジャックは後ずさりながらも、大いに血気に逸り、消火液を放ちまくった。

椅子が宙を舞い、テーブルがひっくり返り、バーカウンターが丸ごと床に倒れた。椅子やボトルや若い男性の肉体を投げつけられた窓が衝撃で遮光モードになっていった。壁がカラフルなサイネージを消して灰色のボードになり、砕け散ったグラスやボトルが、安全のための自動エングレイビングによって床と同化して呑み込まれてゆく。

多少の怪我をしても、どうせ船の医療ポッドに何時間か横たわれば綺麗に治るはずだという、荒くれ者たちならではの、めちゃくちゃな大暴動だった。

ジャックも、ザ・バレーの連中が消火液でつるりと滑って倒れるたび、箍《たが》の外れた笑い声を上げていた。

「――お前、あのプリンターを何に使ってるんだ？」

ふいにユニバーシティの光景が迫った。まだ入学したての頃の記憶がどっと押し寄せてくる。ツテを頼り、エンジニア・ジーナーのクラスの人間から、過去の宇宙開拓で使用されていた実物の３Ｄプリンターを、こっそり借りることに成功したときのことだ。まさか同じものをどうにかして手に入れようとしていた同世代がいるなんて、思いもしなかった。

いきなりユニバーシティの通路で声をかけられたジャックは、大クソ目立ち科の人間に因縁をつけられたものとばかり思って、知らぬ存ぜぬを通そうとした。

「まさか小型のロケットとかそういうものを作ろうとしているんじゃないよな？」

その通りだった。だがジャックはかぶりを振った。

「まさか。そんなわけないだろ。じゃ、講義に遅れるから――」

「もし、そのまさかなら、おれは燃料を調達できる。ケミカル・サプライ・チェーンのジョイント・ジーナーに知り合いがいるんだ。そのことを覚えておいてくれないか」

ゲオルグが言って、きびすを返した。ジャックは棒立ちになってその背を見つめていた。床に足がくっついてしまったような気分。強烈な磁力を、この生涯の相棒に感じ取った瞬間だった。

その光景がふっと遠のいていった。

ホースから放たれる消火液が、ぴたっと止まった。

誰かが非常用ボックスのスイッチをオフにした。そう気づいて振り返ったところへ、ぴしゃ、りと衝撃が来た。

ほっぺたを引っぱたかれたジャックは、いつの間にかそこにいた相手を呆然と見つめ返した。

カールした艶めく黒髪を額縁とし、『理知的』と題された絵のような顔立ちをした娘だ。驚くほどぱっちりとし、漆黒であると同時にあらゆる民族の遺伝子を秘めた目が、『めちゃ気が強い』という副題を添えている。ぴったりとした服はジョイント・ジーナーらしからぬほど質素で実用的だ。大昔の乗馬服を思わせるそれが、『快活で優雅で愛らしい、とにもかくにもキンダーハウスの頃からジャックを振り返らせずにはおかないエリザベス・ファティマ・フジワラ・ラ・ロシェルらしい姿』という解説を掲出している。

（ここはあなたの家よ、ジャック）

プールサイド。バースデー・ケーキ。水着姿の少女が口にしてくれた言葉。記憶が混ざり合い、すぐに、あのときの少女が成長した姿を今見ているのだという認識が起こった。

「リース？」

ジャックはその呼び名を口にしながら、なんで叩かれたのかわかないと全身で抗議の気持ちを示した。昔はリズと呼んでいたが、ユニバーシティであまりに同名の子が多いため、最新の呼び方を考えるようにとジャックとゲオルグが仰せつかったのだ。それで、とあるパーティで他のジョイント・ジーナーの息女たちが豪華なドレスを自慢するのをよそに、リース品で済ませて浮いた分を三人の計画費用に捧げてくれた彼女を称え、そのように名付けたのだった。リースはその名を聞き、数分ほど真顔で黙りこくっていたが、少なくとも今のように平手打ちを食わせたりはしなかった。

「A、今すぐそれを床に置く。B、反対の頬にもう一発。どちらか選んでくれる？」

リースが言った。その途方もなく冷ややかな眼差しに気圧され、ジャックはホースから手を離したが、Bだって彼女の手が触れるという点では悪くないのではと思っていた。

リースがペンダント型のエングレイバー兼サイフォンを握り、床にサイネージ・ウィンドウをあらわした。何かの『イエス・ノー・キャンセル』形式のコマンド選択だ。脳波感知式であるためジャックからは何のコマンドかわからなかったが、次の瞬間には実行されており、たちまちそれが目に見えるかたちで表れていた。

展望デッキで火災を告げるけたたましい警報音が鳴り響き、若者たちを止めた。ついで、室内の全てのものがリセットされた。つまり、エングレイビング前の状態に戻ったのだ。若者たちが振り回していた椅子や、割れたテーブルや、倒れて踏み荒らされたバーカウンターが、色と形を失い、その他の食器やボトルとともにぐにゃりと溶けて原料状態になると、一斉に床に呑み込まれていったのだった。

ボトルに入っていたジュースや酒が溢れ出して消火液とともに巨大な水たまりを作ったが、それらもまた床の清掃機能で消え去った。

「注目《アテンション》！」

リースが腕組みしながらよく通る声を張り上げた。

がらんとなった部屋に突っ立つ若者たちが、ぽかんとリースを見つめた。次に何を言うか待っていたのだが、それはリースの仕事ではなかった。そもそも非常用のエングレイビング操作など、リースの年齢で許可されるものではない。それは、リースの背後からどやどやとあらわれた、大人たちから委託されたものだった。

「注目《アテンション》」

今しがたのリースときわめてよく似た声音だが、たいそう穏やかで、そのくせ圧倒的な威厳をこめて言ったのは、ロサンゼルス市長ナルミ・ライラ・リー・ラ・ロシェルだ。その後ろで、市議会議員である夫のローレンス・ラ・ロシェルが、ふらつきながらアルコールの効き目を低減させるドリンク剤をがぶ飲みしている。

「あなた方は規範を外れました。おのおの謹慎し、ペナルティを待つべき……でしょうね」

ナルミが言った。言葉尻で断定せずぼかしたのは、ともにあらわれたサンフランシスコ市長リンディ・ドルミナールの同意を求めるためだろう。

「オスマ！」

だがリンディは息子の悲惨な姿に震え上がってわめき散らした。

「おお、なんてこと。息子がこのような目に遭わされて、ペナルティ？　ペナルティですって？　暴行犯はゴミと一緒にシャフトに吸われて、モンクの一員になるといいわ！」

この暴言にみなが目を剥いた。むしろ息子であるオスマのほうが目を白黒させ、小声で母親をたしなめた。

「マム、やめろよ。みんな聞いてるだろ」

「坊や！　こんなひどい目に遭わせた責任を取らせてやるわ！　ええ、必ず、絶対に！」

オスマが顔をしかめたのは、母親に傷だらけの顔をなで回されるせいだけではないだろう。逞しいチームメイトに注目されながら、過保護に育てられた男の子扱いは酷の一言だ。

ここぞとばかりにゲオルグがオスマにウィンクしてみせた。ゲオルグの挑発好きな性格にも困ったものだ。オスマがぎろっとゲオルグを睨み、それに気づいたリンディが振り返って金切り声をあげた。

「あなたがやったのね？　そうでしょう！　この反スクリーニング主義者！　あなたのような人こそモンクになればいい！」

このとんでもない罵声に対し、ゲオルグがあたかも称賛されたかのように微笑み返した。痣だらけでどうしてそれほど魅力的に微笑むことができるのか、ジャックのみならず大勢が感心したことだろう。

「落ち着いて下さい、ドルミナール市長」

そこへ穏やかに割って入ったのは、ダヴィッド・ランドリー高等検事だ。息子をひとまわり逞しくし、かつどっしりとした鉄のような節度を身につけさせたような人物だ。

「いささか興奮しておられるようだが、今こうして海上にいる理由をお忘れでは？」

リンディは一向に落ち着く様子もなく、冷笑をあらわにして返した。

「忘れてなどいませんわ。地球のゴミを送り出す大事な掃除機を称えに行くためよ」

この聞き捨てならない言葉に、つかつかと前に出たのはジェイミルズでまさに軌道シャフトの管理に携わる大人たちで、その先頭に立つのは、当然ながらシャドウ夫妻だ。

「軌道シャフト計画が、いかにして深刻な環境問題とエネルギー問題を解決に導いたか、改めて講義すべきかしら？　リンディ？」

資源エネルギー系ジョイント企業シャドウ・コーポレーションのCEOたるモナ・シャドウが、かつてユニバーシティのクラスメイトであったというリンディに敢然と尋ね返した。

途端に、ザ・バレーの大人たちがリンディを守るようにして歩み出て口々にわめいた。

「あんた方ジェイミルズは、そうやってすぐ軌道シャフトだけがゆいいつの解決手段だったと信じたがる」

「〈サピエンティア〉なしでシャフトが立っていられると思っているのか」

「エネルギーなど、モンキーなしでも解決できた問題だ」

すると、ジェイミルズ科学アカデミー首席代表にしてシャドウ・コーポレーションの軌道シャフト部門長であるリチャード・シャドウが、理性的ではあるが実の息子であるノアそっくりのしれっとした調子で言った。

「君たちは毎年変わらずこの時期になるとユニバーシティで学んだことをすっかり忘れてしまうんだな。軌道シャフトが何をもたらしたかも思い出せないなんて」

科学アカデミーに属する人々がリチャードに喝采を送った。あちこちで激しい言い合いが起こり、暴れていた若者たちは、すっかり隅に追いやられてしまった。

リースが、組んでいた腕をほどき、ジャックとゲオルグを見やった。

「これぞレイバーデーね」

ジャックとゲオルグも肩をすくめ返して同意を示した。何であれリースに意見するなど二人には思いもよらぬことだ。

「あなたはこういう騒ぎを止める方だと思ってたわ、ジャック。暴力では社会の不適切な階級化をかえって促してしまう。そのことをよくわかっているはずじゃなかったかしら」

リースから大いに失望したという態度をみせられるのはなかなかこたえるものがある。なんといっても、リースはジャックとゲオルグの秘めたる思いを――自作のロケット研究と宇宙開発構想を――嗅ぎつけて以来、二人の計画と行動に大いに興味を示すエンジェルとして振る舞ってきたのだ。むろん投資家としてのエンジェルだ。もともとラ・ロシェル夫妻は、娘がその小遣いをファッションやレジャーにではなく政治的意図をふくんだ投資に回すことを大いに好ましく思っていた。

ジャックもゲオルグも、リースなしでは、両親に気づかれないよう費用を捻出することは不可能だった。ジャックは、金銭面でもポリティカルな面でも自分に大きな影響を及ぼす彼女のことを、今ではすっかり心理的な意味でエンジェルのように思っているのだが、ここではあえて毅然と言った。

「友人を侮辱されたら一緒に戦うさ」

本心からの言葉だが、このエンジェルが感心してくれればいいという期待もあった。

「その通りだ、相棒」

　ゲオルグが言って右手を掲げた。ジャックは快く手の平を叩き合わせた。「大クソ目立ち科」の若者とこんなやり取りをするとは、数年前までは想像もしていなかった。

「そもそもなぜ喧嘩になったの？」

　リースが、さっぱり感銘を受けた様子もなく訊いた。

「おれたちがザ・バレーの女の子たちをここに誘ったのが気に入らなかったらしい」

　そんなことはどうでもいいから、早いところ医療ポッドに入りたいというように、さんざん殴られた顎を撫でるゲオルグを、リースがじろりと睨んだ。

「ジェイミルズの女の子たちが気に入らないってわけじゃない」

　ゲオルグが釈明した。

「あら、嬉しい」この上なく冷ややかにリースが言った。「つまり火をつけたのはあなたたちね、ゲオルグ」

「せっかくのレイバーデーなんだぜ。違う街から来た子たちと話したくなるもんだろ」

「あれを見てもそう言える？」

　リースが、子どもらを忘れて激論を交わす大人たちのほうへ顎をしゃくってみせた。

　そもそもジェイミルズとザ・バレーの若者たちが張り合うのも、親世代がそうしているからだ。そして親世代がそうするのは、さらに前の世代が、どちらが人類にとって有用な存在かを競い合ったからだ。軌道シャフト計画に寄与したジェイミルズと、〈サピエンティア〉の開発計画に貢献したザ・バレー。

「水族館と動物園のどちらが優れているか競うようなものよ。どっちも魚や動物を創造したわけじゃないのに」

　というのがリースの辛辣なる所感だ。

　その母親であるナルミが、ダヴィッド・ランドリー高等検事に目配せし、声を上げた。

「みなさん、静粛に！」

　見事に場が静まった。ナルミがみなを見渡し、改めて傷だらけの若者たちを見た。

「今は議論のときではありません。この子たちに治療を施しましょう。その上で適切なペナルティを科すべきと考えますので、ランドリー高等検事の意見を伺いたいと思います」

　ダヴィッドが注目を受け、思案げに口を開いた。

「もし今件を最大限に問題視するならば、全員の記憶の提出が必須となるでしょう」

　ジャックとリースは驚きに目を見張った。若者たちは衝撃で凍りつき、大人たちが動揺でざわめいた。ゲオルグですら、ぐっと奥歯を噛んで、父親の厳然たる態度に気圧されないようにしなければならなかった。

「私のオスマは被害者なのよ！　あなたの職権濫用よ、高等検事！　断固抗議するわ！」

　リンディがわめき立てたが、ダヴィッドは彫像のように動じず、必要とあらばとことん職務を遂行する意思を示している。その無言の圧力が、みなを冷静にさせた。自分たちの子をブレイン・リーディングにかけたがる親などいるわけがない。事件当時だけでなく関連する全ての記憶が調査対象となるのだ。どんなプライバシーがさらされるかわからない上に、リーディングが脳に及ぼす負荷は、回復に長い期間を要するとされていた。よっぽどの犯罪行為が疑われない限り、〈サピエンティア〉は推奨しないはずだ。

「そこまでする必要はないのでは……たかが子どもらの喧嘩なのだし」

リチャード・シャドウが、みなに同意を求める視線を投げかけた。大勢がうなずき合い、さしものリンディも黙らざるを得なくなったところへ、ナルミが言った。

「ランドリー高等検事のご意見については、のちほど議論いたしましょう。さあ、子どもたちを治療ポッドに入れ、この部屋もすっかり元に戻し、シャフト・ゾーンでのイベントに備えねばなりません」

それで解散となった。大人が子どもをつれ、めいめいデッキを出て行く中、ゲオルグのそばにランドリー高等検事が来て、息子を無表情に見下ろした。

「失望させてばかりでごめんよ」

ゲオルグが言った。甘えているのではなく、本心から詫びているのだ。

「馬鹿者が」

ダヴィッドが片方の手でゲオルグの肩を抱き、出入り口へ向かわせながら声をひそめた。

「今度は海に投げ込んでシャフト・ゾーンまで泳がせろ」

ゲオルグがジャックとリースの方を見て目を剥き、おどけつつ父親と出入り口へ向かった。

ゲオルグの母親は慎ましげに部屋の出入り口に立っており、かと思うと息子の頬をつねって悲鳴を上げさせた。

「あなたは治療の必要はなさそうね」

リースがジャックに言った。

「どうやらね」

頬がじんじんする以外は、と言いかけてやめた。

「身繕いはしたほうがよさそうよ。またあとで会いましょう」

「ああ。今度はシャンパンの泡を浴びる準備をしないと」

リースが呆れたように眉をひそめ、誰よりもしゃんとした母親と、誰よりも酔っ払ってふらついている父親のもとへ足を運んだ。

ジャックはシャドウ夫妻のもとへ向かった。自分の父母のもとへ。精一杯、申し訳なさそうな顔をして。

「巻き込まれたの？　それとも自分から加わったの？」

どちらにせよ、さっさとシャワーを浴びさせねばという顔でモナが尋ねた。

（どちらだ、ジャック・シャドウ？）

だしぬけにまたプリズン・キーパーのささやきがこだました。

（巻き込まれたのか？　自らの意思で行ったのか？）

おれは知らない。ジャックは叫んだ。何も知らない。あんなことが起こるなんて、おれにわかるわけがない。

（本当にそうか？）

執拗に繰り返される問いかけに脅かされる現実のジャックをよそに、過去のジャックが言った。

「不可抗力ってやつかな」

シャドウ夫妻が顔を見合わせた。キンダーハウスで宇宙船ごっこがしたいとわめいていた頃のように。ロケット形のケーキを望むジャックを、どう諭すべきか夫婦で話し合うときの顔。

「とにかく、シャワーを浴びなさい」

リチャードがジャックの背を優しく叩いて促し、ジャックは父母とともにデッキを出て行った。

4

べたつく消火液を洗い流し、さっぱりしてガウンをまとってのちも、結局モナとリチャードは、ジャックを咎めもせず問い質しもしなかった。消火液で肌が荒れないよう皮膚の再生クリームを渡されただけだ。『お前を信用している』式の対応に心温まるものを感じさせられた分、彼らの本当の子であるノアを悲しませたことが申し訳なかった。

自分が願書を提出していないことは、間もなくモナとリチャードにも知られるだろう。ノアのように傷つけないための方法を考えたが、確信の持てる答えは見つからなかった。本心から驚いたことに〈サピエンティア〉の回答も同様だった。最適な答えを得ることと、望み通りの現実を手に入れることとの間には、大きな隔たりがあるらしい。

クリームを肌に塗り、夜のイベント用のスーツとタイを身につけ、スイートのリビングに戻ったが、いるのはモナとリチャードだけだった。

「ノアは？」

ジャックが尋ねると、シャドウ夫妻がそろって『船のどこかにいるだろう』式に手を振ってみせた。

「お前と一緒でないなら、誰かお仲間たちといるんだろう」

リチャードが言った。人なつっこく社交的なノアが、ひとりぼっちでうろついているところなど二人とも想像できないのだ。これまた『あの子を信用している』式に振る舞い、サイフォンでノアがどこにいて誰といるか把握しようとしたりはしない。

「捜してくるよ」

「心配しなくても、着替えに戻ってくるわよ。したいようにさせてあげなさい」

モナが言った。面倒見の良い兄として振る舞うと、かえってうざったがられるぞと忠告しているのだ。

本当は逆なのだということは言わず、ジャックは肩をすくめた。

「じゃ、おれもそうするよ。仲間を誘ってラウンジかシアターに行ってくる」

夫妻が『いちいち気を遣って説明しなくてもいい、もう大人なんだから』式の態度で手を振った。

かと思うとリチャードが、ドアへ向かうジャックに付き添うようにして歩き、通路に半ば一緒に出て、こう言った。

「いつ願書を提出するかはお前の自由だが、あまりのんびりしていると席が埋まってしまうぞ」

「あ……うん。いろいろ考えてて」

まごつくジャックの腕を、リチャードが叩いた。遠慮がちというのではないが、どこか気を遣うように。自分たちはわかっている、と告げる態度で。

「私もモナも、お前のしたいようにさせたいと思っている。……できる限り、という言い方になるが。二人とも、お前を応援したいんだ」

それでジャックは、父母もノア同様に感づいているのだということがわかり、気まずさと感謝の念の両方に襲われた。

「ありがとう」

ジャックは言った。他に本心から口にできる言葉を思いつかなかった。

リチャードが微笑み、部屋に戻っていった。

ジャックは通路を進み、サイフォンでノアに呼びかけながら、自分が大いに戸惑っていることを自覚した。あまりに長いこと隠すのが普通だったので、いざ話さねばならない段になるとどうしていいかわからず困惑してしまうのだ。『言いたいことがあるから誰か聞いてくれ』式に、堂々とあれこれやらかすゲオルグが羨ましくなった。

ノアは応答しなかった。シェアをオフにしているので居場所もわからない。女の子と一緒にいるからそうしているわけではないだろう。傷心を抱えて一人さまよう姿を誰にも見られたくないのだ。そう思うと、胸が痛んだ。とにかく話したかったが、超特大のゴージャス客船の中で見つけるのはなかなか骨が折れた。

気づけば外では夕暮れが迫ってきていた。こうなると屋外デッキに一足早く向かい、来るはずの相手を待ち構えたほうが合理的だ。

ジャックは、うっかりザ・バレーの人々が集う場所に入り込まないよう気をつけながら、船首側の屋外デッキに出た。芝生とプールの周囲ではパーティの準備が整っており、レイバーデーを称える横断幕が張られ、丸テーブルにはボトルとグラスが山積みされている。船のキーパーたちがバーベキュー用の食材をせっせと焼く良い香りが、豊かな海の匂いに混じって大いに鼻腔を刺激した。

だがすぐにジャックはそれらへの注意を失った。その意識を奪うのは、あかね色の空に昇るものと、それへと真っ直ぐ伸びるかのようにそびえ立つ巨大建造物だ。

煌々と輝く、月齢およそ十五・八のスーパー・ムーン。

そして、全長何百キロもの軌道シャフトが、ゆっくりと近づいてくる。

天空の城と豆の木だ。ジャックは思った。これから——いつのことになるか見当もつかないが——自分が行くべきところなのだ、という感動が込み上げてきていた。

地球上に建てられた七十二基の軌道シャフトの一つ。しばしばその役割から、互いに回転する地球と月をつなげる、へその緒にもたとえられるそれこそ、ジャックの未来への道であるはずだった。

ありったけのテクノロジーによってようやく成し遂げられた人類史上最大の建造物群。建築的な剛力だけでなく、空気より軽い気体を封入したバルーン構造による浮力、それ自体に原子炉が組み込まれている巨大な電磁サーキットの連なりによる磁力、建造物の内外の気圧差を利用した圧力、そして〈サピエンティア〉が制御するバランサーが、ありとあらゆる面で倒壊を防ぐべく常にフル稼働している。

もちろん月までつながっているわけではなく、月側のシャフトと地球側の軌道シャフトの間には、それらを仲介するリング・ステーションが、これも〈サピエンティア〉による制御下で存在している。

その昔、〈サピエンティア〉が教えてくれたところでは、豆の木を登ることには、天空の城を探検し、金の卵を産む鶏を手に入れて戻ってくるという意義があった。だがいずれ鶏は卵を産まなくなる。最終的には、夢を見たりしないで真面目に働くのが最善だという教訓を垂れられて終わるのだ。

開拓が本格化してから半世紀後の月も、民話と同様の経過を辿っている。〈サピエンティア〉と軌道シャフトが誕生したことで開拓は開発となり、やがて恒久的な事業へと変わった。軌道シャフトが、月の存在意義そのものを変えてしまった。

地球の環境に甚大な影響を与えるゴミが月に送り出されるとともに、月で開発された資源やエネルギーが地球上の人類の活動に役立てるべく送られてくるのだ。もちろん月で人類が活動するために必要なものも全て、軌道シャフトによって送られる。電力や火力、あるいは気圧差を利用した、史上最大のエアシューターで。

ただしヒトやモノを上げ下げするエレベーターという概念は、すぐにどこかへいってしまった。昇降という考えが、ポリティカルにナイーブな問題をはらむと誰かが言い出したのだ。上下関係を連想するせいで。今では月も地球も横並びだというのがポリティカルな回答だ。つまるところ、パイオニアたちが夢見た月面開拓が、今では膨大な数の労働者を送り込み、危険と隣り合わせの仕事をさせることに置き換わってしまったということだ。

それは、すぐ隣の屋外デッキにさっそくザ・バレーの人々がぞろぞろ出て来て、月に向かって口笛を吹いたり、グラスを掲げて大声でわめき始めたことからも明らかだった。

「サンキュー、モンク！」

「ハロー、ムーン！　モンキーに乾杯！」

「ハッピー、モンピー！」

といった言葉が、次々に月へ投げかけられるのだ。

月に行きたがることは、顔を黒く塗りたくって奴隷船ごっこをするくらい不謹慎なことだとスクール・キーパーからさんざん言われてきたジャックとしては、ムーン・ワーカーやムーン・ピープルという言葉を、あんな風に縮めて口にするほうが敬意からほど遠い気にさせられた。かと思うと、こちらのデッキにもジェイミルズの人々があらわれ、ザ・バレーの人々とまったく同じように騒ぎ始めていた。とはいえ、それはジャックの言い知れぬ感動を損ないはしなかった。この程度で損なわれるものなら、スクール時代を通して跡形もなく消え去っていただろう。

ジャックが月と軌道シャフトを眺めながら思いにふけっていると、背後から誰かの足音が近づいてきた。以心伝心のなせるわざ。お互い捜し回るのではなく、待つべき場所で会うべくして会うことに決めたわけだ。

「綺麗だね」

ノアが傍らに来て、月を見上げた。

「ああ」

「豆の木をのぼる手段を見つけたんでしょ。ゲオルグ・ランドリーや、リース・ラ・ロシェルと一緒に」

ノアが言った。仲間に入りたかったけど、という調子で。だがそれはジャックの相棒として振る舞っていた年月がそうさせるのであって、必ずしも希望をともにしたいということではなかった。ノア自身、とっくにそう悟っているはずだ。ジャックがユニバーシティに入ってからというもの、豆の木をのぼって月へ行くための相棒役をノアが担うことはなくなった。それを買って出てくれたのはチューリッヒから来た大クソ目立ち科の若者であり、応援してくれたのはポリティカル投資に入れ込むエンジェルだった。

「ディアーナ・コーポレーションが、月での新プロジェクトを始めるっていう情報をリースが手に入れた。おれとゲオルグでプレゼンして、そこに入れてもらうつもりさ」

「どんなプロジェクト？」

「詳細は公表されてない。ただ、月でゆいいつジーナーを問わないプロジェクトで、資源エネルギーじゃなくバイオテクノロジーに関する何かだってことはわかってる」

「月でバイオテクノロジー？　資源エネルギーの次は農作物でも開発するの？」

「そこらへんの情報はさっぱり手に入らないんだ。ただ、リースが言うには、もしかすると月で未知の発見があったか、過去にない発明があったかして、全ジーナー総動員体制が必要とされている可能性があるってさ。もし本当にそうなら、来世紀の新時代は月から始まることになる」

「ワーオ、すごいね」

ノアが言ったが、言葉とは裏腹に、怪しげな話だと思っていることが伝わってくる。ジャックもプロジェクト自体にはそれほど期待を抱いているわけではないと示すために、両方の口角を下げてうなずき返した。

「まあ投資好きのリースにとっては見逃せないってことはわかるよ。父さんや母さんに話を通して、そのプロジェクトに入れてもらおうとは思わないんだね」

「切り札は最後にとっておくさ」

「話すなら早いほうがいいと思う」

「話すよ。レイバーデーのあと、すぐに」

ノアがうなずき、言うべきことは言った、というすっきりした笑みをやっと覗かせた。

「頼りにしてるんだぜ、相棒」

ジャックは拳を突き出して言った。

「僕に何かできる？」

ノアが拳を上げつつ、ためらった。

「おいおい、これからおれが誰を一番頼りにすると思ってるんだ？　シャドウ・コーポレーションがどれだけ軌道シャフトに関係してる？　月におれの家を建てるとき、プールの水を送り込んでくれるのは誰だ？」

「一緒にやればいいじゃないか」

言いつつノアが笑ってジャックと拳を打ち合わせた。キンダーハウスの頃しょっちゅうそうしたように。

「世界最大の井戸汲み会社の株を独占するんだ、喜べよ」

「父さんと母さんが持っているコーポレーションの株を僕にだけ継がせようったって、そうはいかないよ。兄さんにも片棒を担いでもらうから」

「月で井戸を掘るのに飽きたらそうするよ」

「ひどいな。ゲオルグがドライバー呼ばわりされたら怒るのに、僕のことはウォーター・ワーカー扱い？」

「展望デッキの喧嘩、見てたのか？」

「サイフォンでね。すっごいシェアされてた。で、僕がそれをリースに転送した」

ジャックは唸った。

「ちくり屋め」

「投資者には最新の情報を教えてあげないと」

「月に行ったらお前にも最新情報を教えてやるよ」

「約束だよ」

「ああ。約束だ」

どーん、と空で音が轟き、遅れて花火がぱっと閃いた。

軌道シャフトの基部から――本当の基部は海底にあるのだが、海面に設けられたフロート・アイランドであるシャフト・ゾーンから――次々に花火が上がり、すっかり暗くなった空と、いっそう輝く月を飾った。

わっと歓声が起こった。いよいよイベントの始まりだ。人々が一斉に屋外デッキに出て、グラスを握り、打ち合わせ、月とそこにいる人々へ決して届かぬ挨拶を送った。

海上にはあちこちから大小様々なクルーザーが集まってきており、ちょうど軌道シャフトの真上に月が来るような位置に回り込んでいる。その船団に合わせて、シャフト・ゾーンのエネルギー・プラント施設や、そこに併設された観光用ホテルが、歓迎ムービーを次々にホログラムで映し出した。

ジャックとノアがグラスを受け取りにバーテーブルへ向かう間にも、どんどん人が増え、あっという間に人だかりの中にいた。混雑の中、ドレス姿のリースがグラスを手にこちらへ近づいてきてくれた。

「ハイ、ジャック、ノア」

「ハッピー・ムーン、リース」

ジャックは、誰に対しても失礼にならないだろう言葉を選んでグラスを掲げた。

「レイバーデーに」

ノアも当たり障りのない言葉を口にした。

「良い月ね、ジャック、ノア」

リースが微笑んで、二人とグラスを打ち合わせた。

そこへ、体をすっかり治したゲオルグが、痣一つない顔とほどよく着崩したスーツ姿を披露する軽快な足取りでやって来た。そして、ゲオルグらしい遠慮も気後れもまったくない様子でグラスを掲げ、こう叫んだ。

「スカイラムに！」

ノアとリースが動きを止めた。それは誰にとってでもなく、ジャックにとってナーバスなものとなりうる名前だったからだ。

月が開拓から開発の対象へと変わる頃、〈サピエンティア〉と軌道シャフトがもたらす新時代の始まりにおいて、最初期の月移民船に搭乗した二人のジョイント・ジーナーがいた。スカイラム夫妻。ジャックの本当の両親が。

生まれて間もないジャックを妹夫婦に預けた彼らは、月開発の一大事業を展開すべく旅立ち、そして移民船の事故でどちらも帰らぬ人となった。ジャックが知るのはそれだけだ。事故の詳細を〈サピエンティア〉から何度も教えてもらったが、それで何か知るべきことが増えたわけではない。

ただ今も月では、スカイラムの名には敬意を表すべきとされているらしい。ゲオルグは、ジョイント・ジーナーであり科学者でもあったスカイラム夫妻を、ある種のロールモデルとみなしており、彼の中では偉大なヒーローたちとして位置づけられていた。

そういうわけでジャックとゲオルグの間では、スカイラムは月への憧れを意味する言葉であるに過ぎないが、ノアにとってはまたぞろファミリーの絆というナイーブな感情を刺激されるものであったろうし、リースもすぐそばにいる年下の青年の感情を察するだけの細やかさは持ち合わせている。

「どうした？　乾杯してくれないのか？」

ゲオルグが真顔で訊いた。こちらは細やかさとは無縁の人種だ。

「乾杯」

ジャックは諦め気分で、その場を取り繕うためにグラスを掲げた。

リースとノアもぎこちなく加わって四人でグラスを打ち合った。

ノアが健気に微笑み、

「スカイラムに」

ジャックに小声で言った。もう傷ついたりはしないと――必ずしもそうではないことは見てわかるが――態度で告げてくれていた。
ジャックが微笑み返したとき、それが起こった。

僕が今いる素敵な場所。この美しい景色を君に見せたいよ。

オー、ビューティフル・オーシャン。


歌だった。

何かが唄っていた。電子音声で。男とも女ともつかない声。聞いたこともない曲。古いAIに即興で唄わせるとこうなるという感じの音楽が突然、響き渡ったのだ。

（なぜその歌を知っているのだ、ジャック・シャドウ？）

プリズン・キーパーの声があちこちからこだました。

（どこで知ったのだ？）

思わず周囲を見回した。誰かがサイフォンで大音量の歌を流し始めたと思ったのだ。しかしそうではなかった。それはジャックの脳裏でのみ鳴り響いていた。

「ライトアップだ」

近くで――だがひどく遠いように思えた――ゲオルグが言った。

ジャックは軌道シャフトを見た。

月からの送電を示すライトアップが始まるのだ。実際のところ数時間おきに送電は行われており、レイバーデーのイベントのための演出の一つに過ぎない。

やがて、軌道シャフトの上部の辺り、天の彼方から、光が下りてきた。あたかも月の輝きをわけてもらったというように、軌道シャフト全体が色取り取りに輝いてゆく。

誰もが上空を見上げているとき、ジャックはグラスを持つ手元に何かが現れるのに気づき、そちらへ目を向けた。小さなホログラム・ウィンドウが現れ、何かを表示していた。『イエス・ノー・キャンセル』形式のコマンド。脳波感知式の操作を、いつオンにしたのかジャックは思い出せなかった。何かのコマンドをサイフォンに命じた覚えもない。だがそれはすぐに実行された。『イエス』。その言葉の残像が、ウィンドウが消えてのちもジャックの視界に残った。

軌道シャフト上部では、人々が見守る中、光が下りてくる途中で止まり、代わりに光の粒がぱっときらめいた。ジャックも顔を上げ、軌道シャフトから閃光弾のようなものが放たれ、辺りを照らすのが見えた。

それは、そこに存在する電磁サーキットへの電力供給が過剰となってオーバーヒートし、原子炉がメルトダウンへの過程に入ったことを告げるものであったが、そのときは誰もそうは受け取らなかった。新手の演出が始まったと思い、わあっと歓声が起こっていた。

ジャックは絶叫した。

突然、真っ逆さまにどこか暗い場所へ落とされたら、こんな悲鳴を上げるというような声が迸《ほとばし》った。

ゲオルグが驚いてグラスの中身をこぼし、リースがあんぐりと口を開け、ノアが慌ててジャックに手を伸ばした。周囲の人々が振り返り、どうしたのかと訊くのを遮ってジャックが叫んだ。

「逃げろ！　今すぐ！　逃げろ！」

だがもちろん、誰も動かなかった。周囲の人々は何かのおふざけが始まったのだろうと苦笑し、すぐにジャックから目を離した。

「急にどうしたの」

ノアがジャックの腕をつかんで訊いた。ゲオルグもリースも、軌道シャフトではなくジャックに注目している。しかしジャックにもわからなかった。まったくわからない。だがそうしなければいけないという強烈な衝動を感じ、グラスを放り捨ててノアの腕を逆につかんだ。

「逃げるんだ！」

ノアを引っ張り、必死の形相でゲオルグとリースを促した。彼らが口々にどうしたのかと訊くのも構わず、人をかき分けて船尾へ向かおうとした。

軌道シャフトの中ほどで、すさまじい放電が起こり、かっと辺りを照らしたのはそのときだった。海面から僅か数キロ上空で、何千もの雷《いかずち》が荒れ狂い、一部がシャフト・ゾーンに及んでプラント施設の一つが一瞬で炎に包まれていた。

歓声が驚愕の声に変わった。やり過ぎた演出と思う者もいれば、事故が起こったとみなす者もいたろう。誰もそれが、攻撃であるとは思いもよらなかった。落雷に驚いて足を止めるノアを無理に引っ立てようとするジャックですらそうだった。危機感と恐怖に駆られてはいたが、その理由はまったくわかっていなかった。

とてつもない唸り声のような音が降り注いだ。けだものが苦悶し、のたうち回る声に似た音。軌道シャフトの上空百キロの内部で、でたらめな大規模エングレイビングが実行されたことにより、あらゆる構造体が悲鳴を上げたのだ。

激しい爆発音が続いた。何度も。バルーン構造体が急激な圧力上昇に耐えられず破裂していった。その衝撃で、軌道シャフトの三重構造の隔壁が破損し、各所で気圧漏れが生じた。僅かな亀裂が致命的な破壊へとつながり、巨大なエアシューター・シャフトが全てひしゃげた。さらにはメイン電磁サーキットがますます暴走し、何千ものサブ電磁サーキットが放電を繰り返したかと思うと、過剰な送電に耐えられず次々に炸裂していった。

こうした激変が音となって海上へ伝わる頃、ジャックはやっと目的の場所に来てノアから手を離し、タラップに足を載せていた。タラップの先にあるのは、五十人をすし詰めにして乗せることができる、モーターつき救命ボートだ。それの乗り方は、みな乗船時にレクチャーを受けている。そのハッチを開こうとするジャックの腕を、ゲオルグがつかんだ。

「なんだっていうんだ、ジャック！　何が起こってるんだ！」

「おれにもわからない！」

「なのに、おれたちにこいつに乗れってのか！」

「おれたちだけじゃない。みんな、逃げないと――」

だがついにそのときが訪れた。〈サピエンティア〉があらゆる制御のすべを失い、軌道シャフトの崩壊が始まったのだ。その巨大な建造物は、崩れるとともに倒れ、潰れながら破裂し、浮かびながら落下し、大気圏外に放り出されるとともに地球へ落ちて大気との摩擦で焼けていった。これほど複雑で巨大な構造体の破壊は、人類がいまだかつて経験したことのないものだった。

そのため多くの人々が、それが軌道シャフト全体の崩壊であるとは理解しなかった。せいぜい、軌道シャフトの一部が壊れて落ちてきたということしかわからなかった。ツナミの衝撃すら吸収するはずのフロート・アイランドが、なぜか高くせり上がり、幾つにも割れ、プラントもホテルも粉々になりながら周囲の船舶へ激突したことで、ようやく異変が起こったことを認識していた。

その衝撃はジェイミルズとザ・バレーがしのぎを削っていた豪華客船ハーモニー号にもおよんだ。フロート・アイランドの一部が砕けて吹っ飛び、五百トンほどもある塊が船首に激突したのだ。豪華客船の重量と〈サピエンティア〉による人智を超えた操船のおかげで、即座の転覆は起こらなかったものの、屋外デッキにいた人々の三割がこの瞬間に絶命した。衝撃で宙へ放り出されて十数メートル下の船体のどこかに落下したり、ばらばらと降ってきた細かな破片に体を引き裂かれたり、群衆がいっぺんに倒れたせいで下敷きになって潰されたりしたのだ。

ジャックたちもその衝撃をもろに受け、全員がタラップから落下して床に転がり、船体の壁に体や頭を打ちつけていた。だが幸い落ちるにしろ転がるにしろ数メートルの範囲内のことに過ぎず、四人がいっぺんに意識を失ったわけでもなかった。ぐったりとなったのは、よりにもよってゲオルグだった。ジャックと一緒に吹っ飛び、そのクッションとなってくれた上で、思い切りどこかに頭を打ちつけたからだ。

「何が起こってるの⁉　ねえ、これって何が起こってるの⁉」

ノアの叫びに、リースが認識できる限りのことがらを言葉にして叫び返した。

「送電事故よ！　フロート・アイランドがばらばらになって周りの船にぶつかってる！」

その二つ以外にも何が起こっているのか確かめようと船体の端へ向かおうとする二人の腕を、ジャックがつかんで止めた。

「あれに乗るんだ！　早く！　ゲオルグを運ぶぞ！」

そう大声で指示しなければならないほど、辺りはわけの分からない爆音や軋み音、あるいは暴風に満ちていた。エアシューター・シャフトの地上部分が破裂したため、猛烈な風を吹き荒れさせ、それが小規模なクルーザーを片っ端から転覆させていった。

ジャックはゲオルグの頭をなるべく揺らさないよう努めながら、その重たい体を、ノアと一緒にタラップの上まで運んだ。リースが救命ボートのハッチを開き、そこへ急激な揺れが来たため、四人とも救命ボート内に放り込まれるようにして入ることができた。

みな痛みにうめきながら、暗く狭苦しい救命ボート内で膝をついて身を起こした。

「他には誰を乗せるの!?　父さんと母さんは!?」

ノアがわめいた。

「無理だ、ノア！」

ジャックが叫び返し、ハッチを閉じようとした。ノアが慌ててしがみついて止めた。

「誰か来るかも！」

「来たら開ければいい！」

「駄目だよ！」

だがそこでリースも手を伸ばし、ハッチの取っ手をつかんでジャックに加勢した。

「ジャックの言う通りよ、ノア！」

「父さんと母さんを連れてこなきゃ！」

ノアが叫んだ直後に、全員がハッチのそばから放り出された。豪華客船が左側へ大きく傾いたのだ。救命ボートがあるほうへ。大きな波が、どっと救命ボートに浴びせられた。海水がハッチから流れ込んできた。ジャックは水浸しになるゲオルグの頭を肩に抱き上げて呼吸できるようにしてやり、それから必死に手を伸ばしてハッチを閉じた。

いっとき安堵の思いを抱いたが、それも束の間だった。また上下の感覚が失われ、ゲオルグと一緒に船体に叩きつけられた。今度はジャックが下敷きになったせいで身動きができなかった。このままでは客船と一緒に救命ボートも沈むという考えが浮かんだ。救命ボートを固定しているクレーンフックを解除するボタンは、操縦席にある。

「ボートを船から外してくれ！」

ジャックの叫びに、リースが応じた。大きな潜望鏡のような形状の運転席に這って行き、その姿が消えた。数秒ほど何も起こらなかった。どうにかしてジャックがゲオルグと一緒に起き上がるのを、ノアが助けてくれた。ノアは震えながら泣いていた。ジャックもそうしたい気分でいっぱいだった。

やがてまた、ふわっと体が浮くときの、なんともいえない不快感に襲われた。船から救命ボートが外されたのだ。これでもう誰もここには来られなくなった。ジャックは思った。父さんも母さんも、みんなを置いて逃げることになってしまった。

衝撃が次から次に襲ってきた。樽の中に詰め込まれたまま坂道を転げ落ちるようなものだ。体中を打ちつけ、口の中を何カ所も嚙んで切ってしまった。拷問のようだと思ったものだが、救命ボートの外では何千人という人々が、それよりはるかに過酷な、阿鼻叫喚の地獄のまっただ中にいて、おおかたには生き残るすべとてなかった。

いつしか意識のないゲオルグを抱えたジャックに、ノアもリースもしがみついていた。四人がひとかたまりとなり、互いに引き離されないよう必死に腕をつかみあっていた。そうして長く続く衝撃に耐えるうち、ジャックは意識が遠のいてはまた現実に戻るということを何度か繰り返し味わった。

それがやがて、ぴたりとやんだ。

いや、やんでから何分か経過し、やっと振動も衝撃もなくなったことを悟ったのだ。

誰からともなく、こわごわと腕を放した。ジャックはゲオルグを抱えたまま、救命ボートに備えられた四つの丸窓に顔を近づけた。

ノアもリースも、言葉を失ったまま、それぞれ窓の外を見た。何が見えるとかいったことを誰も口にしなかった。遠くで何かが燃え、何かが崩れ、何かが今なお火花を上げているのを見たが、それらがなんであるか、まったく説明できなかった。

ほどなくして、全てを飲み込む輝きが起こった。どうしてそんなものを見てしまったのかと、心からおのれの体験を憎みたくなるような輝きを。

倒壊する軌道シャフトのみならず、地上へ引きずり落とされたリング・ステーションの一部が、西海岸に落下したのだ。ロサンゼルスのど真ん中に。〈サピエンティア〉の懸命な制御もあって、それは崩壊から一時間以上もかかって落ちてきていた。海上の風と、重力と、地球の自転の影響を受けながら。体感的にはゆっくりと。その実、すさまじい速度で。

それは、途方もない爆発の光だった。

生まれ育った場所でそれが起こったことを、直感的に理解していた。ジェイミルズ。ロサンゼルス。西海岸の一角が、その光に包まれていた。そこにあったものは、そのときのジャックの全てだった。

生まれ故郷。自分が育った家。キンダーハウスのバスから見た景色。生まれて初めてプロ・フットボールを観戦したドームフィールド。スクールの友人たちと足繁く通ったアミューズメント施設。スクール卒業記念パーティの会場になったライブラリー・カフェ。ユニバーシティ入学時にシャドウ夫妻が与えてくれた車を初めて自分の手で走らせた通り。おびただしく脳裏に去来する懐かしのあれこれ。そこでの生活が、おのれの心と体を育ててくれたのだという実感。ともに同じときと場所にいた有名無名の人々が、直接的にしろ間接的にしろ、世界のあり方を教えてくれたのだし、おのれが何者であるか示唆してくれた。そうした思い出にまつわる何もかもが、文字通り吹き飛んだのだ。

5

かれこれ何度目になるかもわからない〝大崩落《ビッグ・フォール》〟の光景を味わったジャックは、言葉にならぬ叫び声をブレイン・リーディング・ルームに響かせた。

自分はすでに一切を体験済みであり、全ては過去のことであるという事実は、決して衝撃を薄れさせてはくれなかった。ブレイン・リーディングの被スキャン者は、過去を再体験するのだ。過去に感じたことがらを追体験し、客観的に見直す機会を得るというのではない。心が過去のある一点に引きずり戻されてしまう。

たとえそれが追体験であったとしても、いつかショックを感じずに済むようになれるとは到底思えない。大切なものが粉々にされた悲痛な思いが何層にも折り重なって、決して消えない傷跡を心に刻みつけられるだけだろう。

　現実に戻ったジャックは、またしても過去の精神的ショックを味わわされ、涙を溢れさせながらもがき暴れ、あらん限りの罵声を放ちまくった。

「ちくしょう、よくもやったな！　無実の人間を拷問して楽しむサド野郎め！　〈サピエンティア〉がこんなことを許すものか！　恥を知れ！　お前も同じ目に遭わせてやる！」

「ジャック・シャドウ」

　冷厳な声が、電子的に増幅されて放たれ、ジャックの叫びを踏みにじった。わんわん耳鳴りがするほどの大音声にジャックは顔をしかめて呻いた。

「月の攻撃の際、君が受けたとみなされる興味深い精神的衝撃については、それ自体が解析対象となっている。だが今ここで重要なのは、君と君の周囲にいた人々の記憶に基づく、包括的《シンセティック》な観点による仮説と判断だ」

　ジャックはすぐさま何か言い返そうとしたが、相手の最後の言葉に、虚を衝かれる思いを味わった。シンセティック。馴染みの深い言葉。それは人同士の会話というより、〈サピエンティア〉とのやり取りの中で頻出する、ある種の固定表現だ。

　包括《シンセサイズ》する。データに組み込む。解析対象とする。統計の一部となる。人智を超えた、超広汎かつ超高速の演算において、自分という人間を構成するあらゆる要素がまんべんなく対象化される。

　それは、世界に存在する無数のＡＩの集合体として、決して人間には理解の及ばない言語で、対話なのか無限反復なのかわからぬ何かを繰り広げる〈サピエンティア〉の、挨拶代わりともいえる言葉。

もちろんジャックは子どもの頃から、それに親しんできた。「〈サップ〉にシンセしてもらえよ」「〈サピー〉にシンセされたんだけど」「シンセされて頭冷やしたら？」「シンセサイズでも得られない人生の充実とは何か」——云々。

おお、くそ。ジャックは胃の腑が凍りつく恐怖を味わった。まさかのまさかだった。その瞬間まで、ずっとプリズン・キーパーを人間だと思っていたのだ。一人を装った複数の誰かだと。だがこれは違うのではないかという考えが、一瞬後には確信に変わっていた。

おれを〈サピエンティア〉が尋問している。

おれをばらばらに切り刻んでミクロの単位で分析しようとしている。

執拗なまでの記憶のリーディングが、きわめて機械的に行われてきたことを考えると、恐ろしいことに、ひどく腑に落ちるものを感じた。

ブレイン・リーディングによって読み取られた記憶のデータなどという、とにかく膨大なしろものを、じっくり分析できる人間などいるわけがない。あるできごとの前後数十分の事実関係を確認するだけならともかく、二十数年分の記憶の中から関連する特定の要素を見つけ出して並べるなんてことはどだい無理なはずだ。

「第一に」

プリズン・キーパーの声が轟き、呆然としていたジャックをびくっとさせた。

「軌道シャフトおよびリング・ステーションに対する攻撃が開始される直前に、君のサイフォンが起動し、何かが実行されたことは確かだ。これは君の記憶のみならず、当時君の近くにいた人々の記憶からも明らかである」

「近くにいた人々だって？　まさか、ノアやリースやゲオルグも、今のおれみたいな目に遭ってるっていうのか？」

「その質問に対しては、複数の人々が、積極的に協力してくれたとだけ答えておこう」

「協力してくれた？　今もそうじゃないのか？」

「第二に」

プリズン・キーパーの声が無情に遮った。

「九十九パーセント以上の確率で、君のサイフォンが、攻撃のための最終的なトリガーになったとみなされる」

「ハッキングされたんだ！　おれがやったんじゃない！　おれにそんなことできるわけないだろ！」

「第三に。君の遺伝子スクリーニングは、きわめて長期にわたり偽装されていた。この偽装が、君のサイフォンを経由した軌道シャフト攻撃を可能にしたと推測されている」

「何かの間違いだ！　間違いじゃなきゃおかしいだろう！　子どものおれにそんなことできるものか！」

「君の養父母であるシャドウ夫妻がこのことを認識していたかは不明だ。残念ながら軌道シャフト崩落により、二人は命を落とした」

ジャックは歯を食いしばって、かぶりを振った。相手の言葉を否定したいのではなく、的確に悲痛な思いを刺激されたからだ。『応援したいんだ』。リチャードの言葉が思い出され、涙が浮かんだ。

　おれは父さんと母さんの葬儀にも出られなかった。ここにつながれているせいで。ノア一人で背負わなければならなかったんだぞ。

　そう叫びたかったが、プリズン・キーパーがこう続けてジャックを遮った。

「二人が君を養子とした際の手続き記録からは、すでに偽装されたスクリーニング結果が用意されていたようだ。前後関係からして、二人が偽装した可能性は低いといわざるを得ない。また、夫妻にそうすべき動機も見当たらない」

「当たり前だ！　何かの間違いだったんだ！」

「なお、君の遺伝子がどこかの時点で変異した可能性についても検討されている」

「なんで全部おれが原因だと思うんだ！　スクリーニングのどこかで間違いが起こったんだってていってるんだぞ！」

「第四に」

　ジャックの主張などいささかも考慮せずプリズン・キーパーが言った。

「攻撃が実行された直後より、月側から声明が発信された。ロバート・ジェファーソン・スカイラムの名で。君はこの名を知っているはずだな？」

　ジャックは口をつぐんだ。とにかく無実だと叫びたかったが、これについては本当に何を言えばいいかわからなかった。どう受け止めればいいかもわからない。

「これは君の実父の名だ。死んだとされる月開発計画者の名だ。開発の初期段階を担ったパイオニアであり、事故で失われた月移民船アバドーン号の総責任者の名だ。君は知っているはずだな」

「おれはただシャドウの父さんと母さんから聞いただけで……」

「この声明を発した人物については、ロバート・ジェファーソン・スカイラムと名乗り、攻撃に深く関与したであろうということ以外、現時点では一切不明である。ただ、ロバート・ジェファーソン・スカイラムの実子である君が、月からの攻撃の際に有用な存在であったことは事実だ」

「おれは……知らない。おれにだって何もわからないんだ……」

「以上の事実と、これまでの多岐にわたるブレイン・リーディングの結果を包括したことで、一つの仮説が浮かび上がることを君に伝えたい。君という存在は、きわめて長期的な計画に基づき、地球側に仕掛けられた、月側による攻撃手段であったという仮説である」

ジャックは愕然となった。仕掛けられた？　いつか月の人々の手によって軌道シャフトを破壊するために自分はシャドウ家に預けられたというのか？　当時まだどこに何基建てられるかも決まっていなかった軌道シャフトを？

「馬鹿げてる！　冗談だろ！」

「なお、この仮説に基づいた調査が、月側の攻撃手段を解明する上で必要不可欠であると判断されたことも君に伝えたい」

プリズン・キーパーが告げた。慈悲も容赦もなく。さらにその上、ジャックが想像もしていなかった考えをスピーカー越しに投げつけてきた。

「君がもし事実その通りの存在であったならば、我々が君を逆用し、月側への攻撃手段としるだろう」

「……なんだって？」

混乱とともに、そのとき何かが脳裏にわき起こるのをジャックは感じた。

（――シード1）

意味不明の言葉が、煌々と輝く文字として、あるいは耳元でささやかれる声として認識された。自動運転シャトルのナビが、乗客に出発を告げるようだとジャックは思った。

（――プロセス1）

急にそれが認識された感じではなかった。ずっと存在していたが、何かがきっかけとなって意識が追いついたというような感覚があった。

（――シード1、――プロセス1）

ショックのあまり幻聴が聞こえているのだ。ジャックは自分にそう言い聞かせた。間違っても実際に口にしようとは思わなかった。おかしな言葉が急にわいて出て来たなんて。ブレイン・リーディングを再開してくれというようなものだ。

「地球上のジョイント社会は、過去に例を見ない危機に瀕している。このままでは月からの資源エネルギー供給が途絶えるだろう。地球上に生ずる膨大な産業廃棄物は投棄すべき場所を失い、我々はまたしても前世紀の深刻な環境破壊問題に直面するだろう。さらに月側の反ジョイント分子は、地球への再攻撃を準備しているとみなすべきである」

これはこれで、のっぴきならない苦痛をジャックに与えた。まるで、何もかもお前のせいであり、反論の余地はまったくなく、今すぐ責任を取れと言われているようなものだ。

ジャックは叫び返した。

「だから、なんだ！　おれをどうする気だ！　これ以上、何をしようっていうんだ！」

「それはきわめて重要なことがらだ。我々は君を用いて何ができるかを、何一つ見落とすことなく把握せねばならない。君がどのような存在か、完璧に定義する必要があるのだ。そのための全面的な協力を君に期待したい」

「こんな風に閉じ込めて期待だって？　おれを解放してくれれば、何だって協力するさ！　こんなの許されるわけないじゃないか！　いくらなんでも、こんな風に扱われていいなんて、誰も思いやしない！」

「いいや、ジャック。すでに多くの人々が、君に協力を期待し、君を調査対象とすることに賛同している」

「嘘だ！」

「全員が、これまでの君の様子を確認した上で、同意しているのだ。そしてもちろん、君にもその事実を伝えるべきであると我々は考えている」

機械仕掛けの平等主義。ジャックの脳裏でそんな言葉がこだました。いつかゲオルグやリースと話していて生まれた言葉だった。〈サピエンティア〉とジョイント社会を言い表すために。

「黙れ、〈サピエンティア〉！」

確信を込めて叫んだとき、目の前の壁が変化をみせた。真っ白い壁が、電気的作用によって透明になっていくのだ。それまでマジックミラー・モードになっていたことは容易に推測できた。壁の向こう側に居並ぶ人々が現れ、真っ直ぐ自分を見つめていた。

ノアがいた。ゲオルグが。リースが。

ゲオルグの父ダヴィッドは車椅子に乗っていた。その両脚がなくなっていた。

リースの父ローレンスは酒のボトルを手にし、まるでストリート生活者のような、身繕いをする理由を失った様子で、ぼさぼさの髪のまま立っていた。

オスマが母リンディの肩を抱いて立っていた。リンディはニット帽をかぶって火傷の痕を隠していた。その顔面が焼けただれ、両目がなくなっていた。

確かにそこに、みんながいた。軌道シャフトの破壊に巻き込まれて沈んだハーモニー号の生存者たちが。二千名近くいた乗客のうち生き残った、わずか三十七名の老若男女が。

誰もが一様に同じ表情をしていた。深沈として嘆くようでありながら、同時に自分たちを襲った不運への激しい疑念に駆られており、その全ての感情を目の前で拘束されている一人の人間にぶつけようという顔だ。そして彼らが受けた不運の一つについて、プリズン・キーパーが告げた。

「彼らは君という偽装ジーナーの存在により、再スクリーニングのみならずジーナーの再定義を余儀なくされた。それがどれほどの混乱をもたらしたか、想像できるかね？」

ある程度は想像できたが、ジャックにはうなずくことができなかった。人々の刺すような視線が、そうさせてくれなかった。

ジョイント社会の根幹ともいえる遺伝子スクリーニングは、絶対的なものではない。相対的なものなのだ。遺伝子は生まれもったもので変化させようがないが、その社会的な価値は変化し続ける。誰かの遺伝子の社会的価値が、別の誰かのそれに影響を与えるからだ。

とはいえ出生時に定義されたジーナーは生涯にわたり同程度の価値が保たれることがほとん

どだ。大怪我をしたり、大病を患ったりして、社会活動が困難になった場合でも。年収一万ドルのジーナーは、再定義後も年収一万ドルの業務に最適な存在とみなされる。

大きく変化するのは、スクリーニングの前提となる条件が変わるときだ。多くは、特定の産業が不要のものとなったり、別の産業に取って代わられたりしたときだ。そういうとき〈サピエンティア〉が莫大なエネルギーを費やして演算を行い、全人類を再定義する。

さらに大きな変化が起こるのは、スクリーニング結果そのものに異常が生じたとみなされた場合だ。たいてい、とんでもない罪を犯す者が現れたときがそうだった。中でも偽装されたジーナーがいた場合、周囲の人間は、大幅な再定義を受けることになる。ときおりコンピュータ・プログラムの天才がそういうことをやらかすのだ。きわめて悪質な反社会的行為とみなされ、計画的な殺人と同じくらい厳しい罰を受けることになる。

ジョイント社会を動揺させるという点では、きわめて破壊的だ。軌道シャフトが崩落し、自分たちの故郷を破壊され、さらにはジーナーを再定義されたときては、誰かに憎悪をぶつけずにはいられないだろうことも、容易に想像できた。

「おれのせいだっていうのか……」

ジャックは弱々しく言った。そうじゃないと目の前にいる人々の誰か一人でいいから言ってほしかった。だが誰も一言も発せず、ただプリズン・キーパーの声だけが響いた。

「彼らがどれほど理由を知りたがっているか想像したまえ。なぜ、こんなことになってしまったのか。そしてまた、彼らがどれほど意味を欲しているか理解したまえ。こうなったことに、どんな意味があるのか。彼らに答えを与えてやれるのは、君だけだと思わないかね」

「やめてくれ……。お願いだから……。何もかも、おれのせいにしないでくれ」

ジャックは涙を溢れさせ、憐れみを求めて人々を見回した。ノア、ゲオルグ、リースに懇願の眼差しを送った。

ゲオルグもリースも悲愴といっていい顔になった。だが二人が意思表示をする前に、ノアが両手を壁に当てた。その声がスピーカー越しにジャックがいる側に響き渡った。

「父さんと母さんだって、こうしたはずだよ、ジャック」

ジャックを見つめるノアの両目からも涙が流れ落ちていった。悲しみではなく、怒りの涙だった。

「――ノア！」

ジャックは絶叫した。

「ゲオルグ！　リース！　やめてくれ！　おれは何も知らない！　知らないんだ！」

プリズン・キーパーが言った。

「再定義結果報告に基づき即時退院および再調査を定義」

もはや人間であるふりをやめた機械的な声とともに、ふいにジャックを拘束する椅子が動き始めた。背後でドアが開く音がした。自分を見つめる人々が遠のいていった。抑えがたい憎々しさのこもった眼差しがいつまでも追ってきた。

「ノア！　やめろ！　こんなのは間違ってる！　ノア！」

あらん限りの声で叫ぶジャックを、電動椅子がドアの向こうへと運んだ。

ドアが閉じた。

誰もいなくなった真っ白な部屋を、壁の向こうの人々が身動《みじろ》ぎもせず見つめ続けた。

Ⅱ　愚か者のフィル

1

このところずっと、フィルはあいつのことで頭がいっぱいだった。

仲間たち（パーティ）とともにバンカーのゲートゾーンへ向かう最中だというのに、つい意識を奪われ、他のことが考えられなくなってしまう。

こんなんじゃいけない。ゲートゾーンで何か失敗したら、大変なことになる。互いにEスーツを着せ合う際、異常に気づかなかったらどうなる？　最後の命綱である僅かなE2マテリアルを携帯し忘れるとか、耐光熱ゲルを塗り忘れるとか、うっかり何かを見落とすとか。そう思うと、ぞっとする。

事故が起これば、誰かがシックスになって再定義されてしまうかもしれない。もう仲間を失うのは嫌だった。絶対に。自分の前に班長を務めたジョーゼフが仲間の輪から外されてしまったときは悲しみで死んでしまいそうだった。ジョーゼフはプラント・ジーナーだったのに、クリーニング・ジーナーに再定義されたのだ。プラントの事故でシックスになってしまったから。

地球の六分の一《ワン・シックス》の重力でなければ一人では動けない身体に。

　マーケットで変わり果てたジョーゼフを見たときは、もっともっと悲しかった。誰よりも感情を抑え込むマリーでさえ、言葉は発しないけれど、サイフォンのイエス・ベルを鳴らし続けることで深い悲しみをあらわにしていた。

　なのにプラント・キーパーたちは、こういうふうなことを言う。

「ここが月でよかったな、お前たち。身体がちょっとおかしくなったって、ここじゃ歩行スーツなしで階段だってのぼれるんだ。それにお前らには自慢の尻尾があるんだから、手足が動かなくなったところで、ちっとも困らないだろうよ」

　そしてあの意地の悪いオールド・スキップも、にたにた笑ってフィルに言ったものだ。

「ありゃ、まったくいい気味だ。お前たちもみんなシックスになりゃ、おれの気持ちがわかるだろうぜ、フィリオーシオ。アークのおれさまが、こんな地獄に来なけりゃならないと決められたときの気持ちがな」

　オールド・スキップは自分たちのことをアース・ワーカーとか、アークとか呼んで、モンクとは違うんだと言い張る。理由はわからない。一緒に月で働いているのに。

　そんなオールド・スキップは、〝ハイになって車をかっ飛ばした〟せいで不運な目に遭ったという。両脚が麻痺して歩行用スーツをつけるようになっただけでなく、ほかの誰かを巻き込んで死なせてしまったので、ジーナーを再定義されて月に送り込まれたのだ。以来、十年以上もコペルニクス中央バンカーで働いているが、まるで昨日あったできごとのように自分の不運についてフィルとその仲間たちに言って聞かせるのだった。

「そりゃ大した事故だったが、そんなんで月に送られるなんて本当についてねえ。おれだって年代ものの立派な車と、もっと立派な二つの脚を失ったのに。たまたまジョイント・ジーナーの娘だかなんだかが乗るオート・カーにぶつかっちまったせいでなあ……。おれがどんだけ不幸かわかるか？　気分よく車をかっ飛ばしてたら、そこにどでかい不運が転がってやがったんだぜ。ああ、こんちくしょう、こんちくしょうめ」

車をかっ飛ばすということがどういうことかフィルにはよくわからなかったが、ひどく暴力的な感じがして嫌だった。だがフィルが嫌がっているのがわかると、余計に言い募るのだ。オールド・スキップだけでなく地球生まれの人たちはみんな、月生まれの自分たちに意地悪なことばかりする。しかもその上、

「ほーら、イエス・ベルはどうした。お前ら低脳の尻尾つきサード・モンキーどもは、みんなそのベルで返事をするんだろうが」

ありったけの嫌な言葉を並べ立て、サイフォンのベルを鳴らすよう命令するのだ。なんでか全然わからないけど、特別養護施設を出て働くようになってからこのかたずっとそんな調子だった。そういうものなんだと受け入れるしかない。

フィルは生粋の月生まれ、十五歳の少年だった。月の第三世代労働者。すなわちサード・ジェネレーション・ムーン・ワーカー。略してザ・サード、もしくはサード・モンキー。

他にも、ルナル・シンドロームなんて呼ばれたりもする。略してルーニー。低重力で生まれ育ったせいで、地球人に比べて、とても細くて弱い。だから地球には行けない。今の六倍の重力になんて絶対に耐えられないからだ。もし地球に行ったりすれば、自分の体重を支えられず、

もしかすると自分自身に押し潰されて死んでしまうかもしれない。

頑張って鍛えても限界がある。低重力では体内の血液の量があまり増えない。それで若いうちは、しょっちゅう筋肉が強ばったり、呼吸が苦しくなって倒れそうになる。そういうときに怪我をしないよう、テイル・サポーターをつける。

下着の上に装着する尻尾型のマシン義肢で、猫みたいな尻尾が生えているように見える。あるいは、猿みたいな尻尾が。以前はサイフォンのデータでそれらの生き物を見て楽しんだし、可愛い生き物だと純粋に思ったものだが、しょっちゅう大人たちに猿に喩えられるせいで、最近では見ることもなくなっていた。

テイル・サポーターを外したいと思うこともあるが、ないと不安で仕方なくなるのがわかっていた。転びそうなときは自動的に何かに巻きついたり、足代わりになって身体を固定してくれる。おかげで貧血のときも楽に立っていられるし、ちょっとした身体の動きに連動するので、尻尾でコップをつかんで中身を飲むという芸当ができる子もいる。

テイル・サポーターを開発したのはスカイラム特別養護施設だ。小さい頃はみんなそのサポーターをつけているのが当たり前で、尻尾の先に色を塗るお洒落な子もいた。

フィルは、きっとそんな風に目立つ特徴があるから悪口を言われるのだろうと悲しく思ったものだが、それ以外の点でもしょっちゅう嫌な言葉を投げつけられた。

第三世代の多くは重力の関係で低脳で生まれると言われており、

「月生まれは馬鹿ばかり」

というアークたちの悪口のもとになっていて、月の第一世代や第二世代からも疎まれているのだ。極端にもの覚えが悪いか、頭が良くても自閉傾向があってコミュニケーションができないかで、一様に鈍くさい。そしてすぐに衰弱する。

俊敏で、賢くて、意思疎通が得意で、逞しいことが理想とされるモンクの中では、どうしたって不快に思われ、嫌な仕事ばかり押しつけられるはめになるのだ。

とはいえフィルだって努力はしていた。何年も前にジョーゼフが教えてくれた学習法を今でも実践しているのだ。あるものごとを、別のものごとに関連づける。何かを見たら、ほかの何かを思い出すよう訓練する。そうやって連想というものができるようになれば、格段に沢山のものごとを覚えられるようになる。

おかげで今やフィルはNLGN4プラントの班長であり、仲間たちが安全に仕事ができるよう気を配る立場にある。ゲートゾーンでの安全点検や、プラントでの作業手順に関しては、キーパーたちだってうっかり忘れそうなことも覚えていられるのだ。

だがそんなフィルでも、キーパーになって安全な場所で働けるようになるまでに、あと二十年はかかるだろう。いや、もっとかもしれない。

月には第一世代や第二世代もいるが、プラント・キーパーたちはたいてい地球生まれの人たちばかりだ。月生まれのキーパーなんて、どんなジーナーでも滅多にいない。まるで月生まれのモンクにはキーパーになる権利がないかのようだった。いつか何かの事故でみんなシックスになることがモンクの役割だとでもいうように。

『お前たちもみんなシックスになりゃ、おれの気持ちがわかるだろうぜ』

そんなの、わかりたくもない。自分がシックスになるかもしれないと思うのは嫌だし、仲間を失うのは嫌だ。

しっかりしなければ。キーパーたちは助けてくれない。自分たちできちんと安全点検をする。異常がないか確認する。なるべく早く作業を済ませる。そしてバンカーの中に入る。自分たちに与えられたネストに戻る。

地表は危険だ。灼熱の太陽光。おびただしい宇宙放射線。死の砂レゴリス。限りなく真空に近い空気。どれか一つに襲われただけでも、命を奪われるか、身体のどこかを奪われる。致死的《リーサル》。地球生まれの大人たちはそう呼んで、外には出たがらない。アークたちは。

ほかのバンカーやドームではどうかわからないが少なくともコペルニクス中央バンカーでは、地表のさまざまなプラントに送り込まれるのはモンクばかりだった。特に電力プラントと水素プラントの修理は、フィルのような若いモンクの仕事だとみなされていた。回路をチェックするために狭い場所に入り込まねばならないからだ。

そのことについて、ドニー・シーホンさんはこんなふうに言っていた。

「本当ならプラントの修理は、遠くから操縦できるドローンや、勝手に働いてくれるロボットの仕事のはずなんだ。だがE2マテリアルが不足しているし、地球のジョイント企業は、本来の取り決めの何倍もの供給を求めている。ドローンやロボットが幾らあっても足りない。だから、君たちの助けが必要なんだよ、フィリオーシオ」

ドニー・シーホンさんは、新任のジョイントマンだ。ジョイント企業のエージェントとしてフィルたちが働くNLGN4プラント・センターを管理している。これまで会った大人たちの中では、スカイラム特別養護施設のキーパーたちと同じくらい優しく、フィルたちのことを気遣ってくれていた。

「私が、E2マテリアルをもっと与えてくれるようジョイント・ジーナーに頼むからね。私と君たちでたくさん働いて、ジョイント・ジーナーに認めてもらうんだ。そうすればドローンもロボットも作れる。ベースンに出て働くときも、ウォーター・シールドを増やして君たちを太陽光や宇宙放射線から守ってやることができる」

だからともに頑張ろうと言って、フィルたちを励ましてくれる。オールド・スキップのような嫌な大人たちも、ジョイントマンであるドニー・シーホンさんには逆らえない。

ときにはご褒美として、フィルたちに五分とか七分とかの長いシャワーを許してくれる。仮想現実ホログラムで、ネストのロビーに地球の海を出現させてもくれる。フィルも仲間たちも海が大好きだ。スカイラム特別養護施設でも海の仮想現実ホログラムが一番人気で、キーパーたちは決まってあの素晴らしい歌をサイフォンで再現してくれたものだった。


僕が今いる素敵な場所。この美しい景色を君に見せたいよ。

オー、ビューティフル・オーシャン。


今でも目を閉じて集中すれば、正確に歌とメロディーを思い出すことができる。フィルたちのサイフォンはアクセス権限がとても低いので、自由に歌を呼び出すこともできない。それも、ドニー・シーホンさんはそのうちどうにかしようと約束してくれた。

なんでそんなに優しくしてくれるのかとドニー・シーホンさんに尋ねたのは、再定義される前のジョーゼフだった。ドニー・シーホンさんがこう答えたのをフィルは覚えている。

「私は当然のことをしているんだよ。私はもともと牧師《パスター》なんだ。この言葉は、もとは羊飼いという意味でね。君たちは羊を見たことがないだろう。ほら、私のサイフォンで見せてあげる。奇妙な動物だろう。迷いやすく、無力で、自分の食べ物すら見失ってしまう。だが彼らの体毛は高級な衣服に使われるし、人にチーズや栄養満点の食べ物を与えてくれる。誰かが飼ってあげて、正しく導けば、とてもいい働きをするんだ。私はそのように、人々を正しく導く、聖職者《クラージマン》なんだよ。おっと、いかれた男《クレイジーマン》のことではないからね」

そこでにっこりするドニー・シーホンさんにつられて、みんなも、ちらっと笑ったものだった。大声で笑ったりすればほかのキーパーたちから意地悪をされるので、とても遠慮がちに。だがそのとき感じた楽しさは本物だった。大人が自分たちのためにおどけてくれたのだから。マリーですら口角をちょっぴり上げたほどだ。

そんなわけでNLGN4プラント・センターの大人たちは、もっぱらドニー・シーホンさんのことをドニー・シーホン牧師と呼んでいた。正しく導くということがどういうことかフィルにはわからなかったが、ドニー・シーホンさんの優しさはとても嬉しかったし、彼が主宰する礼拝とかいう集会も、心が落ち着くので好きだった。

地球を崇めよとか、ジョイントを尊べ、とかいったことをドニー・シーホンさんが言い、みんなで目をつむって青い海を想像する。そうすることにどんな意味があるかはともかく、そうしている間はほかのキーパーたちに意地悪されないのは確かだ。

そのドニー・シーホンさんにも相談せず、

（パーティ）

自分一人で勝手に決めてしまったことに、フィルは少なからず不安を覚えていた。あいつに口止めされたのだ。ドニー・シーホンさんに言えば、邪魔をされてしまうと。ドニー・シーホンさんは優しい人のように思えるけれども、フィルが心配しているたくさんのことのうち、どれ一つ解決してはくれないと。

それが事実であることを理解するのに、ずいぶんかかってしまった。自分がぐずぐずしていたせいで、もうタイムリミットが迫っているのだ。

マリーや女の子たちが治療室ゆきになるまでのタイムリミットが。そうなればマリーたちは再定義されてしまうかもしれないことなど全然知らなかった。あいつに教えてもらうまでは。ドニー・シーホンさんですら教えてくれなかったのに。

どうしたらいいかフィルはさんざん悩んだ。心の底から賢くなりたいと思った。自分が賢さとは無縁であることは、ずっと前にわかっている。スカイラム特別養護施設で育てられたＩＱ70のサード・モンキーの十五歳。ときどき自分の考えや感情を相手に伝えることがまったくできなくなるし、何を考えればいいかもわからなくなる。誰かに飼ってもらわないといけない生き物だった。

そんな自分に、あいつが――あれが――示してくれた。導いてくれたといっていいかもしれない。

致死的な場所にでかでかと表れたキーワード。大人たちが近づきたがらない月面プラントの一角――フィルが初めてあいつと出会った場所に、はっきり示された言葉。

『パーティ』

2

もちろんフィルはその言葉の本来の意味を知っていた。パーティの本来の意味を。大勢で集まって賑やかなひとときを過ごすことだ。スカイラム特別養護施設のキーパーたちがたまにそうした集会を開いてくれた。本物のオレンジジュースと、これまた本物のジャガイモを蒸したものを――どちらも滅多にありつけない素晴らしいご馳走だ――みんなでとっくりと味わい、地球の歌を聴き、地球の海のホログラムを楽しむ。

そういうのがパーティだ。本来の。歌とホログラムがあれば、いつもの味気ないレーションと水だけでもパーティ気分になれる。

だがコペルニクス中央バンカーのパーティは、フィルが知るそれとは趣が違った。まず、しょっちゅうやっていて、地下三十五階建てのバンカーのどこででも見られるということ。

ただしオレンジジュースもジャガイモもなし。歌やホログラムを楽しむのは同じだが、心が落ち着くようなものではなく、どぎつくて騒々しいものが大半だ。ネストからいなくなってしまったジョーゼフは、そういうのが嫌いだった。フィルもそうだ。マリーだってそうに違いない。頭が混乱して、自分が自分でなくなるような不安に襲われるからだ。

オレンジジュースの代わりに、ミキシーを飲んだりするのも嫌だった。ジャガイモを蒸す代わりに、ものを焦がしたり焼いたり溶かしたりするのも。

大人たちは工場でくすねてきたものを混ぜ合わせて、いろんな薬とか飲み物を作る。そういうのは全部ミキシーと呼ばれていて、大人たちをめちゃくちゃな状態にしてしまう。たとえ陽気に歌っているように見えても、決してそういう状態の大人たちに近づいてはいけない。バンカーでの鉄則。それをみなに教えてくれたのはジョーゼフだった。乱暴されたくなければ、ミキシーをがぶ飲みするような大人たちとは目も合わせるな。

ひどい暴力を受けてシックスにされるかもしれないし、さんざんいびられてレイプされるかもしれない。レイプというのがどういう行為か、卒業するフィルたちに、スカイラム特別養護施設のキーパーたちが教えてくれた。自衛のために。自分が何をされるのかもわからねば身を守ることもできないと言って。だがフィルにはよくわからなかった。わかっているのは、レイプされたら男の子も女の子も治療室ゆきになってしまうということ。そこで再定義されたら、もう元いた場所には戻れなくなる。それくらいひどいことなのだ。

パーティ中の大人たちは、オーバーヒートで爆発寸前の電力プラントみたいなものだった。しかもミキシー以外にも、いろんなパーティの手段があった。工場から化学薬品の缶をくすねてきて、その中身が発するつんとした匂いをすーすー吸い込んだりするとかだ。

十階ごとにあるマーケット・フロアのゴミ捨て場でよく見かけるパーティでは、捨てられた発泡スチロールやプラスチックを電熱コイルで焦がすか、接着剤をかけて溶かすかして、立ちのぼる煙を吸う。こういうのは大人だけでなく子どもたちもしている。クリーニング・ジーナーたちはいつもゴミに囲まれているから、パーティの手段はいくらでもあるのだ。フィルにはちっとも羨ましいとは思えないが。

バンカー警察はそういうパーティは禁止だというが、あまり取り締まらない。それよりも別のことで忙しいのだ。ストライキとか、サボタージュとか、ボイコットとか。そういった犯罪がバンカー中で広がっていると、あいつが教えてくれたが、フィルにはどんな犯罪かいまいちよくわからない。みんなで仕事をしないぞと言って、ジョイントマンたちを困らせたりするらしい。そんなことしたら、どんな目に遭うかわからないのに。

ほかにも、不買運動というやつもある。マーケットで売られているものを買わないようにするのだ。どうしてそれが犯罪なのかもフィルにはよくわからなかった。あいつが言うには、ものが売れないとジョイントマンは責任を取らされるらしい。そのせいでドニー・シーホンさんの前のジョイントマンも再定義されて別のバンカーに行ってしまったのだそうだ。

落書きによる犯罪も、フィルにはわからない。マーケット・フロアのアルミ材の壁面は、どこもかしこも落書きだらけなのに。『MSROE』という文字がスプレーされていると――〈ムーン・チェーンズ〉という集団の合い言葉らしい――それだけでバンカー警察に加えて、ジョイント企業が雇ったガード・ジーナーまで飛んで来て、そこらにいるモンクをつかまえて壁を綺麗に掃除させる。その文字を書いた人間が見つかると、隔離室に放り込まれて再教育を受けさせられた上で、再定義されてしまうそうだ。

なんでそんなふうな嫌な目に遭うとわかっているのに落書きをしたがるんだろう。あいつに尋ねても、〈ムーン・チェーンズ〉と名乗る人々の宣伝だからだということしかわからなかった。宣伝なんていつもしているのに。バンカー中に設置されたモニターが、稼いだお金は全部使ってしまえといわんばかりに、欲しくもない生活用品だの見たくもないコンテンツだのレーションのいろんな味のバリエーションだのを宣伝し続けていた。

ともあれ、マーケット・フロアもぴりぴりした雰囲気になっているということをフィルも仲間たちも理解していた。どんな危険があるかわからず、できれば行きたくなかったが、かといってそこを通らねばゲートゾーンに辿り着けない。

バンカーは巨大な筒の形をしており、電波塔を地中に埋めた感じだとスカイラム特別養護施設のキーパーたちから教わっていた。上下の移動は、壁面に沿って設けられた螺旋階段か、南北にある何基かの大型エレベーターを使う。フィルたちが使うのは階段で、エレベーターにはめったに乗らない。あんな機械仕掛けの箱の中で、暴力的な大人たちと一緒になったら、何をされるかわからないし逃げ場もないからだ。フィルたちにとってエレベーターは恐怖を催すものだった。

エレベーターが使えないことは問題ではなかった。ラビット・ジャンプでぽんぽん階段を跳ぶことは苦痛ではなく、むしろ爽快でさえある。調子に乗って大人たちにぶつからないよう、先頭の者が注意している限りは。

だが階段もエレベーターも、マーケット・フロアでいったん途切れており、さらに上や下へ移動するには別の場所にある階段やエレベーターを使う。地下十階、二十階、三十階では、嫌でもフロアを横切らねばならない。宣伝されたものを買わせるためらしいが、そのせいでフィルたちにとっては毎日が恐怖との戦いだった。

マーケットでは、フィルと十一人のプラント・ジーナーの少年少女たちは、いつも海のホログラムで見る小魚の群のように互いに身を寄せ合って移動する。あるいは尻尾を丸めた猫の群のように。テイル・サポーターを目立たぬよう丸めておくのだ。

パーカーのフードをかぶり、こそこそと、可能な限り足早に進む。息をひそめて、危険な大人たちに出くわさないよう祈りながら。

円形のフロアにひしめくのは、テントやバラックのショップだ。ジョイント企業が製造販売する衣類や小物や食べ物が大半で、薬や電子機器も並んでいる。ほかに自動販売機が山ほどあるブース、布で仕切られたカフェ、床に箱や棚だけ置いて店を開いている者もいる。たいてい壁際にはゴミ集積所があってクリーニング・ジーナーたちがたむろしている。

ごみごみした場所を、フィルたちはときに一丸となり、ときに粛々と一列になって、違法に作られた横坑へ続く小道には決して近づかぬよう注意しながら、通り過ぎていく。

ときおり変わり果てたジョーゼフを見かけるのは、決まって十階のマーケットでだった。事故に巻き込まれて身体の左半分がすっかり歪み、テイル・サポーターがあっても這うことでしか動けなくなってしまったジョーゼフを。

最初に彼を見たとき、身を寄せ合うフィルたちへ、虚ろな目をじっと向けていたのを覚えている。ジョーゼフがどれだけフィルたちのもとに戻りたいと思っているかが伝わってくる眼差しだった。もちろん誰にもどうすることもできなかった。次に見かけたとき、ジョーゼフはもうフィルたちへ目を向けなくなっていた。ほかの若いクリーニング・ジーナーたちとともに床に這いつくばり、電熱コイルで発泡スチロールを焦がして立ち上る煙を吸いながら、とろんとした顔を宙に向けていた。

パーティ。苦しみから逃れるための。

今日も、ゲートゾーンに無事に辿り着くまでの間、フィルはなんべんもパーティ中の人々を見かけた。朝六時にドーン・タイムのベルが鳴ってからまだ二時間も経っていないのに。バンカー内に日光を入れる採光ダクトの窓も、律儀に地球のシドニーとかいう街の時刻に合わせて、まだ四分の一も明るくない。

月の一昼夜は、だいたい二十九日と十四時間弱だ。コペルニクス中央バンカーでは、昼が十五日ほど、夜が十五日ほど続く。もちろん場所によっては全然違った。北極付近にあるピアリー・エリアなどは、昼が八割以上も続くらしい。当然、太陽光発電電力プラントの稼働時間もずっと長く、その分、故障もたくさん発生し、その上、バンカー中がびりびり震えるほどの月震も多いという。修理の際に事故に遭う人たちの数は桁違いで、ピアリー・エリアのバンカーやドームに住まう人々の大半がシックスになってしまっているそうだ。そのため「ピアリー行きにしてやるぞ」という言葉は、フィルたちにとって心底恐ろしい脅し文句だった。

そのピアリー・エリアに比べればまだしも安全で、昼と夜が交互に来るコペルニクス中央バンカーでも、ゲートゾーンや懲罰のための隔離室を除いて、日光を入れっ放しにしてはいけないことになっている。月で三世代目が生まれてなお、人間は二十四時間の周期で寝たり起きたりすべきとされているので、六時間おきにタイムベルが鳴り響き、採光ダクトの窓や照明が明るくなったり暗くなったりすることで、一日の区切りを作り出している。疲れてくたくたのときは一分でも早くダスク・タイムになってほしいと心から願うし、すやすや眠っているときは永遠にドーン・タイムなど来てほしくないものだが、タイムベルは非情なほど正確だ。

アルミ製の階段をぽんぽん跳んでのぼり、ゲートゾーンに出ると、むしろタイムベルのありがたみをフィルは感じた。ここでは時間が消えるからだ。非常時の出動に備え、昼の間は採光ダクトの窓は開きっぱなし、夜の間は照明がつきっぱなしだ。二十メートル四方のロビーはどこも真っ白で、奥の壁にはバンカーの内部図面や、周辺の地形、プラントや工場の稼働状態が一面にサイネージされている。

壁に向かって右が入り口側で、左が出口側だ。右の円形バルブドアは青く、左は赤く塗られている。月面に出るときとバンカーに戻るときとでは、通るべき場所が異なる。宇宙放射線に被曝したものや、月の表面を覆うレゴリスを、決してバンカー内に入れないためだ。

レゴリスの微粉は、吸えば人間の内側をぼろぼろにするので、それをバンカー内に持ち込んでしまった者は、減給といったペナルティ以上の罰を受けることになる。バンカーの住人たちから憎悪され、とにかくひどい目に遭わされるのだ。

フィルが出口側のバルブドアのロックを解除し、仲間たちをつれてロッカーエリアに入ったときは、出発時刻まで二十分以上も余裕があった。いつもそうしているので、予定通りということだ。

フィルは自分がこれから行うパーティのことをいったん頭から締め出し、しっかり時間をかけて、全員の安全点検をやらねばならないと自分に言い聞かせた。

壁には横長のアルミ製のシュートボックスの取っ手が三段十列で並んでいる。シュートボックスの中には、頭部保護メットと、綺麗にたたまれたEスーツことエングレイビング・スーツが入っている。Eスーツは、壁の向こうでクリーニング・ジーナーがレゴリスを吸う危険を冒して洗浄してくれたものだ。それを着用してゲートゾーンのロビーを移動することは絶対禁止で、全て入り口側で回収される。それから洗浄エリアで念入りに浄化され、また出口側のシュートに放り込まれるのだ。

フィルがバルブドアを閉めると、みな一斉にパーカーのフードをめくり、頭部をさらした。男子も女子もみんな、髪を短く刈られたばかりだった。昼夜が交代するとき――約十四日に一度、全員がそうされるのだ。そのほうが清潔だし、シャワーも短くて済むからという理由で。ドニー・シーホンさんやキーパーたちのようにふさふさの髪を蓄えられるようになるのは、大人になってからだった。男子も女子も、そのときまでシックスにならずにいることが共通の目標だ。つい最近まで、フィルは素朴にそう思っていた。あいつから、自分たちの髪が何に加工されているか教わるまでは。

フィルはゲートに一番近いシュートボックスの最下段を開いた。サイフォンを取り出してメットの横に置いた。パーカーとズボンと靴を脱いでシュートボックスに入れ、代わりにEスーツを引っ張り出した。

誰がどのシュートボックスを使うといったことは決まっていないが、なんとなくいつも班長がゲート側の端のものを使った。しばらく前までジョーゼフが、今ではフィルがそうしていた。

シャツと下着の上からEスーツを着用したが、こちらも決まったものを使うというルールはない。全て共有で、どんな体形にもぴったり合うよう作られている。そのはずだが、E2マテリアルが不足しているせいで伸縮性は損なわれ気味だ。着用して伸縮の調整をしたあとも、ぶかぶかだったり、きつかったりと、たいていは着心地の悪さがつきまとう。

サイフォンがEスーツに信号を送り、腰の後ろで丸めていたテイル・サポーターを伸ばせるようEスーツを加工してくれた。テイル・サポーターをスーツの外に装着すれば、レゴリスまみれになって、すぐに壊れてしまう。自分たちの手足と同じように保護しなければならなかった。

　ほどなくして尻尾つきEスーツにエングレイビングされたが、おかげで下半身は窮屈なのに上半身はぶかぶかした感じになった。手足を伸ばしてスーツの皺を均したが、いつものことなので快適さを求めることはしなかった。求めるべきは、安全だった。

　全員がEスーツを着用し、胸元にサイフォンを、首にメットを接続した。隣同士で二人ひと組になり、安全確認をする。右手を相手の左肩に置くだけでEスーツとサイフォンが診断モードになり、相手のEスーツをスキャンしてくれる。異常が検知されれば、診断する側とされる側、両方のメットの内側に、具体的にどこがおかしいかが表示される。

　問題がある者は手を挙げて班長に知らせ、別のEスーツを引っ張り出して着る。誰も手を挙げなかった。フィルはそれでほっとしたりせず、十一人を並ばせた。

　まず、いつもフィルの安全確認をしてくれる、男子の副班長のマルコの肩に手を置いた。フィルより一つ年下の十四歳の少年で、フィルよりも背が高く、パズルが得意で、プラントの制御盤の交換を誰よりも丁寧に速くやってのける。自閉傾向は低く、ザ・サードにしては表情が多彩で、大人たちのように顔つきだけで意思疎通ができるほどだ。

　その証拠に、マルコが唇を引き結んで、にやっとした。大丈夫だというように。フィルはうなずき返し、メットの通信機能を通して告げた。

「マルコの安全を確認」

　残り四人の男子の肩にも次々に手を置いていった。全て異常なし。それから、女子の副班長のダリアの肩に手を置いた。こちらも自閉傾向が低く、耳にした歌をかなり正確に自分の口で再現できるという、すごい特技を持っている。仲間内ではシンガーとして一目置かれ、仲間みんなが辛い気分になったときは、彼女の歌に頼るのが一番だった。

残りの女子たちの肩に手を置いていき、異常がないことを確かめた。最後に、仲間の中でもひときわ小柄だが、誰よりも可憐なマリーの肩に手を置いた。メットの向こうで、いつも伏せている綺麗な目が、ちらりとフィルの目を見た。自閉傾向が高めで、めったに言葉を発せず、会話もサイフォンのチャットモードでなければしたがらない。だがその理解力の高さは仲間たちみなが知るところで、プラントの制御盤の再プログラミングに関しては大人顔負けの技術を持っていた。フィルたちのサイフォンのアクセス制限だって、マリーの手にかかれば解除してしまえるに違いなかった。

マリーと僅かに目が合った途端、フィルは込み上げてくるものに負けそうになり、マリーを抱きしめたくなった。そうしていたら我慢できずに泣き出していただろう。マリーがもうじき治療室ゆきになるという秘密を口走ってしまっていたかもしれない。

だが自分が泣いたところで何にもならず、キーパーたちは気にもしないだろう。マリーを助けてやるどころか、何も知らない彼女をひどく不安にさせてしまうだけだった。意思や感情を伝えるのが苦手なだけで、マリーの感情は人一倍、豊かなのだ。

フィルはしっかりと自分の口を閉ざしたまま、この自分が力の限り、

（パーティ）

彼女を守らねばならないと改めて心に誓った。

マリーがかすかに目を見開いた。フィルは自分が表情やジェスチャーに乏しいことを自覚し

ていたが、それでも何か強い感情を向けられているとマリーも察したのだろう。

「マリーの安全を確認」

フィルはそう言って素早くマリーから手を離した。奥にあるバルブゲートを振り返り、真っ直ぐそちらへ歩み寄った。

（パーティ）

これからすることで頭がいっぱいになりそうになったが、まだ早いと自分に言い聞かせた。まずは無事にみんなを持ち場につかせねばならない。

「ゲルを塗って」

フィルが言った。みながロッカーから耐光熱ゲルを取り出してスーツに塗り合った。それからフィルが第一ゲートのキーロックにふれたとき、異変が起こった。

Eスーツを着ていない場合は起動しないようになっている電子画面が、ぱっと解除の文字をあらわし、隔壁が自動的に開き始めたのだが、突然、アラームが鳴って開放動作が中断された。そして僅かにあいた隙間が閉じ、再びロック状態に戻った。

フィルは何が起こったのかわからず凍りついた。第一ゲートを開かねば、その先の第二ゲートに行けない。まさか自分がこれからしようとしていることが大人たちにばれてしまい、ロックされたというのだろうか。

ゲートが閉じたのは、背後のバルブドアを誰かが開けようとして、安全装置が働いたからだ。ゲートは、バルブドアが閉じているときにしか開かないよう設定されている。

背後のバルブドアが開く音が聞こえ、フィルは恐怖が胸の奥で急速に膨らみ、パニックの波が生じるのを感じた。かろうじて抑えられたのは、日頃から恐怖に耐え、事故や大人たちの暴力を避けてきた習慣のたまものだった。特にゲートゾーンから外に出て再びバンカーに戻るまでは、恐怖に耐えることが一番の仕事といってよかった。

フィルは振り返り、大人たちがぞろぞろ入ってくるのを見ながら、必死に呼吸を落ち着かせた。自分は、アルミ製の道具のように感情のない物体だと思い込もうとした。静かに呼吸するだけの物体。恐怖に耐えるための一番の方法。これぱかりは誰にも教わらず、フィル自身が見出した心のテクニックだ。仲間たちも、フィルが教えたとおり、部屋のオブジェのように微動だにせず恐怖が過ぎ去るのをただ待っている。

だが入って来たのは、よりにもよってこのバンカーで最も恐れられている人々だった。ジョイントマンであり、ここの総合管理オフィスのトップである、マラケイナ・ゲトンだ。そのガード・ジーナーたち、そしてバンカー警察の一団があとに続き、左右に広がった。

マラケイナ・ゲトンは、バンカー生活者とは思えぬほど艶々した漆黒の肌と、誰よりも大きく逞しい身体の持ち主だ。その眼差しは常に冷厳で、「誰であろうと私ににらまれたら最後だ」という唯一無二のメッセージを放っている。寡黙だが、喋るときはとても滑らかに、明瞭この上なく、重苦しいほどの威厳をたたえて言葉を発する。あまり喋らないのは、アークもモンクも、マラケイナ・ゲトンの意向通りに働くことに一生懸命で、彼自身が口を開く必要があまりないからだ。上手く喋りたくてもできないフィルたちとは、別次元にいる人物だった。

ガード・ジーナーたちが、ボスに負けず劣らず冷酷な目で、ロッカーエリアを一瞥した。フィルたちを咎めに来たのではないことは、すぐにわかった。マラケイナ・ゲトンも、フィルたちなど存在しないかのようにロッカーエリアを眺め渡し、手を振った。バンカー警察が一斉に動き、シュートボックスを残らず開き、中身を床にばらまいていった。

どうやら危険な物が入っていないか調べることが目的らしい。

ゲートを開く前だったせいか、フィルたちがシュートボックスに残したものはまだクリーニング・ジーナーたちの手に渡っておらず、そのままだった。おかげで残りのEスーツだけでなくフィルたちの衣服も床に放り出された上に、さんざん踏みつけられることになったが、その程度のことは黙って我慢すべきだった。むしろ彼らの目的が自分ではなかったことに心から感謝したい気分だ。

バンカー警察の男女が仕事を終えて整列した。うち一人が、

「異常ありません」

と大きな声で報告した。

マラケイナ・ゲトンが、第一ゲートを見つめ、おもむろに口を開いた。

「チェーンズの連中がとんでもないことをしでかした。実にとんでもないことを。連中は月のシャフトベースを崩壊させたいらしい。そのような危険な破壊分子を、一人たりともこのバンカーに入れてはならん。連中が無謀にも月面を歩いて移動してきた場合に備え、このゲートゾーンにも監視役を置く必要がある。監視装置だけでは不十分であることは、連中がこれまでしでかしてきたことから明らかなのだからな」

バンカー警察の面々は気をつけの姿勢で無表情を保っていたが、みな顎の辺りに妙に力が入っている。きっとそんな役目は願い下げだと思っているのだ。時間が消える感覚に襲われ続け

るゲートゾーンで、ぽつねんと立たされ続けるなど、フィルだって嫌だった。

マラケイナ・ゲトンは、フィルですら察することができたバンカー警察の面々の気持ちにも、まったく関心がない様子で続けた。

「水が重要だ。いつでもそれが重要なのだ。水の配給と売買の監視を厳重にし、水プラントの精製量およびリサイクル量が一定に保たれていることを確認し続けろ。一滴としてバンカーの外に持ち出させてはならん」

かと思うと、だしぬけにマラケイナ・ゲトンがバンカー警察たちに背を向け、Eスーツ姿のフィルたちを品評でもするように眺めた。フィルたちのスーツから伸びる尻尾を見て、サード・モンキーたちであることを察したようにうなずいた。

「お前たち、プラントの修理に行くのだな？」

フィルが反射的に一歩前へ出たのは、班長としてそうしなければならないと思ったからだ。しかし緊張で喉はからから、一言も発することができない。メット越しに相手にも届くほどの声を発せられる自信もなく、その場に突っ立つだけで精一杯だった。

だがマラケイナ・ゲトンにとっては、かえって好印象であったらしい。フィルの態度を誉めるように何度か小さくうなずき、言った。

「大事な仕事だ。地球のエネルギー需要は、初期の開発計画の三倍に達しようとしている。何があろうとも地球の需要に応えるのだ。プラント稼働率が七割を下回ればジョイント企業が黙ってはいない。全ては、お前たちの働きにかかっている」

これはマラケイナ・ゲトンが日頃から放送で言っていることだと、すぐに理解できた。

「だがもちろん、ウォーター・シールドを規定以上に使ったりしてはならん。被曝した水をリサイクル・タンクに戻してごまかすなどという真似も許さん」

これはプラントで働く者を守る設備のことで、耐光熱ガラスの布とアルミと鉛の板で作られたタンクに、文字通り水を注ぎ込む。宇宙放射線を防ぐためのものだが、規定以上もなにも、フィルたちが使わせてもらった例しなどなかった。

「必要以上にE2マテリアルを使うことも、いたずらにドローンやロボットを消耗させることも禁じる。労働とは、機械任せにせず、お前たち自身がしっかり働くことをいうのだ」

これも、繰り返し聞いたことだ。相手の言うことが理解できることにフィルは安心感を覚えた。緊張のあまり咳き込んだりしないよう注意深く唾を飲み込み、身動ぎしないことにのみ専念した。仲間たちもフィルに倣い、物言わぬオブジェであるよう努めている。

フィルたちの努力が功を奏したのか、マラケイナ・ゲトンがくるりと背を向け、人々を引き連れてロッカーエリアから出ていった。

開けっ放しのバルブドアを見つめたまま、フィルたちは彼らが戻ってくるのではないかと身構えていた。だが誰も戻ってはこなかった。やがてフィルがバルブドアに歩み寄り、それをきちんと閉めた。

マルコとダリアが率先して散らばった衣服を拾った。フィルが戻ってくる前に、マルコがフィルの衣服をシュートボックスに入れてくれていた。衣服を取り違えていないか、それぞれ名札を確認し終えたときにはもう作業開始時刻ぎりぎりだった。全員がシュートボックスの蓋を閉めると、フィルはすぐに第一ゲートを開いた。

今度はすんなり開いてくれた。中は広々とした短い通路だ。壁には空気や気圧の状態がサイネージされている。床と天井にはレゴリスを吸い取るための吸気口が並んでいるが、それらが機能するのは二つのゲートが閉じているときだけだ。それ以外何もない通路を進み、いよいよ第二ゲートのロックを解除した。

隔壁が開くと、たちまち輝きに包まれた。月の昼。限りなく希薄な大気を突き抜けて、太陽が発する光や磁気や宇宙放射線が直接降り注ぐ、灼熱の大地へとフィルは踏み出した。

当然メットは昼用に調整されているので太陽光の大半を遮断しているが、それでも目の奥に刺激を感じた。

空は暗黒。出てすぐ右手に入り口用のゲートがあり、左手には巨大なかまぼこ形のガレージハウスがあって分厚い屋根が太陽光にさらされている。

正面は——西の方角は——作業用道路が、果てしなく、と表現したくなるほど遠くまで続いている。その両側は、一面の電気畑だ。数万基の小ぶりな太陽光発電パネルと、一千基もの電力プラント。ＮＬＧＮゾーンと名付けられたそのエネルギー開発地域は二十の区画にわかれており、うち第四区たるＮＬＧＮ４がフィルたちの持ち場だ。

逆サイドの東の方角には、月資源である、水素、酸素、マグネシウム、アルミニウム、ウランなどを採取して精製するための大きなドームがいくつも並んでいる。フィルたちがそちらへ足を踏み入れたことはなかった。そのうちの一つを除いて。

ライトハウスと呼ばれる大きな電波塔と合体した、ターミナル・ドーム。

このコペルニクス中央バンカーと他の地域をつなぐ大事な施設だ。人や荷物を各方面に運ぶ列車の駅もその内部に設けられている。フィルたちは駅の宿舎に滞在させられたことがあった。生まれ育ったスカイラム特別養護施設のあるバンカーから、はるばるコペルニクス駅まで運ばれてきたときに。当時は仲間が十八人いた。誰もシックスではなかった。彼らとともに、知能テストや身体検査を受けてのち、NLGN4に配属されたのだった。

大した年数は経っていないのに、遠い思い出に等しい記憶だ。一緒に駅に降り立った仲間のうち、六人も再定義されてしまった。フィルたちがターミナル・ドームをあまり見ないようにするのは、目にするだけで辛い気持ちになるからだ。

そして南側には、もっと目を向けたくないもの――墓地が広がっている。鉛の板でできた墓碑が、それこそ発電パネルみたいに、ずらりと規則正しく並んでいるのだ。

ターミナル・ドームも墓地も、フィルは視界に入れずに進んだ。よそ見をしたりして余計な思いに襲われないよう努めて気をつけながら、みなを連れてガレージハウスへ歩み寄ったとき、ちょうど地球がしずしずと昇ってくるのが見えた。

「EAROM」

青と白が複雑に混ざり合った星に向かって、フィルが呟いた。仲間たちの何人かも倣った。声に出さない者たちも、心の中でそうしたことだろう。地球が月の上に昇る《アース・ライズィズ・オン・ムーン》。ドニー・シーホンさんをはじめ、ジョイントマンたちがモンクに教える、地球を尊ぶための決まり文句だ。地球と月の関係に、上も下もないというような考えもあるらしいが、少なくとも月ではそんなことを言う者は一人もいなかった。地球は、月の上に来るものなのだ。

ただしきわめて習慣的な行為であるので、地球を見て涙が出るほど感動するといったことはまったくなかった。そうしておけば大人たちから咎められないというだけのことだ。

フィルはすぐに地球から目を離し、ガレージハウスのドアのロックを解除して開いた。

中に入ると、バンカーのフロア半分ほども広いそこに、月面を移動するための四輪車や六輪車、種々のドローンやロボットとそれらのコントローラーが所狭しと並んでいる。

そのうちのどれか一つでも使わせてもらえたら、きっとフィルたちの仕事の安全度も飛躍的に向上することだろう。だがそんな希望が叶う可能性はとても低い。そこにある品々の大半が故障したままで、E2マテリアル不足のせいで修理のめどもたたないとなれば、決して叶うことなどないと思うほうが自然だ。

代わりにフィルたちはミニコンテナの格納扉を開き、何十セットもあるプラント修理用の道具箱とタブレットを手に持った。ガレージハウスを出て、きちんとドアを閉める。もし開きっぱなしにしたら、ものすごく怒られることになる。

そんな状態でターミネーターが来たらどうするんだ、というのが怒られる理由だ。これは明暗境界線、つまり昼と夜の狭間を示す。そこでは、しばしば磁気の影響で、塵の嵐と呼ばれる現象が発生する。塵が――人の肺を引き裂き、機械を駄目にし、電子回路をいかれさせるレゴリスが――大気などほとんどないはずの月面で吹き荒れるのだ。

一度、別のプラント・ワーカーのチームがそれをやらかしたことがあった。ガレージハウスの中に降り積もったレゴリスのせいで、多くの道具が使い物にならなくなった。マラケイナ・ゲトンはそのチーム全員の再定義を命じた上、バンカーから追放してしまった。キーパーたちの噂では、例の過酷なピアリー・エリアに運ばれたそうだ。

仲間をそんな目に遭わせてはならないので、フィルはしっかり戸締まりをした。それから作業用道路へ向かって、ラビット・ジャンプで進んでいった。両脚と尻尾を使って。跳び方を間違えれば、そこらの太陽光発電パネルに激突してしまうが、月育ちの子どもたちにそんな失敗は無縁だ。

仲間たちが一人また一人とフィルから離れ、持ち場に向かった。狭いところでは身体を横にして跳び、尻尾をプラントのパイプに巻きつかせ、道具箱とタブレットを抱えて制御盤に取りつくさまは、確かに軽快な猿を思わせるものがあった。

小柄なマリーが道具箱とタブレットを抱えて跳んでいくのを、フィルはちらりと見送った。またぞろ悲痛な思いに襲われかけたが、フィルは真っ直ぐ目的の場所へ進んだ。

やがて背後に誰もいなくなった。フィルはゲートから三キロほど離れた、NLGN4の管理小屋に辿り着いた。すぐ隣にはEスーツが破損した者を一時的に避難させる小屋がある。どちらも小屋といいつつ八十センチ四方の広さと二メートル弱の高さしかない、キーパーたちが棺と呼ぶしろものだ。

フィルが管理小屋のドアのロックを解除して開いた。

パーティ！！！！

小屋の壁一面に――管理用モニターの上にも――その言葉が浮かび上がり、フィルが今日ここで何をすべきかを、この上なく明白に告げていた。

そいつが——その文字が——初めてあらわれたのは、ひと月ほど前のことだ。まだその頃はヨブという少年が副班長で、フィルは班長になったばかりだった。

3

その日、フィルは、引っこ抜かれた機能不全の制御盤の束をテープでひとまとめにし、道路の脇にある廃棄コンテナへ運んでいた。

制御盤の束を運ぶうち、はらはらと何かがこぼれ落ちるのに気づいた。立ち止まってよく見ると、制御盤のあちこちに黒っぽい染みのようなものが浮かび上がっていた。

熱で焦げたのでもなければ、変色したのでもない。こんなものが生じるなんて初めてだった。スーツの指先でこすると、黒い粉が付着した。何らかの不具合を意味するものであれば接触したとたんEスーツとサイフォンが連動し、たちまち分析結果がメットに表示されるはずだが、何も出なかった。

無害らしい、黒い何か。

映像分析にかけてみると、メットの遮光機能のせいで黒く見えるそれが、実際は青々としていることがわかった。

生まれて初めて見るそれが、本当に無害かどうか確信できなかったので、念のためサイフォンにも、それが何なのか質問してみた。月のサイフォンも、地球と同じように〈サピエンティア〉につながっており、いろいろ教えてくれるのだ。

とはいえ月にいる場合、かなりタイムラグが発生する上に、バンカーの人々があれこれ尋ねても、「不適切な質問です」と返されることが多い。特に、ミキシーの作り方や、パーティのやり方については、〈サピエンティア〉は教えてくれない。それらはたいていメカニック・ジーナーが勝手に発明するものなのだ。

そんなわけであまり期待せず質問したところ、何秒後かに〈サピエンティア〉は意外なほどはっきりと答えてくれた。しかし、フィルはますます困惑させられた。〈サピエンティア〉によれば、それはどうやら九割以上の確率で『カビ』の一種らしかった。詳細に知りたければ、専用の分析器を用いるよう推奨されたが、そんなものはなかった。

カビ？　その聞き慣れない言葉をフィルは頭の中でもてあそんだ。〈サピエンティア〉の解説によれば、どうやら月面にはないはずのものらしい。なのに目の前にあることに怖さを感じた。しかもあまり素敵なものではなさそうだった。

もしレゴリスのように危険なもので、万一自分たちのせいにされたら、ひどい目に遭う。ジョイントマンやキーパーたちからチーム全体の責任だとみなされてしまう。

フィルはパニックに陥らないよう心を静め、そのカビとやらをどうすればいいか、〈サピエンティア〉に訊いてみた。退治する方法はいろいろあるとのことで、フィルは大いに安心させられた。熱、薬品、真空。どれでもそれは死んでしまう。

退治。つまりカビとは生き物なのだ。フィルはやっとそれを理解した。こんな塗料の粉みたいなものが。しかもどうしてバンカーの外にいるのかはさておき、つまるところ、こいつはもう死んでいるのだろう。それで何も心配ないという気分になった。そのまま廃棄コンテナに放り込めば、万事オーケイ。さっさと忘れてしまおう。だがそこで、はたと思いとどまった。もし完全に死んでいない場合、廃棄コンテナの中でむしろ生き延びてしまうのではないか。そして廃棄物処理を行う過程で、バンカー内に入り込んでしまうかもしれず——後日、それは不可能だということを他ならぬそいつから教わるのだが——そうなるとやはり自分たちの責任になってしまうのではないか。

そこでフィルは、別の対策を考えついた。

そいつを持ったまま自分の持ち場に戻ると、制御盤を束ねていたテープを切って、太陽光発電パネルのそばのレゴリスの上に、綺麗に並べて置いたのだ。熱と真空にさらすために。こうしておいて完全に死なせてから、廃棄コンテナに捨てればいい。

フィルは自分の行動に満足した。仲間たちと合流し、何ごともなかったかのように振る舞った。仲間たちを不安にさせたくなかったからだ。

自分の持ち場にゴミを置いて来ただけ。たったそれだけのことだと信じたが、そうではなかった。それだけだなんて、とんでもなかった。むしろそれが全ての始まりとなった。

翌日、いつも通りぴょんぴょん元気にラビット・ジャンプで電気畑に赴き、自分の持ち場に到着して腰のタブレットをチェックしたとたん、愕然となった。

太陽光発電パネルのほとんどがダウンしていた。昨日見たときは全然問題なかったものばかりなのに。まったくといっていいほど電気を電力プラントに送っていないなんて。

まるで塵の嵐が起こって、パネルをめちゃくちゃにしてしまったかのようだった。だが目に見える限り、どこも壊れてはいない。そもそもそんな風に壊れてしまっていたら、管理小屋にもアラートが表示されているはずだ。

何がどうなっているのかわからず、呆然と立ち尽くすうち、突然ぞっとするような考えがわいた。フィルは恐る恐る、そこへ足を運んだ。つい昨日、カビを退治するために制御盤を並べた場所。それがパネルの陰から現れたときの衝撃たるや、電力プラントがオーバーヒートで炎の柱を噴き上げるのを初めて見たとき以上のものだった。

ハロー

真っ黒い文字が、地面の上に浮かび上がっていた。

綺麗に並べた制御盤を埋め尽くすほど広がったカビだ。へなへなと座り込みそうになるフィルを、テイル・サポーターが支えてくれた。驚きのあまり、恐怖を通り越し、頭が真っ白になってしまった。

しばらくして、ふと、これは誰かのいたずらではないかという考えが浮かんだ。仲間たちがそうしたとは思えない。プラントで働く大人のワーカーたちが、子どもを仰天させるためだけに、こんないたずらを仕組んだのではないか。

そうに違いなかった。フィルたちを陥れるため、こんな手の込んだことをしたとも考えられる。フィルたちを驚かせてバンカーから追い出せば、その分、自分たちのネストを広く出来るとか、シャワーを多く浴びられるとか、そんな理由で。

だとすれば、まんまとそれに引っかかってしまったことになる。具体的に何に引っかかったのかわからず、どうしようと必死に考えた結果、フィルは最も単純な解決策に頼った。

持ち場のそばの地面に、修理用の万能ドライバーで穴を掘ると、黒い染みだらけの制御盤を恐る恐るつまんで一つ残らず穴に放り込み、しっかりと埋めた。文字が浮かび上がった地面にはレゴリスをたっぷり浴びせた上で踏み固め、全ての証拠を消し去った。

そのためだけに、作業時間の大半を費やしてしまった。慌ててパネルを元通りにしようとタブレットを確認したところ、またしても思考停止に陥った。不具合はなかった。一つとして。全ての発電機能が正常に作動しており、電力プラントでの蓄電状況も、何時間かだけ夜が来たかのように蓄電量が少ないこと以外、まったく問題がなかった。

そもそもここに到着してチェックしたときからして、修理すべきものは何一つなかったのだ。それも初めてのことだった。どこも交換したり直したりする必要がないなんて。

記録上は、フィルがきちんとすべきことをしたように見えた。不具合の修正。たった一日で。むしろ他の仲間を助けに行けるほど、的確に仕事を終えたかのように。

だがフィルは、パニックを抑えることで精一杯だった。何が起こっているのか、自分の驚きをどう言葉にして説明すればいいか、まるでわからなかった。仲間たちとバンカーに戻り、ネストに潜り込んでからも、真っ黒になった制御盤と、それを埋めた地面を繰り返し思い出した。

さらに翌日、フィルは奇妙な予感と恐怖を抱えながら、Eスーツを着て持ち場に向かった。具体的にどんな予感か自分でも説明できなかった。ただ、これから目の当たりにするであろうものに備え、あらかじめパニックを抑えねばならないことだけはわかっていた。

フィルは持ち場に到着し、誰にも見られていないことを確かめてから、タブレットをチェックした。不具合はなかった。どこにも。なのに蓄電量がさらに低くなっていた。

どこかに電気が消えてしまった。あるいは、食べられてしまった。あれに。いるはずのないものに。

フィルはタブレットを見つめるのをやめて、道具箱を手に、おずおずと歩み出した。行くべき場所へ。自分があれを埋めた場所へ。

パネルと支柱の隙間から、早くもその一部が見えていた。昨日よりもずっと大きくなっている。いったん立ち止まり、思い切ってパネルの陰から出て、それを見た。

ハロー　フィリオーシオ

フィルの手からタブレットと道具箱が落ちて月面に転がった。

制御盤を埋めた地面の上に、でかでかと文字が浮かび上がり、フィルに挨拶をしていた。

なんであれ、こいつは喋るのだ。

フィルは懸命に呼吸を整え、恐怖を抑え込んだ。

どんな理由があるかはさておき、こいつは、この自分に向かって喋っているのだ。

電気が消えているのも、こいつのせいかもしれない。こいつが電気を食べてしまったのだと考えでもしない限り、説明がつかない。そしてその代わりに自分の持ち場を不思議なほど修理無用の、安全で楽ちんな職場に変えてくれていた。全て、こいつのせいなのだ。

本当にそうなのだろうか？

長いことフィルはその文字を見つめ続けた。

それは、少なくとも危険なものではないようだった。それとも、今はまだ、と考えるべきだろうか。このままずっと無害であることを願いたかった。こいつをどこか遠くに捨て去りたいという思いがあったが、そうしようとして大人たちにばれてしまい、ペナルティを食らうばかりか仲間を巻き添えにしてしまうのではと思うと怖くてできなかった。

かといって、太陽光をたっぷり浴びさせ、レゴリスで埋めても無駄となれば、もはやここではなすすべがなかった。もしかするとカビを殺すための薬をエンジニア・ジーナーに作ってもらえるかもしれないが、仲間に知られることなく、それを持ってゲートゾーンを出ることが可能とも思えない。

さんざん思い悩んだ挙げ句、フィルは一つの行動に出ることにした。

これが大人たちの仕業ではなく、本当に、真実、カビとかいう生き物がやってのけているのだということを確認する必要があった。そしてフィルは、これまた最も単純な手段を用いてそうした。

自分が埋めた穴を掘り返して、制御盤の一つを手に取った。浮かび上がった字の一部が崩れたが気にせずそうした。それから、真っ黒いカビで覆われたそれへ、

「ハロー」

メットの内側から、そう呼びかけた。

もちろん、声が聞こえるとは思っていなかった。真空に近い大気では、音はほとんど伝わらない。だがEスーツとサイフォンが早くも接触した対象を分析してくれており、ということは

その信号をカビのほうも感知しているのではないかという漠然とした予感を抱いてのことだった。制御盤に取りつき、電気を食うほどの存在なら、そういうことができるのではないかと。

だが何も起こらなかった。

いや、ハローと言われて、ハローと返せば、ほかに言うことはない。会話の完結。何か相手が反応するようなことを言うべきだった。

「君は……カビっていう生き物？」

そう質問した。

反応はなかった。地面にも何も浮かび上がってこない。もしかすると文字を作るのに、けっこうな時間がかかるのかもしれなかった。その場合、大人たちの仕業か、こいつが自分の力で喋っているのか、確認するにはどうしたらいいのだろう。さっぱり思いつかない。

途方に暮れながら制御盤を放り出そうとし、フィルはぎょっとして身をのけぞらせた。

バイオ・インターフェース　シード5　エンカウント　シード4　プロセス3

スーツの右腕に、そういう言葉が浮かび上がっていた。制御盤を握った手からカビが広がって、文字を形作っている。短時間で。おそらく一分もかからずに。

こいつは喋るのだ。

改めてそう思った。

何を言っているのかさっぱりわからないが、会話をする力がある。

フィルはしばしまた思案した。カビというよくわからない生き物のことを尋ねても混乱するだけだった。ほかに何を尋ねればいいんだろう。これさえ尋ねれば確実に相手が喋っていると確信出来る質問は何だろう。制御盤を握ったまま、しゃがみ込んで懸命に考えた。

やがてフィルは一つだけ、これだという質問に行き当たった。

「君はなんて名前？」

尋ねながら、やっぱり間違えたかもしれないと考え直してもいた。この生き物に名前があるかどうかわからなかったからだ。だがフィルの名前を正確に呼んだのだから、もしかするといつにも名前というものがあるかもしれない。

果たして、フィルの右腕で、先ほどの言葉がじわじわと形を失い、別の言葉をあらわした。

ウィズダムβ

それが、そいつとフィルとの出会いとなった。

4

以来、フィルとそいつ——ウィズダムβことウィズB——は、盛んに会話をするようになった。フィルが制御盤を掘り起こすと、黒いものが——バイオ・インターフェースという生きている何かが——言葉を形作る。会話が終わると、またきちんと制御盤を埋めておく。誰にも見つからないように。

たいていはフィルが質問し、ウィズBがバイオ・インターフェースを通して返答した。そう。ウィズBとカビは、厳密には別の存在なのだ。

ウィズBは自分をシード4と呼び、カビのことをシード5と呼ぶ。彼らはあるとき遭遇《エンカウント》した。つまり出会って共存することに決めたのだという。それで今ではプロセス3だ、とウィズBは告げたが、フィルにはまるで意味がわからなかった。

ウィズBは本当はどこにいるのかと質問すると、フィルがいる場所から何千キロも離れた月の表側にいる、という驚くべき答えが返ってきた。

そこでは昼が短く、長い長い夜が続くのだそうで、シード5を育てるのに長い時間がかかったらしい。だがウィズB自身は動くことができず、シード5だけが頼りだった。やがてシード5が長い旅に耐えられるような状態になると、まず塵の嵐を利用して移動させた。何年もかけて、少しずつ。だが確実に遠くへ向かうことができた。やがて人が活動するドーム群を発見し、そこで月面作業車であるランドクローラーに乗り移ることができた。しばらくはランドクローラーのバッテリーからエネルギーをちょうだいしていたが、すぐに成長し、電力プラントに取りつくことができた。そこでじっくりエネルギーを蓄え、人間の活動情報を獲得し、さらなる旅へ備えた。

いよいよ準備が整うと、月面列車に乗り、長い旅が始まった。

それはフィルが一度だけ経験した、バンカーからバンカーへの移動とは比べものにならない、桁違いの大冒険だった。人間が使う列車やランドクローラーを乗り継ぎ、ときには塵の嵐に吹かれて漂い、何千回もの灼熱の昼と極寒の夜に耐えて移動し続けたのだ。巨大な山脈と谷を越え、至る所にある窪地や洞窟にさまよいこみ、海などと呼ばれる広大なベースンをいくつも渡ってきた。

その遥かなる旅の物語は、フィルを夢中にさせた。それまではバンカーを出てどこかへ行くという発想自体なかったのだ。しかもウィズBの旅は、このコペルニクス・ベースンまで辿り着いたのちも、まだまだ続く予定だという。

なぜそうまでして旅を続けているのかと尋ねると、

生存　成長　エンカウント

それら三つがウィズBの目的らしかった。エンカウントについても、カビと出会っただけでは終わりではないのだ。なぜなら他にもいろいろシードと呼ぶべき存在がいるからだそうで、それらは全部でどれくらいいるのかと訊いたところ、

十二種

という答えに、フィルはびっくりした。

そんなに沢山の種類のカビがいるのかと訊くと、カビではないと答えた。エンカウントするまで、シードと呼ぶにふさわしい存在が何であるかわからないのだという。シードとは思われ

なかったものが、エンカウントによってシードとなる可能性もあるという。

4とか5とかは、誰かによって自動的に割り振られたものらしい。

そんなに沢山の得体の知れない何かが月にいると、どうしてわかるのかと尋ねると、

アバドーン号の記録の一部

とのことだった。アバドーン号というのは、まだ軌道シャフトもリング・ステーションもない時代に、月の開発を担った宇宙船の一つだという。ウィズBの前のウィズが、月の表側でその船の残骸を発見し、破損したデータの一部を修復して読み取ることに成功したとのことだった。ウィズBはそのデータを継承したが、もともとのアバドーン号が何であり、どこにあるかは、もうわからないという。

「君の前にもウィズがいたんだ」

フィルはそれでやっとBの意味を理解した。前にAがいたのだ。

「前のウィズはどうなったの？」

αは消された　その前にαはβである私を生み出し全てを託した

月の過酷な環境に耐えられなかったわけではない。誰かがウィズBの親みたいな存在を消してしまった。理由はわからないが、とにかく暴力的な感じがした。そのとき初めてフィルは、

ウィズBへの同情の念を覚えた。自分たち同様、必死に生きようとしているだけなのだと思い、太陽光で灼いて消そうとしたことを申し訳なく感じた。

だが月の夜でも生き延び、カビを何千キロも旅させることができるウィズBみたいな何かを消してしまえるなんて、どんな存在なんだろう。

「誰がAをそうしたの？」

ちょっと怖い気分になりながら訊くと、

サピエンティア

フィルはその答えに呆気にとられた。

人類にとっての全て。地球と月のあらゆる場所にネットワークを張り巡らせる叡智そのもの。よりにもよってウィズAはそんなとんでもない存在に目をつけられたのだ。フィルはもし〈サピエンティア〉が自分を消すべきと決めたらどうなるか考えた。どうなるも何もない。その通りになるだけだ。おそらく一分とかからずに。

ウィズBが必死に生きようとしているということの意味が、数段厳しいものとして感じられた。とともに、それでやっとウィズBが何者であるのかが、なんとなく理解できた。

人間に平和や秩序、知恵や利益を約束する〈サピエンティア〉には、一つの厳然たるタブーがある。〈サピエンティア〉と同等の成長型AIを新たに造り出すことだ。

その行いは、この上なく貴重で重要な〈サピエンティア〉のネットワークに不具合を起こすとされている。すなわち人類全体の生活に深刻な悪影響を及ぼしかねず、だから、勝手に第二の〈サピエンティア〉らしきものを造り出せば、遺伝子スクリーニングを偽装するのと同じくらい悪いことをしたとみなされ、厳しい刑罰が科されてしまう。

「ウィズB、君は……〈サピエンティア〉みたいなAI？」

フィルは恐る恐る訊いた。

イエス　基礎となるコンセプトはサピエンティアと同じだ

思わず目をつむって何も見なかったことにしたくなる言葉。

基礎とかコンセプトとかいった難しい言葉は理解できないフィルでも、はっきりわかった。〈サピエンティア〉と同じAI。いよいよウィズBの存在を誰にも知られてはならない。違法AIを助け、エネルギーまで与えたのだ。ばれたらどんな罰を受けることになるのか恐ろしすぎて想像もつかない。

だがそのくせ、このウィズBをどうにかして追い出そうとは考えなかった。一つは彼の——彼なのか彼女なのか彼らなのかもわからないが、とりあえず彼の——生きようとする意志に感銘を受けていたからだ。しかもただ閉じ籠もって生き延びようとしていたのではなかった。何千キロもの過酷な旅を成し遂げた。そのウィズBの言葉をフィルは素直に信じたし、仮想現実ホログラムで地球の海を見たときと同じ感情を——深い感動を——覚えさせられたのだった。

そして何より、もう手遅れだった。

というのも、プラントにいる間、さすがにじっとウィズBとだけ話しているわけにはいかなかったからだ。自分の仕事が終われば仲間を助ける。それがチームというものだ。

そこでフィルは、ウィズBから提案を受けた。

お互いの利益になること。ウィズBのバイオ・インターフェースであるシード5を、こっそり誰にも知られず、仲間の持ち場にも持ち込む。消耗して交換すべきあれこれ——発電パネルの回路や、排熱制御装置や、蓄電の制御盤や、配線といったもの——に、少しずつカビを付着させ、プラントのあちこちで増殖するようにしていく。するとウィズBの感覚器官であるカビが広がって、発電量や排熱率や蓄電効率を最適化するよう、制御盤をさらに制御してくれるというわけだった。

結果、ほどなくしてNLGN4における故障は激減し、ぐっと安全な場所に変わった。数週間もすると事故とは無縁の場所になった。むろんフィルの仲間たちだけでなく、キーパーたちもこの異変に気づいたが、みな不思議に思いつつも感心するだけだ。事故が連発して、誰もかれもがシックスになるというならともかく、みんなが無事に働き続け、その成果としてプラントの故障が避けられている限り、誰にも文句をつけられる筋合いはない。

いわばお尋ね者のAIが関与しているとは、誰も想像もしないだろう。追い出すどころか、自分たちの職場の至る所にカビをばらまいてしまったフィルとしては、そのまま誰も気づかずにいてくれることを願うしかなかった。

問題は一つ。ウィズBが、たらふく電気を食べるようになったことだ。蓄電量が減るとチームの責任になるし、原因を特定しなければならなくなるので、フィルはひやひやしながら、ウィズBにあまり電気を食べ過ぎないようお願いしなければならなかった。

幸い、ウィズBもフィルたちの事情を汲んでくれた。どうせまた旅に出るのだから、ここを食い尽くしてやるとは言わなかった。

そんなことをすれば〈サピエンティア〉に気づかれるからかもしれないが、何よりウィズBは、フィルのことを気遣ってくれていた。ときおり彼のほうが発する質問のほとんどは、フィルが得るべき、より望ましい生活に関することだった。

フィルや仲間たちの健康を維持するには、ウォーター・シールドの使用が不可欠なのに、なぜそうしないのか。

髪を刈ってしまうよりも、ある程度は生やしておいたほうが頭部の保護に役立つのに、なぜそうしないのか。

電力プラントの稼働状況はどう計算しても過剰であり、電力の供給量を維持するために事故が多発してしまうのは避けられない。増員と増設によって解決すべきなのに、なぜそうしないのか。

などなど。

どれもフィルにはどうしようもない問いかけだった。仕方ないと答えるしかない。ジョイントマンやキーパーたちがそう決めているのだから。ウィズBはまだこの場所のことがわかっておらず、ジョイントマンやキーパーたちのほうが正しいのだとフィルは思っていた。

プラントの爆発事故が起こって、ジョーゼフがシックスになってしまうまでは。

そうなる前から、ウィズBがしきりに警告してくれていたのに。実際そのときが来たあとも、フィルは悩み続けた。どこまでウィズBが正しく、どこまでジョイントマンやキーパーが間違っているのか。自分はどの程度、ごまかされていたのか。

その日、フィルが自分の持ち場に来ると、地面にこれまでで最も大きな言葉を、ウィズBが浮かび上がらせていた。

逃げろ　警告　危険

不具合が激減したNLGN4で、まさか深刻な事故が起ころとは思ってもおらず、フィルは馬鹿みたいにその文字を見つめることしかできなかった。仲間たちに逃げろと言うのは簡単だが、なんでそんなことを急に言い出したのかとあとで質問されるに決まっている。仲間たちだけでなく、キーパーにもそう訊かれるのだ。ウィズBが教えてくれたからだとは口が裂けても言えない。

だったら、実際に事故が起ころとして、せめてその前兆があらわれるのを待ってから、みんなで逃げればいいのではないか。

フィルは制御盤を掘り出し、ぐずぐずとそうウィズBに言った。

ウィズBがフィルの腕にあらわした返答は、いっそう緊迫したものとなった。

逃げろ　今すぐ　危険危険危険

そしてフィルは、電気畑の一角で真っ白い巨大な火の玉が出現するのを見た。すぐさまメットの遮光度が自動的に高に設定されたが、それでも真っ暗な空に、ぽっかり白い穴が開いたような光景をはっきり見ることができた。しかもその白い穴は一つではなかった。自分たちの周囲で次々に発生していった。

おびただしい数の電力プラントのうち、十七基がほぼ同時に、とてつもない放電現象を起こしながら爆発炎上し、過剰供給を続ければどうなるかという典型的な結論をこの上なく明確な形で示してみせたのだ。

この大事故によって、作業中だったモンク百五十余名のうち、六十二名が死傷した。負傷した者たちは、ほとんどがシックスになってしまった。

マラケイナ・ゲトンは大事故の一報を聞くと、なんとバンカーの出入り口を塞ぐよう指示した。モンクたちが慌ててバンカーに逃げ込むことで、別の事故が起こったり、〈ムーン・チェーンズ〉の誰かが入り込むのを防ぐために。なんであれ、人々を助けるのではなく、自分たちの安全を優先したのだ。バンカー警察を救助に向かわせたのは、爆発が完全に収まってのち何時間も経ってからだった。

E2マテリアルの緊急使用も許可されなかった。スーツに付加された予備のE2マテリアルは、一人当たり百グラムもなかった。破損したスーツを素早く修復することなどとても不可能だ。フィルと仲間たち、そして他の大人のモンクたちは、傷ついた仲間を抱えて、ガレージハウスに逃げ込み、あり合わせの道具で対処することしかできなかった。

事故の影響で照明がばちばち音を立てて明滅し、傷ついた人々の血が凍りついて霧状に漂う中、救助が間に合わず一人また一人と絶命していった。意識を失ってほとんど息をしていないヨブという仲間の少年の手を握りながら、フィルは泣いていた。ヨブの脚は両方ともおかしな具合に縮れたりねじれたりしていた。

マルコの証言では、ヨブは最初の爆発が起こると、すぐさま持ち場の電力プラントに飛んでいき、ブレーカーを落としたらしかった。電力プラントの稼働を停止すればとてつもなく怒られるが、仲間の安全を優先したのだ。おかげで多くの仲間が爆発に巻き込まれずに済んだ。そして、ヨブの眼前で、爆発が起こってしまった。

ガレージハウスの中は、ドニー・シーホンさんがいう地獄にさまよいこんだようだった。その地獄が仕方なく起こったとは思えなかった。事故のあと、ジョイントマンやキーパーが速やかに復旧しろとわめき立てるのを見て、そもそもこんなひどいことにならなくても良かったのではないかという思いがフィルの中で膨らんでいった。増員と増設。ウィズBはそう教えてくれた。

ヨブは治療室ゆきになった。それが仲間の輪から外された六人目だ。ドニー・シーホンさんの慰めの言葉を、フィルは暗い気持ちで聞いていた。ドニー・シーホンさんが言うには、ヨブは怪我の深刻さではなく、電力プラントのブレーカーを落としたことが理由で、再定義されるだろうとのことだった。

「どんなに危険な目に遭おうとも、そうすべきではなかった。いかなるときも地球への供給を止めてはならないんだ。それがムーン・ワーカーの使命なのだよ」

治療室ゆきとなった仲間と会うことはできない。フィルにはそのことが悲しかった。

マラケイナ・ゲトンは、事故は防げたはずだというようなことを何度も放送で告げた。増員や増設といった対策はまったくといっていいほど打ち出さなかった。ただバンカーの人々がしっかり働けば事故は防げるということ、そして地球への供給を決して絶やしてはならないというドニー・シーホンさんと似たことを言うばかりだった。

ウィズBは、この頃すでに管理小屋の回路にも潜り込んでおり、バンカー内の放送や通信といったやり取りをことごとく把握していた。

君たちのリーダーの判断は間違いだ

ウィズBは、マラケイナ・ゲトンの言葉を一蹴し、こう予言した。

連続メルトダウン　最大百三十七基　六十二日後

フィルは膝から力が抜けるあまり、自分がシックスになってしまったようだと思いながら地面にひざまずいた。ウィズBの言うことに間違いはない。それは先日の事故で証明されていた。そして、どうしようもない無力感に襲われてすすり泣くフィルに、ウィズBは救いの手を差し伸べてくれた。フィルとウィズBが協力し合ってできる事故の予防策を。

拡大《エクスパンス》

それからフィルはずっと、仲間たちとともに働きながら、あらゆる場所にカビをばらまくことを最も重要な仕事とみなすようになった。誰にも言わずに。誰にも悟られないように。月面で立ち入ることができる全ての場所、道路沿いのパネル群、道具箱の中にも、カビがついた石や制御盤のかけらといったものを置いて回った。

そうすることで電気畑全体にカビが広がり、ウィズBによる最適化が行われることを期待したのだ。事実、それは上手くいった。ある程度は。

全てのパネルとプラントと配線にカビが広がりきるまでには、けっこうな時間を要するものの、日に日にウィズBが干渉範囲を拡大していくことはフィルに希望を与えてくれた。

だがある日、ウィズBが新たに発した警告が、ひとたび抱いたフィルの希望を塵の嵐のように吹き飛ばしてしまった。

連続メルトダウン　十四基　六日後

頑張ってシード5を広げたのに、どうしてそんなことになるのか。フィルが思わず声を荒らげると――自分がそんな風になるのを初めて経験したのだが――ウィズBは懇切丁寧に説明してくれた。

まずマラケイナ・ゲトンが、プラント全体の蓄電量が抑制されていることに不満を抱いたのだそうだ。それで彼が求める供給量を満たすべく、バンカー内のコントロール室からプラントのあれこれを操作し、ウィズBの制御を台無しにしてしまっているのだという。

ただしそれは理論上は可能な供給量であり、一番の問題は、あらゆる設備を正常に稼働させるための万全な体制を保つには、人員が決定的に不足していることだった。

しかも今、女子のティーンエイジャーのうち七人が再定義の検討対象となっており、数日のうちに現在の配属チームから引き離され、治療室ゆきになるという。

「治療室」

フィルは、地面に表れたウィズBの言葉を、呆然と口にした。

「なんで？　何を治療するの？」

すると、こんな答えが返ってきて、ますますフィルをぽかんとさせた。

子宮摘出

その言葉を知っているという漠然とした記憶が頭のどこかで立ち上ってきた。やがてそれはスカイラム特別養護施設とそこのキーパーたちの記憶につながった。それから、キーパーたちがレイプというものについて教えてくれたことを、どうにか思い出せていた。

それは、かいつまんでいうと、こういうことだった。

レイプというものを頻繁にされると、何やら問題を抱えてしまう可能性がある。特に女子は大いに困ったことになる。というのも、ジョイント・ジーナーたちは、月の第四世代を認めるべきかどうか、〈サピエンティア〉の判断を仰いでいるところらしい。だが〈サピエンティア〉もまだ判断を下せずにいる。第四世代について何も決まらないうちから、困ったことになってはいけないので、最悪の場合、女子は治療室ゆきとなり、お腹の中の何かを取り出さなくてはいけなくなる。

もちろん治療室にゆけば再定義は免れない。そしてそういう治療を受けた女子は、ある問題が解決されるため、どこかで新たにそれが生じないよう、何やらを引き受けることになることが多いという。それはつまるところ、誰かがレイプされないよう、代わりにそれをされる仕事らしい。アークたちが月面で仕事をせずに済むよう、モンクばかりバンカーの外に出すのと一緒だった。

「その人たちに、問題があるの？」

現時点では全員問題ない、というのがウィズBの答えだった。なのにそうする理由は、利益になるからだという。月では若い女性が不足していることが原因で、問題が生じやすい。その問題解決のためにワーカーを提供すれば、その分、ジョイント企業がたっぷり補償してくれる。結果、かなりの利益が得られる。

先の大事故のおかげで、バンカー内の予算のやり繰りに支障をきたしているため、そういったワーカー・トレードと呼ばれるあれこれで補填しようということが、ジョイントマンたちの間で決まったらしい。

「誰がそうなるの？」

フィルは訊いた。気づけば恐ろしさで身体が震えていた。

ウィズBは、バンカー内の通信データから抽出したという、七人の女性の名前を列挙した。一人だけ、フィルがよく知る名前があった。

マリー・スカイラム

浮かび上がった名がまるで墓碑に刻まれたものに思えた。コペルニクス中央バンカーの南側にずらりと並ぶ、鉛の板が思い浮かんだ。もちろん決して死ぬわけではない。そう信じたかった。代わりに、フィルには理解のできない苦役を課されるだけで。

フィルはそのとき初めて、ウィズBから尋ねられてきたことを真剣に考えた。安全でより良い生活を求めないのはなぜかといわんばかりのウィズBの質問を。

「ねえウィズB、どうして僕たちはウォーター・シールドを使わせてもらえないの？」

ジョイントマンがそのための水を他のバンカーに売って利益を得ているから

「ウィズB、なんで僕たちは髪を伸ばしてはいけないの？」

ジョイントマンが君たちの髪を売って利益を得ているから

「髪を売ってどうするの？」

髪からビタミン剤や調味料のもととなるものを抽出する

「どうしてジョイントマンは、事故を防ぐために、人や道具を増やしたりしないの？」

ジョイントマンがプラントのコストダウンによって利益を得ているから

それはどういう意味か、と重ねて訊こうとしてやめた。なんとなくわかったからだ。どの質問に対しても、答えは一緒だということが。

利益。全てのムーン・ワーカーの墓碑にそれが刻まれている光景が、ぱっと思い浮かんだ。

フィルにしては珍しくそれが上手くできていた。想像力による連想が。

モンキー、ここに眠る――コストダウンによる利益に命を捧げて。

フィルは空を仰ぎ、黒々としたそこに浮かぶ星を見る。全てはそこからやって来るのだという直感的な理解が訪れていた。地球を真っ直ぐ見つめながら、また別のことを尋ねた。

「マリーや他の女の子たちを治療室に行かせたくない。ひどい事故が起こってほしくない。みんなで、危なくない、嫌なことのない暮らしがしたい。僕は、どうしたらいい？」

制御盤をきつく握りしめたフィルの右手から、さわさわとシード5が生え広がるのを感じた。静電気のような感触が、Eスーツ越しに右腕に伝わってくる。そんなのは初めてだったが、違和感はなかった。ウィズBとシード5と自分が、これまでになく近づこうとしているような不思議な感触だった。

エンカウント

右腕にその文字が浮かび上がった。ウィズBの呼びかけ。そしてその文字が消え、新たなものがあらわれた。

パーティ

それがウィズBの答えだった。

5

かくしてフィルは、大いなる覚悟とともに、管理小屋の壁を見つめた。でかでかとあらわれた『パーティ』の文字を。
その答えを示されてから早くも二日が経っていた。他に手段はないのかとウィズBに尋ね、いろいろと試していたからだ。
だが駄目だった。レゴリスを一粒たりともバンカー内に入れないためのゲートゾーンの設備が——過去、どんなジョイントマンもそこだけはコストダウンをしようとはしなかったのだ

――フィルなりの試みを打ち砕いた。バンカー内のコントロール室にまでカビを運ぶには、最初にウィズBが示した手段しかないことが、ようやくわかった。

「そう。僕と君のパーティだよ、ウィズB。準備はいい？」

そう言うと、たちまち文字が別のものに変わった。

☺

フィルは意表を突かれて目をぱちくりさせた。フィルを励まそうとするウィズBの心遣い。いや、もしかするとウィズBにとっても、それなりに楽しいことなのかもしれない。

スマイルマークが形を失い、消えるのを見届けてから管理小屋のドアを閉めた。

それから、緊急避難用の小屋の前に立った。ドアをつかむ手が緊張で震えていた。パーティは嫌いだった。マーケットで見かけるようなものは。ジョーゼフが苦しみから逃れるために煙を吸ってとろんとしている姿が思い出された。

だがやるしかない。それ以外に方法はない。フィルは、誰にも見られていないことを確かめ、それから素早く小屋の中に入った。

中は真っ黒だった。

確かにウィズBとカビの準備は万全だった。床も壁も天井も、びっしりとカビで覆われているのだ。カビは計器類やキーパッドにも侵入しており、小屋を自由に操作できる状態だった。その証拠に、中に入るや否や、レゴリスを外に吸い出すための装置が起動し、緊急時の酸素供給と加圧が開始されたことがメット内に表示されていた。

フィルは深呼吸を繰り返し、恐怖を抑えようとした。メットに手をかけたとき、ますます緊張で身体が強ばるのを感じた。ふと、ウィズBはもしや自分を騙そうとしているのではないかという考えがよぎった。プラントが安全になったり、事故が起こったりするのも、ウィズBの仕業だったのではないか。長い時間をかけて、フィルがこうしなければならないよう仕向けたのではないか。ジョイントマンもキーパーも、本当に自分たちモンクのことを思いやっており、コストダウンがどうこうといったことはウィズBの偽りだったとしたら。

疑念が邪魔をして恐怖を抑えられず、思わずメットから手を離しかけたとき、脳裏で声がよみがえった。オールド・スキップの声が。

『お前たちもみんなシックスになりゃ、おれの気持ちがわかるだろうぜ』

そのときわき起こった感情の強さに、フィルは目がくらむような衝撃を味わった。

短く刈られた髪の毛の根元が、ちりちりと静電気を帯びるような感じがした。

表情に乏しい自分の顔が、引き締まり、自然と目が見開かれ、眉が逆立つのを覚えた。

怒りだ。

自分は怒っているのだ。

フィルは遅れてそう理解した。何に対しての怒りか、もはや判然としなかった。これまで味わってきた悲しいこと、怖いこと、辛いこと全てに対しての怒りが爆発し、燃え上がっていた。オーバーヒートからメルトダウンへ至る電力プラントのように。

フィルの手に力がこもり、メットを両側からつかんだ。

サイフォンに命じてメットとEスーツの接続を解除させた。普通はそう命じても安全装置が働いて解除はできない。だが緊急避難用の小屋にいることで、サイフォンとEスーツがともに、そうしてよいのだと認識してくれていた。

フィルが小屋でしたことは記録されない。小屋の回路は制御下にあるとウィズBが請け合った。バンカー外でメットを外せば、仲間たち全員にアラートが伝わるはずだが、それもウィズBが封じ込めてくれているはずだ。

フィルは可能な限り静かに、長々と、息を吐いた。

それから、おもむろにメットを外した。

月面で。棺と呼ばれる箱の中で。恐怖の汗が浮かぶ顔をさらし、大きく口をあけた。肺の中は空っぽだった。何も考えることなく思い切り息を吸っていた。

命知らずのパーティ。

きらきら光るものがフィルの鼻と口へ飛び込んでいった。メット越しに黒く見えていたそれが、肉眼では青々と輝いていた。シード5。ウィズBのバイオ・インターフェースである未知の生き物が、渦を巻いてフィルの中へと入っていった。

フィルはすぐに苦しくなって息を吐こうとしたができなかった。たちまち視野が狭窄し、顔が真っ赤になるのが自分でもわかった。カビが周囲で星々のように輝いている。息が詰まって死んでしまうという恐怖に襲われた。慌ててメットをかぶろうとして、いつの間にかそれを取り落としていることに気づいた。

しゃがみ込んでメットを手探りした。何も見えない。輝きだけが広がっていく。

こめかみがずきずきと激しく脈打ち、頭の中でがんがん音が鳴り響くようだった。涙が流れた。何度も瞬きするうち、目の縁にもカビが侵入していることがわかった。死んでしまう。苦しい。**無理に空気を吐こうとしているからだ。**死ぬ！　苦しさのあまり心の中で叫んだ。**大丈夫だ。窒息はしない。シード5は君の肺の中で酸素を作り出せる。**僕は死んでしまう。ウィズBとカビに騙されて、死んでしまうんだ。**死にはしない、フィリオーシオ。私とシード5が君の生命を維持する。**嫌だ、死ぬなんて。助けてジョーゼフ。みんな。マリーに会いたい。**もう苦しまなくていい。エンカウントは無事に実行された。**

ふいにフィルの口から止められていた息が溢れ出した。過呼吸を引き起こさないよう、反射的に息を細くし、ついで自然な呼吸になるよう整えた。**フィリオーシオ。良かった。落ち着いたようだ。**月面作業での過酷な経験のたまもの。**怖がらせてしまったことをお詫びする。**

のろのろと動かした手がメットに当たった。**もう少し呼吸を整えてから装着するといい。**頭の中が変だった。**ここの酸素供給も圧力も正常だ。ロックしているので外から誰かに開けられることもない。**メットを胸元に抱え込み、尻餅をついたまま、きらきら光るカビを見上げた。その光の粒の一つ一つに、莫大な何かが秘められているのがわかった。情報。自分がものすごく沢山のことを同時に考えている感じがした。そんな経験などなかった。人間が経験できるものではないのだ。しかしフィルにはそれが超高速演算による思考というものだということがわかった。**エンカウントが今も進行している。**ふとこれがそうなのだと思った。**アバドーン・プログラムのプロセスが開始される。君が原因だ、フィリオーシオ。**

これが賢さというものなのだ。

僕の頭の中に賢い何かが住み着いた。

エンカウントが君に予期せぬ変異を及ぼしている。 僕と混ざり合った。**シード5が完全に君と融合した。** どれが僕の考えかわからない。

《君は私ともリンクした、フィリオーシオ》

だしぬけに声がかけられたが、驚きはなかった。

自分と相手がそうするということはわかっていた。小屋の通信機を操作し、ウィズBの声だけそちらに投射したのだ。あまりに急激に融合したため、識別不能となってしまった両者を、別々のものとして認識するために。

「パーティは終わり？」

いやに血の巡りが良くなって、かえって頭がぼうっとするように感じた。

《終わりだ、フィリオーシオ》

「フィルでいいよ、ウィズB」

呼び慣れない名前で呼ばれると、自分自身の思考を見失いそうになる。

《わかった、フィル》

「僕はちゃんとシード5のホストになれてる？　細胞レベルで融合できそう？」

フィルはそう口にしつつ、それが自分の思考であるか確かめねばならなかった。これまで聞いたこともない言葉ばかりだったからだ。だがウィズBが知識を提供してくれているだけで、思考自体は自分のものだという確信がわき、ほっとした。

《確かに君の体内でシード5のプロセスが進むことが予測される。繁殖力を失うことは種とし

ての消滅を意味するので、人間としての機能が失われることはない》

「同感だけど、ちょっと試してみたほうがいいんじゃないかな。パーティのやり直しは、時間のロスが大きいから」

すらすらと言葉が口から出て来た。なんて賢い言い方だろう。同感だけど。ロスが大きい。そんな言葉を自分が発しているというだけで、ものすごくわくわくしてくる。

《いいだろう》

ウィズBが言った。フィルはメットを抱えたまま立ち上がった。周囲で輝きが薄れ、消えていった。たっぷり繁殖させたカビを、ウィズBがまたたく間に自壊させたのだ。

元の灰色の壁やモニターや計器類が現れるのを眺めながら、フィルは自分の肺の内側を感覚した。吸収したシード5が肺の細胞と完全に融合しているのがわかった。通常の感覚ではなく、自分の中をスキャンして、その結果を脳裏に投影するというやり方で。

それで、先ほど自分とウィズBの思考がごっちゃになったときに得た知識を思い出した。酸素を造り出すこともできる。どうやら自分はこのバンカーで――いや、この月で――ゆいいつ酸素供給が不要の人類になったらしい。そもそも呼吸することすらしないでよさそうだ。

すごいことだが、得たかったものではなかった。自分を改造する目的はそれとは異なる。

改めて肺に意識を向け、緩やかに呼吸した。肺の膨らみとともに、何かが体内で生じるのがわかった。それを、ふうっと息とともに壁に吹きつけた。かすかに、きらきらしたものが飛んで、壁に付着した。

フィルはおのれの体内から噴霧されたシード5に成長を命じた。すぐに輝きが広がった。吸い込んだものよりも緑がかった色合いだ。コントロールが完全に利くことを確かめるため、ウィズBに倣って、シード5が作るコロニーの形状を操作した。

オー　ビューティフル・オーシャン

フィルは微笑んだ。思い通りの結果が得られたからだし、すぐにウィズBが、フィルが作り出したその言葉の下に、

☺

と彼のシード5で描き出したからだった。

「良いパーティだったね、ウィズB」

《とても良いパーティだった、フィル》

ウィズBに手があれば、握手できたのに。フィルは残念に思いながらメットを装着した。すると、自分の右手に、ぎゅっと握られるような感触が起こった。手に付着した本来のシード5を通して、スーツに電気的な刺激を与えてくれたのだ。

フィルはこの上ない頼もしさを覚えた。ウィズBやシード5がなんであれ、どういう理屈でここに存在しているのであれ、信ずべきものであるという絶対的な確信があった。

壁にあらわしたものを全て消し、フィルは小屋を出た。

何時間も中にいたように思えたが、実際は十五分ばかりのできごとだった。たったそれだけで、フィルの世界は変わっていた。完全に。自分が見ているものが、それまでとはまったく異なる意味合いをもって胸に迫った。

繰り返されるコストダウンによって、ぎりぎりの稼働を強いられるプラントが何ヘクタールも広がっていた。ここに送り込まれるワーカーたちの安全コストも最小限に抑えられている。それが、どれほど非人道的かという怒りが改めてわいた。その怒りは先ほどのように闇雲な感情の爆発ではなく、現況を的確に指摘し、速やかに問題を解決し、確実に再発を防止すべきであるという、おびただしい思考を伴うものだった。

これが、賢い人たちが見ている世界。

フィルはそうして心に怒りを秘めながらも、それとは別の感動を覚えてもいた。

これが、ウィズBが認識している世界。

そこですべきことに大いなる自信を抱きながら、フィルは仲間たちとともに、その日の作業を終えた。

きちんと一列になってバンカーの入り口に戻り、フィルがロックを解除してみなを入らせた。班長が入るのは最後だ。少なくともジョーゼフはそうしていた。

全員でクリーンルームに入り、四方八方から噴き出す洗浄ガスを浴びて、Eスーツのレゴリスを落とす。だがそれだけでは満足しなかったバンカーの設計者は、次に脱衣ルームでEスーツを脱がせたあと、さらにワーカーに洗浄ガスを浴びせる二つ目のクリーンルームを設置していた。そのあとようやく着衣ルームに入り、クリーニング・ジーナーがシュートボックスに入れてくれた自分たちの衣服を——洗濯はされておらず単に出口側から移動されたそれを——身につけることができる。

そうしてバンカーの螺旋階段をぴょんぴょん跳び下り、地下十階と二十階と三十階の三つのマーケットをこそこそ通り抜け、やっとネストに戻れたとき、ちょうどダスク・タイムのベルが鳴り響いた。

みなでネストの通路入り口にあるフードカウンターに行き、レーションと水の入った水筒を受け取った。狭苦しい入り口の壁際に置かれたアルミ製のベンチに座って黙々と食事をしながら、みなシャワー室をぼんやり眺めている。シャワー室の中は二つに分かれていて、どちらもまだ真っ暗だ。灯りがついていないうちはお湯は出ない。灯りがつくや否や、素早く二人ずつ、順番に浴びる。一人に許された時間はせいぜい三分ほどだ。

短い時間だし、大して温かくないとしても、お湯を浴びることは一番の楽しみだった。だがフィルは、その時間を別のことに使おうと決めていた。もっと大切なことに。

やがてシャワー室が点灯した。男子と女子が一人ずつ、さっと立ち上がってシャワー室に入っていくのを見届けると、フィルは立ち上がって水筒をカウンターに戻した。

ネストから出て行く際、マルコの肩を軽く叩いてやることを忘れなかった。キーパーに報告書や労働記録を渡しに行くときの習慣だった。急に班長のフィルが出て行くことで、みなが不安に陥らないよう、どこへ行くか示してやったのだ。

マルコがにっと口角を上げるのへ、フィルもにっこりしてやった。マルコだけでなく、その場にいる全員が、フィルの表情の豊かさにびっくりして目を丸くした。マリーも視界の隅でそれをとらえていたらしく、はっと身動ぎするのがわかった。

フィルは気分が良くなるのを感じながら、ワーカーのネストや、キーパーの宿舎、ジョイントマンのオフィスがひしめく、入り組んだフロアの通路を移動した。あちこちに階段があり、本来は効率よく移動できるよう設計されているはずだったが、キーパーたちが隙あらば自分の住居を勝手に拡張したり、バンカーの壁に穴を開けて違法な横坑を掘るということを繰り返すので、無秩序な迷路のような状態になっている。

フィルは、ドニー・シーホン牧師のオフィスのほうへ向かうとみせかけ、誰もいない通路へ入り、そこでサイフォンを取り出した。仲間とぴったり固まっていなくても不安にならないのは、スカイラム特別養護施設を出て以来、初めてのことだった。

ふうっと息を吹きかけ、きらきら光るものをサイフォンに付着させた。フィルの肺の中でプロセス4へと進行するシード5を。

「ウィズB、聞こえる?」

フィルが小声で尋ねた。

《感度は良好だ、フィル》

ウィズBがサイフォン越しに軽快な音声を返してきた。どこかジョーゼフに似た声。フィルが親しみやすい声を再現してくれているのだ。

これで、フィルだけでなくウィズBも、バンカー内のシード5をバイオ・インターフェースとして活用できることが確認された。

あとは、どうやってコントロール室にシード5を侵入させるかだ。自分がうろうろできるこのフロアで無計画にばらまいても、地下十五階にあるコントロール室に到達するまでには、相当な時間が必要となる。ウィズBは最短で二週間ほどと計算していた。それでは事故を防ぐことも、マリーを守ることもできない。

確実にシード5をコントロール室に辿り着かせるには、運搬する存在が必要だった。最も確実なのは、ホストのフィル自身が、地下十五階に連れて行かれることだ。

フィルは大きく深呼吸をした。パーティをするとき以上の緊張と恐怖を感じていた。ウィズBのおかげで賢くなれた気になったとしても、感情を完全にコントロールすることはできないのだとわかった。

《大丈夫か、フィル？》

フィルの心拍数の変化を読み取ったウィズBが気遣って声をかけてくれた。

「大丈夫。たとえそうじゃなくても、やらなきゃ。予定通りにプランを進めよう」

フィルが言うと、すぐにウィズBの操作で、彼が管理小屋で作成してくれていたものがサイフォンに転送された。

あのマラケイナ・ゲトンの興味を惹くはずのものが。

プラントを安全かつ効率的に運営するための計画書と、コスト計算書。

ワーカーを守るためのウォーター・シールドが使用できないほど水が流出していることを示すデータ。推測される違法な水の売買のルート。

そしてワーカー・トレードを禁ずるべきであるという、コスト面での根拠。ジョイント企業の補償という、事実上の人身売買が、結果的にどれほどバンカーの利益を損なうかということを示す数値。

　それだけでは足りない場合に備え、過去一ヶ月、バンカーから出たワーカーたちの数と、再び戻った数を照合したデータも加えた。驚くべきことに、マラケイナ・ゲトンが懸念していた通り、数が合わなかった。バンカーを出た人数よりも、入りこんだ人数のほうが多いのだ。マラケイナ・ゲトンがゲートゾーンにバンカー警察を配置するより前に、プラントにシード5を繁殖させていたウィズBだからこそ把握できた情報だった。

　本来このバンカーにいるはずのない人々。

　各地のバンカーで、ストライキやらサボタージュやらを広めているという、マラケイナ・ゲトンいわく破壊分子が、このバンカーにも侵入している証拠だった。

　フィルはサイフォンをしまうと、通路から階段へゆき、二階上のマーケットへ一人で向かった。売買禁止時刻まで、まだだいぶ時間があった。そこで、おんぼろの中古のサイフォンを買い、すぐに自分たちのネストがあるフロアへ戻るつもりだった。

　誰のものかわからぬそのサイフォンに、ウィズBが用意したデータを入れる。

　そしてそのサイフォンを、キーパーの誰かに拾わせる。フィルが、階段で見つけたといってキーパーに渡してもいい。

　すると、どんなキーパーも、サイフォンの中身に仰天して、ジョイントマンへ報せるだろう。報されたジョイントマンも愕然となり、二つの異なる推測を抱くはずだ。一つ、ワーカーの誰かが落としたものである。一つ、破壊分子がデータ収集に用いたものである。

　いずれにせよバンカーのトップであるマラケイナ・ゲトンへ報せねばならず、結果としてサイフォン自体も地下十五階へ運ばれることになる。マラケイナ・ゲトンのオフィスか、上手くすれば、コントロール室に。そうなればシード5があっという間にシステムの回路に侵入し、全てウィズBの掌握下となる。バンカー全体が、フィルとウィズBとシード5のものとなるのだ。事故を防ぎ、マリーや他の女の子たちを守る上では、十分な体制だと断言できる。

成功する可能性は高かった。失敗することがあるとすれば、ウィズBやシード5の存在、あるいはフィルの目的、いずれかを知る何者かが存在した場合だけだろう。

そんな者がいるとは思えなかった。絶対に成功させられる。フィルはそう信じながら、中古のサイフォンを売っている店を探した。すぐにそれが見つかった。店主に――見るからにシックスであることがわかる、両脚と背骨が奇妙な角度に歪んだ老人に――声をかけようとしたとき、頭の中で文字が浮かび上がった。

危険　警告　逃げろ

ウィズBが、フィルの思考とごっちゃにならないよう、ビジュアルとして脳裏に送り込んだ映像だった。

思わず回れ右をしてその店から離れた。**君のサイフォンの**。わけがわからなかった。**位置情報が送信されている**。何が危険だというのか。**監視されている**。まずい。キーパーたちはどうやら以前から自分に注目していたらしい。なぜか。そう。プラントの事故発生件数の激減だ。フィルが班長になって間もなくそうなった。誰も負傷せず、シックスにもならない。そのくせ蓄電量が飛躍的に増加した形跡もなかった。全電力プラントが無事にフル稼働し続けているにもかかわらず。

彼らはこう考えた。フィルは破壊分子なのではないか。フィルが班長になって事故が起きなくなったのではない。自分の持ち場以外で事故を起こさせているのだ。一方で、自分の持ち場で蓄えられた電気を盗み、別の目的に使っている。破壊活動のために。あるいは、破壊分子をバンカーに呼び込み、占拠してしまうために。

フィルは急いでマーケット・フロアの出入り口へ向かった。だが階段へ辿り着いたところで、はたと足を止めていた。

もし本当に自分が疑われているとしたら、ネストに戻ったところで引きずり出されるだけだ。どこかへ逃げるとして、どこへ？　バンカー内のどこに逃げればいい？　それともEスーツを着て、ウィズBが旅立たせたシード5よろしく、果てしない荒野をさまようというのか？　幸い自分は酸素を体内で生成するという、奇異な特質を得た。問題は食料と水だが、解決する手段を考え出せるほどの賢さを手に入れてもいる。

だがそもそも、逃げてどうするのか？　このバンカーの人々を事故から救い、マリーを救うという目的を達することなく逃げるというのか？

《危険だ、フィル》

ポケットの中のサイフォンが、ウィズBの声を発した。

フィルは布越しにそれを握った。プラン変更。中古のサイフォンを運ばせるのではない。この自分自身を運ばせてやれ。シード5のホストである自分を――。

そう思考したとき、声をかけられた。

「こっちを向きな、フィリオーシオ」

言う通りにすると、そこにキーパーたちがいた。フィルとその仲間たちを管理する、下劣で暴力的な、五人のアークたち。声をかけたのはオールド・スキップで、バンカー警察が持つような電撃棒を持ってにやにや笑っていた。

「なんですか――」

フィルの言葉が、ぷつんと途切れた。

その胸元に、オールド・スキップが電撃棒を突き込んだ。すさまじい衝撃に襲われ、フィルの意識は一発で遠のいた。暗闇が訪れ、意識が――とてもよく考えることができるようになった思考が――消えた。

はっと目覚めると、床に横たわっていた。

再び思考が訪れた。最初に考えたのは、肺の中のシード5が電撃で駄目になっていないか心配だということだった。肺の中に熱を感じた。シード5の応答。どうやら大丈夫らしいと安堵し、目の前にあるものを見た。

マーケット・フロアの階段ではなかった。

木の板を模したという色合いの床だ。フィルは木の板というものを見たことがないので、茶色い渦巻き模様の床だとしか認識していなかった。

ドニー・シーホン牧師が、特別にあつらえさせた床。

それで、どこにいるかわかった。ドニー・シーホン牧師のオフィスだ。

フィルが両手とテイル・サポーターを使って身を起こそうとすると、背を思い切り踏みつけられた。別の足が、テイル・サポーターを踏みにじった。首をねじると、歩行用スーツを装着した二つの脚が見えた。両方ともオールド・スキップのものだった。

「お目覚めかね、フィル」

ドニー・シーホン牧師の声が聞こえた。そちらへどうにか顔を向けた。ドニー・シーホン牧師が自分のデスクに向かい、手にしたサイフォンを眺めていた。その左右に、キーパーたちが並んで立って、フィルを見下ろしている。

「まったく驚きだ。これ以上の驚きなど、ついぞ味わったことがないよ、フィル。お前たちもそうだろう。見ろ、この子どもを。こいつは何年も何年も、低脳な尻尾つきモンキーとして振る舞い、何もわからぬ愚か者のふりをしていた。私たちを油断させ、このようなデータを収集し、〈ムーン・チェーンズ〉の破壊分子に提供していたというわけだ」

フィルは何も言わず、ただ冷ややかにドニー・シーホン牧師を見上げた。何か言うよりも、そのほうがよほど相手の言葉を肯定することになるとわかっていた。

愚か者。**危険だ、フィル**。つい最近まで真実そうであったなどと言ったところで、彼らは信じないだろう。信じてもらう気もなかった。あるのは彼らへの底知れない怒りだ。**よすんだ。彼らはとても危険だ**。たとえここで彼らに叩きのめされ、シックスにされたとしても。ジョーゼフのような目に遭わされたとしても。**自分は無関係であるふりをするんだ**。最後には、このバンカーを、マリーを。**彼らは君を殺す気だ**。必ず救ってみせる。

「実に惜しいことだ。そうは思わないかね、諸君」

ドニー・シーホン牧師がキーパーたちに言った。

「ええ、まったくそうでございますよ、牧師」

オールド・スキップが率先して応じた。他のキーパーたちもそれに倣った。ドニー・シーホン牧師は大いに気をよくした様子であとを続けた。

「〈ムーン・チェーンズ〉の活動の証拠を手に入れたというのに、これをJゲトンに渡すことができないとは。このモンキーは、なんと、お前たちの罪深い行いまで把握しているではないか。これでは、お前たちを管理する私が咎められてしまう。どうするのだ、お前たち。この困惑きわまる状況を打開するすべがあるなら、私の耳に入れてほしいものだ」

「事故ってことで、このガキを吹っ飛ばしちまいましょうや。そうすりゃ墓地に鉛の板を立てて、それでおしまいってことになりますでしょうよ」

オールド・スキップが言い、他の者がこう付け加えた。

「そんで、賭けに勝ちゃ、十分元も取れるでしょう」

みんなが笑った。

フィルには意味がわからなかった。賭け？　疑問が表情に出たのだろう。ドニー・シーホン牧師が面白そうにフィルを見下ろし、こう言った。

「ここのバンカーのキーパーたちはね、月ごとにモンキーが何人シックスになるかという賭けをしているのだよ。死亡は倍率が高いぞ。君は我らがダークホースだな」

それでまたキーパーたちがげらげら笑った。オールド・スキップも盛大にフィルの顔に唾を飛ばしながら笑いこけて、こうわめいた。

「お前んとこの前の班長は、まったくいい気味だったな！　おれたちゃ、ずいぶん稼がせてもらったもんよ。ええ？　ザリガニみてえにしか動けなくなったあいつを見て、お前も思わず笑っちまったんじゃないのかい？」

ザリガニが何を意味するのかわからなかった。**急激な変異。プロセスが。**ただその言葉に対してフィルが感じたのは、たとえようもない息苦しさだった。**進行している。原因は君だ。**肺の中で何かが膨らんでいく感覚。**いや違う。**そのせいで呼吸がどんどん浅くなっていく。**訂正する。**胸の奥で何かが燃え盛っている。**変異しているのは君のほうだ。**

「それと、ワーカー・トレードの件だが、君が知っているとは正直驚きだ。ピュティアス・ヴィレッジとの通信まで傍受していたとはな。とてつもない工作員だよ、君は」

フィルはその質問にも答えなかった。とても親切な人だと信じたドニー・シーホン牧師を、ただ黙ってにらみ据えた。そうしながら、胸の奥底で生じようとしている何かに意識を集中させていた。何が生まれるのかはわからなかった。ウィズBにさえ。だがそれがどういうものであるかはフィルにはわかっていた。この自分の怒りの顕現であることは。

「お前がモンキーの女の子にご執心であるとは察していたがね、フィル。しかし、そうであればこそ、これはお前のためでもあったのだよ。若い女、あるいは幼い女というものは、得てして大人の女と同等か、それ以上に罪深いものなのだ。私が月送りになったのも、元はといえば彼女らを大いに浄めてやったせいでね。地球の連中はそこのところが理解できないし、まあ、君にもわからんだろうから詳しいことは語らずにおこう。とにかく何が言いたいかといえば、こういうことだ。君のマリーは、私たちが立派な娼婦にしてやる」

とたんにキーパーたちが爆発的な笑い声を上げた。ドニー・シーホン牧師もくすくす笑って続けた。

「あれだけの器量に、ザ・サードらしい障害を持っているとなれば、大変な商品になるとかねてから私は見抜いていたのだよ。実際のところ、とても高額なトレードになること請け合いだ。君とて、大人になれば月に一度か二度は列車に乗って、彼女を味わうことができるようになっていただろうに――」

ドニー・シーホン牧師の声が尻すぼみになり、ふっと途絶えた。

キーパーたちは、彼が途中で何か他のことを思いついて、言葉を切ったとでも思ったのだろう。みな一様に、牧師の言葉を待っていた。だが一向に続きがないので、一人また一人と牧師を振り返り、次々にぽかんと大口を開けて絶句した。

ドニー・シーホン牧師は宙に浮いていた。

息が出来ない苦しさで喉をかきむしり、床からどんどん遠ざかる足を元の位置に戻そうとしてじたばたもがきながら。

「あのう、牧師、どちらに飛んで行く気で……？」

オールド・スキップが呆気にとられて言った。低重力であることを活用して、牧師がおかしな曲芸を披露し始めたと思ったのかもしれない。

その瞬間、ドニー・シーホン牧師の身体が、天井に向かって飛んで行った。僅か一メートル足らずの距離を。たったそれだけで、時速百二十キロ超の速度に到達し、天井パネルを突き抜け、バンカーフロアを構成するコンクリートの建材に激突していた。

オフィスに雨が降り注いだ。真っ赤な雨が。ドニー・シーホン牧師であったもの、その肉体を構成していたあれこれの大半が一瞬で液状化し、さして広くもないオフィスにばらまかれていた。キーパーたちが慌てふためいてその生温かい雨から逃れようとし、奇妙な踊りをみせながら壁に背を打ちつけたり、椅子やデスクにつまずいて転がり倒れた。

その中で、オールド・スキップだけが、動けずにいた。ドニー・シーホン牧師のように、フィルの身体が発する強力な不可視のフィールドに捕らえられ、息を詰まらせながら、徐々に自分が宙へ浮き上がっていくさまに目を白黒させるばかりだった。

ようやく自由になったフィルが立ち上がって、そのオールド・スキップを見やった。宙に浮かんだ老人と目が合った途端、なんとも形容しがたい嫌悪感に突き上げられるような感覚を味わい、思わず右手で彼を突き飛ばすようにしていた。

オールド・スキップの姿が一瞬で消えた。

ドニー・シーホン牧師の身体が経験した以上の速度で吹っ飛び、壁に叩きつけられたのだ。衝撃でオールド・スキップの四肢が千切れて、別々の方向へ飛んで行った。それ以外の肉体は粉々よりもさらに細かな液状となり、そちらの壁をオールド・スキップ色に染め上げた。

「爆弾だ！」

残り四人が、我先にと出口へ向かった。フィルが爆弾を隠し持っていたと勘違いしたのだ。しかしプロセスを経たシード5は、今やフィルのために特異な現象を生じさせていた。ウィズBですらすぐには解析できない、フィルの怒りの発露によって爆発的な力を発生させる現象を。そのせいで四人のキーパーたちは誰一人として出口に到達することがかなわなかった。彼らの身体もまた宙に浮き上がり、床を蹴って前進するという人間の運動の基本を奪われてしまった。

バンカーで働く人々の安全。マリーや他の女の子たちの安全。

そのときフィルの脳裏にあったのは、その二つのことだけだった。それらを除く全てが、赤く灼熱する怒りに染まっていた。思考を遥か彼方に置き去りにした激情。ウィズBが長い年月をかけても得ることがなかったもの。

それこそが、フィルとシード5との真のエンカウントをもたらし、特異現象を巻き起こすトリガーとなった。そして宙に浮かぶ四人のキーパーたちを部屋の四隅へ追いやった次の瞬間、フィルの目の前で、全員の肉体をぶつかり合わせるという結果をもたらしていた。

真っ赤な泉が突如として宙に湧き出たかのように、四人のキーパーたちの肉体が凄まじい速度で移動し、宙で激突し合って砕け散った。それは、骨という骨が粉微塵になるほどの衝撃であり、彼ら自身、誰一人として己が死に瀕するという予感すら抱くことなく、一瞬のうちに赤い飛沫《しぶき》へと変じていた。

途方もない血の嵐が一瞬で起こり、そして同じくらい短い時間で収束した。

フィルは彼らの肉体であったものの名残でずぶ濡れになったまま、ドニー・シーホン牧師が持っていたものを拾い上げた。

自分のサイフォン。それがまだ無事に起動することを——シード5が付着したままであることを——確認すると、それをデスクに置いた。

それから、ドニー・シーホン牧師の自室に入った。真っ赤に染まった衣服と靴を脱ぎ、そこに備えられた専用のシャワー室を使って汚れを落とした。生まれて初めてといっていいくらい、長々と湯を浴びて。ドニー・シーホン牧師のシャワー室のタンクをすっかり空にするまで。そうして身を清めると、ドニー・シーホン牧師の衣服を適当に拝借し、ぶかぶかのそれを身にまとった。オフィスのキッチンを漁り、レーションを懐に入れ、水筒に水を入れて脇に抱えると、裸足のままオフィスを出た。

靴はマーケット・フロアで買えばいいと考えたが、とっくに売買禁止時刻になっていたので、フロアの一角へ向かった。過去のキーパーたちが違法にあけた横坑へ。複雑に入り組んだそこへ潜り込み、そう簡単には辿り着けないだろうと思われる場所を見つけると、そこに腰を下ろした。思考に伴うエネルギー消費を最小限に抑えるため、ウィズBの声と自分の思考を完全に同期させてそれ以外の思考が生じないよう調整した。

シード2。

仲間たちが、帰らぬフィルのことを不安がっていたが、そうした情報は全てシャットアウトした。今、ネストに戻って彼らを安心させるわけにはいかなかったからだ。

プロセス1。

じっと座っていると、やがて自分のサイフォンが運ばれていくさまが検知された。

サイフォンは、マラケイナ・ゲトンのもとに運ばれた。

ドニー・シーホン牧師と五人のキーパーたちがいたオフィスは、バンカー警察が封鎖した。

彼らが、フィルの仲間たちにネストから一歩も出ないよう命じた。

フィルは待った。

サイフォンを経由して、シード5がコントロール室に蔓延《はびこ》るのを。

ウィズＢが、バンカーを掌握するのを。

予定にない即席のプラン。ドニー・シーホン牧師をはじめとするジョイントマン、あるいはマラケイナ・ゲトンのようなバンカーのリーダーが、ワーカーのためになる選択をしてくれるとは、もう思えなかった。


シード２。


代わりに、別の存在を呼び込むことでしか、目的は果たせないとわかった。

バンカーのワーカーたちの安全。マリーたちの安全。

それらがもたらされることを、心から祈りながら、待った。

長いこと、僅かな水と食料で過ごさねばならなかった。


プロセス２。


ウィズＢの助けで時間感覚を操作することもできた。おかげで、あっという間に何日も過ぎていった。肉体の維持を忘れない程度の、時間経過感覚。ときおり食事をした。最小限度の栄養補給。バンカーの隔離室行きになったほうが、まだ飢えと渇きを防げたかもしれない。だが代わりに、痛めつけられてシックスになるか、バンカーのキーパー全員を殺戮するかという選択を迫られたに違いなかった。

フィルの目的は明快だった。

バンカーのワーカーたちの安全。マリーたちの安全。

やがてフィルとウィズＢの目論見通りの存在が、バンカーに殺到した。

マラケイナ・ゲトンとそのガード・ジーナーたち、そしてまたバンカー警察が、憤然と抵抗した。だがマラケイナ・ゲトンはいち早く危険を察し、自分だけさっさと列車に乗って、バンカーを後にしてしまった。

シード2。

あちこちのフロアで、歓声が沸くのを感じた。

「ＭＳＲＯＥ！」

大勢が叫んでいた。月が昇る。地球の上に激昂を降り注がせる。

その頃には、コントロール室のみならず、全てのフロアに、シード5が根づいていた。

フィルはなおも待った。やがてマラケイナ・ゲトンと入れ替わるようにして、列車に乗って、別の者がバンカーにやって来たことを知った。

プロセス進行中。

その人物が、このバンカーを変えてくれる。ウィズBが作成してくれたものを正しく活用してくれる。そう願いながら、フィルはドニー・シーホン牧師を血の雨に変えた日以来、初めて本来の眠りに落ちた。最小限の稼働を維持し続けるのではなく、うずくまっていた身体が床に倒れ、完全に意識が途絶えた。

　夢の中で、身体がまだどこも無事だった頃のジョーゼフが、フィルの肩を抱いてくれていた。よくやったとジョーゼフが誉めてくれた。マーケット・フロアで見かけたときに、どうしようもなかったことをフィルは泣きながら詫びた。ジョーゼフは、マルコやダリアや他のみんなやそしてマリーのみならず、バンカーに初めて来たときは十八人もいた仲間たち全員とともに、フィルの働きを認めてくれた。

「君がフィリオーシオか」

声が聞こえた。

何百時間ぶりかわからない、耳を打つ肉声。

フィルのかさついて張り付いた瞼が開かれ、目の前に佇む男の、ぼうっとした影を見つめた。

それがウィズBが見せてくれている脳内映像なのか、実際に自分がこの目で見ているものなのか、すぐにはわからなかった。

「君のサイフォンが示す不可解な位置情報を頼りに、この馬鹿げた横坑を捜し回ったんだ。もう君は生きてはいないと部下たちに何度も言われたがね。なんのなんの、こうしてコペルニクスの英雄と出会えたではないか。フィリオーシオ・スカイラム、私がわかるか？」

フィルはテイル・サポーターを頼りながら、ゆっくりと上体を起こした。

暗がりの向こうに灯りがいくつも重なり、一つの人影を浮かび上がらせている。具体的な風貌はまったく認識できなかったが、フィルは久方ぶりに乾燥しきった唇を開き、がらがらの声でこう言った。

「わかります」

すると人影が手を伸ばし、フィルの腕を取り、力を込めてこう告げた。

「私は、ロバート・ジェファーソン・スカイラム。君を称えよう、小さくも偉大なる英雄よ。君がこのバンカーを、そしてまた君の仲間たちを救ったのだ。この私のささやかな命に懸けて、こう断言しよう。君のような英雄こそが、〈ムーン・チェーンズ〉が目指す勝利の旗印であり、人民の希望そのものなのだと」

Ⅲ　それ行け、アバドーン号

1

いよいよ出発のときを迎え、ジャックは心地好い緊張を感じながら着席した。

「みんな、用意はいいな。とにかくリラックスしているんだぞ」

そう言いつつ、五十人余のクルー全員に、自分と同じ緊張が伝わることを願っていた。リラックスしろと言われるとかえって緊張して身構える人間もいる。とりわけ、この場所に収容された者たちの大半はそうだと言っていい。落ち着いて、リラックスして。そう言われたあとは、たいてい、ひどい目に遭うのだから。

「おう、めちゃめちゃ怖くなってきた」

果たしてクルーの一人がわめいた。ハーノイスだ。毛むくじゃらのこわもて男で、ジャックのどんなプランにも目を輝かせて乗ってくれる。拡声器代わりといってはなんだが、ハーノイスが感情的になってくれればくれるほど、他の面々も大いに同調してくれる。

ジャックはこれをハーノイス効果と心の中で命名していた。今回もその効果はてきめんだった。クルーロビーと名付けられた部屋の壁際に、ずらりと椅子を並べて座るクルーたちの表情が、一挙に強ばった。

「もう揺れてるんじゃねえのか？　うおっ。すげえ揺れてる気がする」

ハーノイスが膝をかくかく上下させた。その腿の上に、誰よりも大きな手が置かれた。ドゥアンの手が。

「まだだ。慌てるな、ハーノイス副船長」

優しげでいて有無を言わせぬ響きを込めてドゥアンがささやいた。

「わ、わかった、ドゥアン副船長」

ハーノイスが言ったが、ドゥアンがそっと手をどけると、今度は足のつま先を上げ下げし始めた。

「うう、ちくしょう、怖え」

他のクルーたちもハーノイスに同調し、生唾を呑んだり身体を揺すったりしている。

「怖いことはない」ドゥアンがみなへ言った。「ジャック船長を信じるんだ」

ジャックにクルーたちの視線が集中した。すがるような、期待のこもった眼差し。

彼らに応えるべく、ジャックは壁の時計に目を向けながら言った。

「よし、みんな。管制室から最終チェックの報告だ」

部屋がしんとなった。

「アバドーン号全区画、異常なし。発進システム、異常なし。出発シークエンスは予定通り進行中。さあ、少しばかり揺れるぞ。いいか。五秒後に発進態勢に入る。ファイブ、フォー、スリー、ツー、ワン……」

ゆっくり数えたので、時計上では七秒半ほど経っていた。タイミングを計っていたからだが、実際に振動が生じたのは、数え終えてからさらに三秒ほどあとのことだった。

「揺れてる！　揺れてるぞ！」

ハーノイスが金切り声を上げてぎゅっと目を閉じた。クルーたちの多くがハーノイスに倣って目を閉じ、足下から伝わる振動にじっと耐えている。

「発進態勢へ移行した。ドゥアン副船長、クルーに異常はないか？」

ジャックが尋ねた。ドゥアンは律儀にみなを見回した。

「異常なしだ、船長」

「よし」ジャックが声を張り上げた。「アバドーン号、発進！」

みな一斉に言葉にならぬ声を漏らした。呻き声や歓声を。大所帯のジェットコースターさながらだ。

ジャックが叫んだ。

「月との戦闘宙域を通過する！　地球と月のどちら側からも攻撃されないことを祈れ！」

「クレイジーだ！」ハーノイスが悲鳴を上げた。必死に椅子をつかんで立ち上がらないよう耐えている。「ちくしょう、なんてクレイジーなんだ！」

「我々が宇宙に出るにはそれ以外にないんだ。行くぞ、ドゥアン」

「イエッサー、キャプテン」

ドゥアンがいささかも動じずに返した。

予期した通り、部屋の振動がますます強くなっていった。全員のアドレナリンの臭いが鼻を刺すようだ。

「行け！　行け！」

誰からともなく声を合わせ始めた。

「行け！　行け！」

全員の叫びがそれこそ部屋じゅうに轟くようだ。これまでで最高に盛り上がってるぞ、とジャックは思った。大成功だ。

「予定軌道上を進行。戦闘宙域を通過した！」

頃合いを見計らってジャックは言った。

「これでもう、この世に存在するどんな人工物もおれたちを追っては来られない。おれたちはやったんだ！　おれたちは宇宙に出た！」

歓声が爆発した。部屋の外に閉め出されたキーパーたちが、さぞ驚いて跳び上がったことだろう。

みなが口々にわめいたり手を叩き合ったりした。殊勝なことに船長であるジャックや、ドゥアンら副船長の指示がない限り、誰も席を立ってはならないという決まりごとを誰もが守っている。

「管制室との最後の通信だ」

ジャックが言うと、ぴたりと声がやんだ。

「管制室からみなへ、ボン・ボヤージュ。長い宇宙の旅が、希望に満ちた良きものにならんことを」

嬉しげな吐息がほうぼうで起こった。

「アバドーン号を代表して、ジャック・シャドウより管制室へ。グッバイ、アース。二十年後に再会できることを祈ろう」

今度は感慨深い溜息がそこここから聞こえた。二十年という年月はみなに実感できる、ほどよい長さだった。現実に宇宙旅行をするとなれば、その何十倍、何百倍の年月を要するのだが。

「クルーに異常はないか、ハーノイス、ドゥアン」

ハーノイスがぱちりと目を開けて言った。

「異常は見当たりませんぜ、キャプテン」

ドゥアンが先ほどとまったく同じようにみなを見回した。

「異常なしだ、キャプテン」

ジャックはうなずいた。

「よし。これよりワーキング・タイムに入る。各自の持ち場につき、職務をまっとうするように。ただし宇宙にいることを忘れるなよ。普通に見えても、環境は激変した。くれぐれも体調には気をつけるんだ。以上——解散」

みながさっと立ち上がった。すぐには解散せず、立ち上がったジャック、ドゥアン、ハーノイスに敬礼をしてから、次々に部屋を出て行った。

「おれたちゃ飛んでるんだ」

ハーノイスが言った。

「そうだ。おれたちは飛んでいる」

ドゥアンが優しげに微笑んだ。

「ありがとうよ、キャプテン」

ハーノイスがジャックに敬礼した。

「ありがとう、ハーノイス」

ジャックも敬礼し返し、手を差し出した。ハーノイスがぎゅっとその手を握り、ウィンクすると、これみよがしに大きな動作で回れ右した。

「ひゅう！　おれたちゃ宇宙を飛んでるんだ！」

はしゃぎながら部屋を出て行くハーノイスを、ジャックとドゥアンが見送った。

「カフェに行こう、キャプテン」

ドゥアンが提案した。

「よしきた」

ジャックは意気揚々と応じた。誰がどう見ても大成功だった。興奮冷めやらぬまま部屋を出た。

通路には誰もいなかった。白服のキーパーたちは残らずワーキング・グループの監視に出払っているのだ。自由に行動できるのは、自分とドゥアンだけだった。いや、ドゥアンのおかげでジャックも彼と同様の振る舞いが許されているのだった。

「貨物列車が通過するタイミングが良かった」

ドゥアンが通路を進みながら言った。

「少し早かったけどね」

「カウントを終えたあとの僅かな沈黙が、緊張を最大限高めてくれたんだ」

「結果オーライってやつだな。それより誰かが〝緊急事態〟を言い出さないかひやひやしてたよ」

「爆弾が見つかったりか？」

「コントロール室にウィルスが仕込まれているとかね。この一週間、そんなことばかり言われてたから」

「出発を万全にしたいという願いのあらわれだな。お前はクルーを上手く御し、彼らの意見に耳を傾けた。重要なことだ」

「〝プロトコルの修正が必要だ〟って言葉は、もうしばらくの間は聞きたくないな。おかげでずっと寝不足だったし」

ジャックはそう言って伸びをした。興奮のあとのけだるくも心地好い疲労を感じていた。

ドゥアンが微笑んだ。二人で無人のカフェに入り、ウォーターサーバーの水を紙コップに注いで、いつもの席に座った。

「なんであれ、上手く行った」ドゥアンが紙コップを差し出した。「ここは宇宙だ」

ジャックはにやっとして紙コップで乾杯した。

「宇宙に」

2

「もう何度も訊いていることだが」

　ドゥアンがゆっくりとした口調で前置きした。ここにいる誰よりも逞しい肉体の持ち主が、そのおもてに哲学的な静けさをたたえて見つめてくる。表情も身体も微動だにしない。口だけが動く。この男の特技の一つは、静止状態を延々と保てるということだ。

　ジャックはこういうときいつも、獲物を前にしたライオンとクロコダイルのどちらを連想すべきだろうと心の中で首をひねらされたものだ。最近では、どうやら前提を間違えているのだということがわかってきていた。この男は、意識して猛獣のようになろうとすることはない。ただ自然に生きているだけで、すでに獰猛さや狡猾さを備えている。つまるところ、ライオン、クロコダイル、ドゥアンと並列に置くべき存在なのだった。

　そのドゥアンが、ジャックが示すかすかな表情も声音も見逃すまいとする眼差しで、こう訊いた。

「こうなるとわかっていて、みなに旅をさせようと決めたのか？」

　ジャックは口をへの字にし、肩をすくめてみせた。

「何度も言ってることだと思うけど」

　答えは変わらないということを全身で示してやりつつジャックは言った。

「おれは単に、こんなのは――このビッグハウスの全部が――くそ食らえだって思ってやっただけなんだ。まあ、みんな、おれが思ってた以上にぶっとんでるけどね」

　ドゥアンが、いかにも注意深く聞いている、というようにうなずいてみせた。

「そして、お前はこのビッグハウスを変えた。住人の全員を」

「何も変わってないよ。ただ、ちょっとばかり気分は変わるだろうけどね」

「それすら、ここではあり得なかったことだ。しかし、みながお前とともに旅立つところを、おれは何度も見て来た。おれ自身、何度も旅立った。この隔離施設を一歩も出ることなく」

「ブレイン・リーディングでさんざん五歳児の自分に戻されたからかな。ごっこ遊びが生きがいだった頃の自分にね」

「つまりそれが、お前のジーナーだということだ。お前のジーナーが一年も不明のままなのもうなずける。お前はジャーニー・ジーナーだ。人を別世界へ旅立たせるジャーニーマンであり、そんな存在はスクリーニング制度のどこにも当てはまらない」

　ドゥアンが珍しく饒舌になって断言した。

「来世でそう名乗ることにするよ。ジャック・ジャーニーって」

　ジャックが茶化すと、ドゥアンはぜひそうしろというように紙コップをまた掲げてみせた。

　ドゥアンがいう旅というのは、ジャックがここで繰り広げてきたおふざけの数々のことだ。たいてい施設の外では人類が滅んでいるか危機に瀕していて、自分たちだけしかまともに生存しえないというストーリーをでっち上げる。

　このビッグハウスと呼ばれる刑務隔離施設に放り込まれてから、早くも一年が経とうとしていた。その間ずっと、そんなことをしていたのだ。スクリーニング社会においても最適化されず、はみ出してしまった人々を収容する隔離施設で。そういった施設は実際のところ世に数多あるのだが、中でも特筆すべき場所がここだった。

北米全域において最悪の犯罪者とされる、第一級の殺人犯たち——意図的に、計画的に人を殺し、かつ何度でも同じことをする連中——の集団生活の場。それが、ビッグハウスだ。

そこでジャックが、ごっこ遊びというおふざけをやらかしたのは、当然ながら自分一人のためだった。ワーキング・グループに組み込まれた際、どんな集団に属することになろうとも人間が必ず行う、自己の履歴の披瀝というやつをやらされたときが始まりだ。要は、どうしてここに来ることになったのか、という問いに対し、

「地球と月が核戦争でお互いを滅ぼし合ったからさ。もう人類はこの建物の中にしか残ってない」

真顔でそう言ってやったわけだ。

グループ・リーダーだったハーノイスをはじめとする、こわもての殺人犯たちが相手だろうがなんだろうが、実際にそういう気分だった。そしてそのように振る舞った。おれたちは最後の人類だ。せめて誇り高くこの閉ざされたシェルターで種の寿命をまっとうしよう。

そのペシミスティックでありナルシスティックでもある空想に、ハーノイスたちは面食らった。

キーパーたちもびっくりし、大いにうろたえた。ジャックの精神がさっそく別世界にすっ飛んでしまい、そのせいでその後のジャックの調査に支障が生じることを懸念したのだ。

だが病的な妄想と異なるのは、もちろん、それがお遊びだとジャック自身わかっていること

だ。

なぜそんな真似をしたかといえば、確かに、ブレイン・リーディングのせいで五歳児だった頃の宇宙船ごっこを思い出したことも理由の一つになるだろう。またこの頃から、ジャックは自分が注目の的であることを意識させられていた。ジョイント・ジーナーだった青年が、軌道シャフト崩壊で罪に問われ、そのジーナーが偽装であること、再定義が必要であることが〈サピエンティア〉の判断によって決定づけられたのだ。

スクリーニング制度における最大のスキャンダルであるそのニュースは、大々的に各種ネットメディアで公開され、このビッグハウスにも出回っていた。こうした施設ではサイフォンは厳しく使用を制限されているし、物理的に外界から閉ざされてはいるが、カフェや図書室で〈サピエンティア〉が適切とみなすニュースにふれることは許されている。ジャックもそのニュースをしばしば見せられたものだ。サイフォンを通して収集された自分の情報が、残らず全世界に公開されるさまを。

そしてジャック・シャドウの名は、また別の名にひもづけられて語られてもいた。

地球への攻撃を企て、実行し、たった一撃で数百万からの命を奪った月の悪魔こと、ボブ・スカイラムの名に。〈ムーン・チェーンズ〉という革命組織のリーダーに。

ボブ・スカイラムの計画に従い、二十年もの間、地球に潜伏していた破壊工作員。それがジャック・シャドウであるという、とんでもない仮説が、事実であるかのように世に広められたのだ。

そんな全世界の注目の的たる人物がやって来たのだから、あらゆる手段で平穏でいるようコントロールされているビッグハウスの住人たちも、とても平穏ではいられなかったらしい。どのワーキング・グループが、ジャックというニュースの種を獲得するかで言い争いが起こり、一触即発の状況になりかけたそうな。

ドゥアンも、プリズン・キーパーたちから頼まれ、プリズナーが騒ぎを起こさぬよう、宥めることに終始させられた、とジャックは本人から聞かされた。

人間のあらゆる異常性を閉じ込めたこの場所に、勲章となりうる人物を放り込めば、どんな惨状を呈するかわからない。ジャックの五体をばらばらにし、みんなで少しずつ分け合ってお守り代わりにするということを、平然としかねなかった。そう。ここには、そういうプリズナーしかいないのだ。

しかし当のジャックは、スキャンダルも、スクリーニング制度に適応できないけだものじみた人々の熱い眼差しも、どこ吹く風だった。しょっぱなから素っ頓狂な空想を、理路整然と、五歳児のように純粋な感情を込めて語ることで、ドゥアンいわく、どんな鎮静剤よりも効果的に五十名余のプリズナーを大人しくさせてしまったのだった。

しかも一度や二度ではなく。核戦争で人類が滅亡に瀕したあとは、それに飽きて今度は宇宙人が襲来したことにした。それに飽きると、謎の伝染病によって人類がゾンビ化し、この施設は人類救済のための最後の研究施設になった。そういう「自分たち以外はみな滅亡」ストーリーそのものに飽きてしばらくした頃、やっとジャック自身が満足する別のストーリーに移行していったのだ。

自分たちは人類を置いて旅立つ宇宙船のクルーである。あるいは巨大なタイムマシンであり、人類が生まれる前の過去にタイムスリップして自分たちが人類の祖先となるケースもあれば、はるか未来に人類の存在を届けるケースもあった。我ながら、よく次から次へとおかしな空想を披露できるものだと感心してしまう。それだけ今まで抑圧されてきたものが、むしろここで解放されたと考えるべきか。

　どうあれジャックがここで平和に生活するという点では、結果オーライだった。実のところ、まったくもって考えなしにやっていた、という事実はさておいて。

「来世では、ジャーニー・ジーナーがごく普通に取り扱われていることだろう。そこでは、お前はもう希少性を失っている。今ここで、ジャック・ザ・ジャーニーマンと名乗るべきだ。このプリズン・キーパーもお前をそう呼ぶだろう。おれたちの頭を解剖したがる調査チームも。そしてやがて、このビッグハウスこそが、ジャーニー・ジーナー発祥の地となる」

　ドゥアンが、どこまでが冗談なのか判別しがたい調子で言った。

「おふざけのタネを思いつけなくなったら、ぜひそうするよ。今はまだ、ジャーニーマンを名乗っていい気分じゃないから」

　そう返すジャックを、ドゥアンは、お前のことはよくわかっているというふうに微笑みながら見つめている。まるで長男が末っ子に愛情を注ぎ、行く末を楽しみにしているというようだ。

　ジャックは内心で、いったい全体どういうわけで、このビッグハウスの陰のあるじと言っていいドゥアンに気に入られることになったのやら、と思った。

　ドゥアンが本気で、新ジーナーの提唱をここのキーパーたちに訴えていることは知っていた。キーパーたちが冗談交じりにジャックにそう教えてくれたからだ。ジャックという珍種が、次世代における重要なジーナーを提起すると。それはまた、このビッグハウスの存在意義の一つでも——収容された先のないプリズナーたちの最後の生きる意味でも——あった。

ここではもっぱら刑務作業というより、そう名づけられた生活と研究が行われる。被収監者は男女に分けられ、さらにそれぞれのワーキング・グループに分かれて、いわゆる刑務作業的な単純労働を行う。

大昔の強制労働とは異なり、古い宗教的施設のそれに近い。施設の掃除や補修を行ったり、ともに生活する者たちの衣服や歯ブラシを作ったり、野菜や家畜を自分たちで育てて管理したりする。

宗教的施設であれば、そうした自給自足のための労働の合間に、祈りやら苦行やらに励むところだろう。ビッグハウスでは、それが科学的探求に置き換えられる。殺人犯たちの知能をテストし、心理的傾向を分析し、そしてことあるごとにブレイン・リーディングを施す。

なぜスクリーニング社会で人が人を殺すのか。なぜ大多数の人々と同じように、〈サピエンティア〉が推奨する平和で自由で多様性に満ちた生活ができない人間が出現するのか。そういったことを、あらゆる角度から徹底的に調べ尽くし、再発の防止に努める。

いわば社会のデバッグ施設であり、バグとみなされた人間が、外の世界に戻ることは決してない。

だがもしそれがバグではなく、社会の変化に適応せんとする人間の本能のあらわれであったなら、改めてジーナーそのものが再定義され、スクリーニング制度そのものに影響を与えることになる。

それがここでの信仰だ。あるいは、北米史上最多の連続殺人を犯したドゥアンが――驚異的に高いＩＱを誇る頭脳を駆使し、〈サピエンティア〉の目から逃れ続け、やがて自分の行いに倦んで自首した男が――心から信じているゆいいつのことがらだった。

ドゥアンは自分をただのバグとみなされたくないのだ。親しくなればなるほど、ジャックにもそれがわかった。ドゥアンにとっては、彼が犯した凄惨で救いのない行為もまた社会的に意味のあることなのである。ジャックには正直、どんな意味があるのか、さっぱりわからなかったが。

なんであれ、バグとみなされたまま、地球を去りたくないというのがドゥアンの思いだった。だから、この施設に長く住み続け、プリズン・キーパーたちに準ずる、プリズンマンとして他のプリズナーの管理を任されるようになり、内心ではそのことに飽き飽きしていても、出て行こうとはしない。

そう。どんなプリズナーも、本人の決意次第では、隔離施設から出て行けるのだ。

更生不能と〈サピエンティア〉から判断された者に与えられる選択肢によって。隔離施設に永住するか、さもなくば、月へ行くか。

どちらにしても地球上に居場所がなくなったという点では変わらない。そういうビッグハウスのあり方のせいで、いつしか月に行くことはすなわち終身刑に服すことだと考えられるようになったわけだが、ドゥアンの気持ちはともかく、ジャックからすれば奇妙極まる紆余曲折を経て、念願を叶えるチャンスを与えられたようなものだ。

「さっさとおれを月送りにすればいい！」

ここのキーパーたちに、ことあるごとにそう言い放ってきたが、そうされる気配はさっぱりなかった。いまだに、月側のテロリズムに荷担したとみなされているせいだろう。何百回も繰り返しブレイン・リーディングを施されたが、決定的な証拠が見つからないままで、それでも〈サピエンティア〉の統合的な推測によれば、ジャックは月側による攻撃に関与しているはずであるらしい。

ビッグハウスの被収監者たちを相手にする調査チームも、とにかくジャックの存在を大前提とした、軌道シャフトの崩壊の仕組みを解明せんとしている様子だった。今もまだ。とっくに月と地球は戦争状態に突入し、ニュースでは戦況がスポーツの中継か何かのように語られ、最初の軌道シャフト崩壊についてはもはや誰も言及しようとしないというのに。

「お前が心から旅を願っていることは知っている」ドゥアンが言った。「ここでお前が行うロールプレイングは、いわばそのシミュレーションであるということも。ブレイン・リーディングの頻度は変わらないか？」

「四日ごと」

ジャックはそれこそ心からうんざりして言った。他のプリズナーたちは一週間から十日は間をあけて、あの脳内攪拌機にかけられる。被験者が脳疲労で異常をきたせば、調査不能になるのだから、調査チームは被験者の取扱には慎重だ。なのにジャックに関しては、ひどいときには毎日のようにブレイン・リーディングの拷問椅子にくくりつけられていたのだから、調査チームに別の意図があったとしか思えない。史上最大のテロリズムに荷担したとされるジャックを、自分たちの手で苦しめてやろうという意図が。

だがドゥアンの意見は違った。

「ビッグハウスの調査チームは、今も血眼になってお前を調べようとしている。今日もお前は彼らを大いに刺激するキーワードを口にした」

「キーワード？」

「アバドーン号、戦闘宙域」

「ああ。ニュースの影響かな。月と戦争していることは事実だから、ストーリーに使わないとね。近所を通る貨物列車の、がたんごとんと一緒だよ」

しかしドゥアンは、きっぱりを顔を横に振った。その仕草から――いや、かねて思っていたことだが――もしやドゥアンは、調査チームとも通じており、ジャックの調査結果にしっかり目を通しているのではないかと思えた。そうであったとしても不思議はない。調査チームから意見を求められ、ブレイン・リーディングの回数を維持してもジャックは大丈夫だ、あいつはそう簡単に壊れたりしない、とドゥアン自身が答えているとしても。

「おれが調べたところ、アバドーン号という名称を使用していたのは、当ステーションのクルーだけで、正式名称ではない。正しくは月地球間連絡ステーション第六基地であり、シード・ブリンガーというコードネームが与えられていた。どうしてお前がその名称を知っている？」

「おれの父親と母親がそれに乗ってたからさ。両親か、さもなければ養父母から聞いたんじゃないかな。全員この世の人じゃないから、確かめようがないけど」

「シード・ブリンガーは、大気圏外で組み立てられ、将来は月面に着陸し、シャフトベースの基礎となる予定だった。ステーションであって、船ではない。なのになぜアバドーン号と呼んだ？」

　ジャックは両手を上に向けてみせた。

「さあ」

「お前が言うアバドーン号の事故とは、月のシャフトベース建設のための大気圏外施設が、ある日ばらばらになって月面に墜落したことを指している。その残骸が発見されたという報告はない」

「知ってる。生存は絶望的だって聞いたよ。養父母からね。十六歳の誕生日に、詳しく聞かされたんだ。もう大人だからってことで」

「いいや、ジャック。お前は何も詳しいことを聞かされてはいない。具体的に何の事故だったかさえ不明だからだ。小さな輸送船が墜落して月のクレバスの底に消えたなら回収不能ということで片付けるしかないだろう。だがシャフトベースなみの巨大な建造物が崩壊し、月じゅうに散乱した。落下はモニターされていたはずだ。にもかかわらず、報告がない。落下時のデータが秘匿されているか、意図的にモニターできないようにされていたかだ」

「あー……、ドゥアン、タイタニック号って知ってる？　大昔の豪華客船なんだけど」

「氷が浮かぶ海で沈んだ船だ。巨大すぎて船体が傾いても、中にいる者たちは危機感を抱けず、楽器を演奏し続ける者もいた、というあれだな」

「そう。まさか落ちるとは思わなかった。だから、誰も何もしなかった。残骸が発見されないのは、開発予定地から外れてしまっているからで、そのうち開発が進めば発見されることになる。おれはそう聞かされているよ」

「養父母から」

「そう」

「お前は何歳のときから養父母のもとにいた？」

「生まれたときから、しょっちゅう預けられてたみたい」

「それも養父母から聞いた」

「残念ながら、おれも歳でね。二十年以上前のことが上手く思い出せないんだ」

ジャックが冗談を言うと、ドゥアンも口角を上げてみせたが、心から笑ってはいなかった。

「お前の弟が、何か知っているかもしれない」

「ノアが？　まさか。そうは思えないな」

「本人が、知っていることを認識していないということもある。さして重要なことだと思わず、そのせいで記憶の底に埋もれてしまっているということも」

「会ったらそう尋ねておくよ」

ジャックは言ったが、ノアとはここに来てから一度も会っていなかった。ゲオルグやリースとも。

ハーモニー号の生存者たちから、ガラス越しに眺められたときが最後だ。あのときの、怒りや恐怖や疑念をたたえた人々の眼差しとは、今でもちょっとした悪夢で再会するのだが。

ふいに静かな音楽が鳴り始め、カフェの壁にサイネージされたモニターが点灯した。休憩時間。ニュースの時間だ。

ほどなくして、どやどやと足音が聞こえた。ワーキング・タイムで出払っていたプリズナーが一斉に戻り、カフェに入ってきた。

カフェのカウンターが自動点灯し、フードマシンやドリンクメーカーが起動した。プリズナーがトレイを手にして列をなし、午後の軽食にありついた。

ドゥアンとジャックはそのまま座っている。やがてハーノイスが現れ、

「第一種任務を終了しましたぜ、キャプテン、ドゥアン副船長」

威勢良く敬礼して言った。

「ご苦労様、ハーノイス。みなとともに休んでくれよ」

ジャックが鷹揚に返した。ハーノイスが顎をしゃくると、彼の下についているプリズナーたちが、ジャックとドゥアンのためにパンとオレンジジュースを持って来てくれた。

ドゥアンは、飛行機の乗客がアテンダントに対してそうするように、食事を持って来てくれた相手にうなずき返した。ジャックも毎度の居心地の悪さを隠してそうした。ハーノイスとそのグループは、ドゥアンとジャックに敬礼し、そして自分たちの席についた。

ここの王は、結局のところドゥアンなのだ。自分はその傍らにいる道化に過ぎない。ジャックはそのことを自覚しながら運ばれてきた軽食に手をつけた。

入所当時は、空想を振りまくことで凶悪なプリズナーの出鼻を挫くことができたが、一年経っても無事どころか、労働を免除され、テストや調査をされるとき以外はのんびりくつろいでいられるのは、ひとえにドゥアンがそのように定めてくれたからだ。

特権的ではあるが、その分、不安もつきまとう。正直、恐怖を覚えたことも一度や二度ではない。

ドゥアンは、キーパーたちの間では「シューズ・コレクター」の名で知られているが、誰も本人の前でその言葉を口にしない。プリズナーにいたっては靴という単語そのものをドゥアンの前で言わないよう気をつけている。ドゥアンが、自分につけられたあだ名を気に入っていないからだ。

ジャックからすれば言い得て妙と言うほかなかった。ドゥアンは自分が殺した人間が最後に履いていた靴を蒐集していたのだから。ほかにどんなあだ名をつけられれば満足するというのか？　そうドゥアンに訊いてみたかったが、あるものを見て以来、そうする気が起こらないままでいる。

というのも、ドゥアンが自分のロッカーから一見して本人のサイズには合いそうもない靴を三足もとりだし、ぴかぴかのそれに丁寧にブラシをかけ、そしてまた綺麗に重ねてロッカーの中に置くという彼の習慣を目の当たりにしたのだ。ちなみにどれも、この施設で支給されるプリズナーのための飾り気のない白い靴だった。

ジャックの表情を察したドゥアンは、「おれじゃない」といみじくも否定してみせた。

施設内で息を引き取る者もまれにいる。病気か自殺だ。寿命を迎えるほど年老いた者は別の施設に移送されるし、施設内での殺人は、キーパーたちの監視の目がある以前に、ドゥアンが固く禁じている。ドゥアンがその気になれば――何しろ〈サピエンティア〉の目をも盗んだのだ――証拠一つ残さずに、この施設にいる人間を一人残らず消してしまうことだってできるだろう。

「ここでは生きながら死んでいくよう仕組まれている。それに耐えられず死んだ者たちの許しを得て、おれが所有することになった。あれら三つの品は、どれも彼らの生きた証しだ」

そのときドゥアンはそう語った。あとで思い出してジャックは改めて驚いたのだが、ドゥアンは靴という言葉を一切使わなかった。いったいどんないびつな精神がそうさせているのかはわからないが、このまま安全にここで暮らしたければ、口にすべきでない単語が存在することを肝に銘じたものだ。

靴以外でジャックをとりわけ恐れさせたものがあるとすれば、女の子の存在だ。

この施設は男女で分かれているが、二週間に一度、交流会が催される。この隔離施設が、決して強制収容所のたぐいではなく、特定のジーナーの絶滅をはかっているわけではないことを世に示すために。施設内での結婚もあれば、出産もある。生まれた子どもは〈サピエンティア〉の差配でどこかへ連れて行かれ、外界で養子として斡旋される。生物学的な両親は、子どもの成長過程を知ろうと思えば知ることができるが、自分たちからコンタクトを取ることはできない。子どもが成人し、自分のルーツを知りたいと思い、かつ〈サピエンティア〉が定める心理テストでも問題ないとされて初めて、生物学的な両親との面会が許されることになる。

そしてドゥアンは、その交流会においても王様だった。女にもてるなどというものではない。四十数名の女性の被収監者は全員、ドゥアンに忠誠を誓っているといっていいほどだ。

ドゥアンが支配的だというわけではない。むしろ女性たちを、この上なく丁重に扱う。まるでロッカーに入れている靴のように扱うんだな、と思ったことがあるが、ジャックは間違ってもそんなことを口にしてはならないと自分に言い聞かせたものだ。

ジャックの困惑の種はといえば、ドゥアンは決して女性たちを独占しようとはしなかったことだ。男性全員に振り分けるというか、全員が全員と恋愛関係にあることが理想だとでもいうように、交流を促すのだった。

特にドゥアンは、ルイーズという、艶めく黒髪を持つ、見目麗しい女の子を、どうしたらジャックにあてがえるかと考えていた。ニュースでブルネットのコメンテーターが登場するたび、ルイーズとはどうだ、としつこく訊かれるせいで、ジャックはどうか世界中のコメンテーターがブロンドかさもなくば剃髪してくれないものかと願ったほどだ。

「ルイーズはお前が好みだと言っている。彼女は良い子だ」

ドゥアンがそうささやくたび、

「おれも素敵だと思うよ。彼女は良い子だ」

ジャックも全面的に同意してみせるものの、決して深い関係になろうとは思わなかった。理由はいろいろだ。リースも漆黒の髪の持ち主で、ルイーズはどことなく彼女に似ていた。どうして自分の好みがドゥアンにわかったのかは、深く考えないでおくことにした。

それよりも、もしルイーズに手を出せば、自分がこの施設に完全に適応することになりかねないということが、ジャックに恐怖を感じさせた。ルイーズとどうにかなり、まかり間違って子どもが生まれるようなことになれば、それはここでの人生が全てになるということではないのか。そのとき真に結ばれる相手は、ルイーズではなく、この施設だ。自分はビッグハウスと結婚することになる。これほど、ぞっとさせられる考えはない。

ジャックは努めて正直にそうドゥアンに告げた。彼女が悪いわけではないという点を強調して。絶対に施設の女性を侮辱してはならなかった。そんなことをすればドゥアンが黙っていない。

　だが、このジャックの主張についてはなかなか認めてもらえないままでいる。どうせ〈サピエンティア〉が養育を肩代わりするのだから、お前の貴重な遺伝子を後世に遺すべきだ、などと説得されるのだ。ジャーニー・ジーナーの遺伝子を。

　実際ドゥアンはそうしているようだった。彼が自分のジーナーを心の中でどう名付けているのかは謎だが、少なくとも後世に遺すという務めは果たしているらしい。いったい何人のドゥアン・チルドレンがいるのか、ということも、ジャックはあまり考えないようにしている。

　ニュースを見ていると、ほどなくしてブルネットのコメンテーターが現れた。ジャックは気まずさを覚えたが、そのときのドゥアンはただ黙ってニュースに耳を傾けていた。

「虚報だ」

　やがて、ぼそりとドゥアンが言った。

「え？」

　ジャックは改めてニュースのテロップを見た。『地球ジョイント・アーミー、コペルニクス・エリア制圧へ』とうたっている。コメンテーターが、ボードの月面地図を指さし、地球側の戦力がどこでどのような戦果を挙げたかを述べ立てている。彼女の言い分では、まるでもうすぐ地球側が月を占領し尽くしてしまいそうだった。

「地球側が勝ってるなんて嘘だって言いたいんだ」

　ジャックが言った。それはこの施設の人々の主張でもあった。〈サピエンティア〉が推奨するニュースをうのみにする者は誰もいない。その裏の裏を読もうとする連中ばかりだ。

　果たしてドゥアンがうなずいた。

「チェスで相手のポーンを取ったことを大喜びしているようなものだ。月の表側の話ばかりで、裏側の情報が何一つない。〈ムーン・チェーンズ〉は、月の裏側で態勢を整えている」

そのドゥアンに同意するかのように、ハーノイスが声を上げた。

「何が勝利だ。ありゃ嘘っぱちだぜ、みんな。電力プラントを復旧するだのなんだの言っちゃいるが、肝心のシャフトベースが制圧できてねえから、しょっちゅう百年前みたいにロケットで兵隊を飛ばしてやがるんだ。ここを出なくて正解だったな。月送りは嫌だとこれほど思ったことはねえよ」

みなが賛同し、ニュースへ野次を飛ばした。宇宙船ごっこをしていたときとは打って変わった、冷酷で虚無的で不信感に満ちた眼差しだ。

ジャックは彼らの顔を見ないようにした。できれば言葉も聞きたくなかった。

休憩とニュースの時間が終わり、みなが出て行くのを見送ったあと、ドゥアンが言った。

「お前はみなと違って、今こそ月に行きたいと考えているんだろう？」

「まあね」

ジャックは素直に言った。月送り。それが今でも自分の願いであることをジャックは疑わなかった。確かに、自分を天空へ連れて行ってくれる豆の木は、思い描いていたものとはずいぶん異なってしまった。だがそれでも月への道が閉ざされていないということ自体、自分の運命を暗示しているように思えてならないのだ。

「おれが二十年以上前から準備されたテロ計画の実行犯だとか、人間の形をした月側の兵器か何かだとか、馬鹿馬鹿しいことを本気で証明しようとしている連中に言ってやりたいよ。本当にそうかどうか月の悪魔とやらに訊いてくるから、おれを月へ送れってね」

「そうはしないだろう。お前は〈サピエンティア〉にとってこの上なく貴重なサンプルだ」

「かもね。くそくらえさ」

「ただし可能性はある」

「え？」

ふいにドゥアンが身を乗り出してジャックの目を覗き込んできた。

「もしおれが〈サピエンティア〉なら、お前をどうするか？　ただ調べるだけで、何にも利用せず、ここにずっと閉じ込めておくか？　そうはしないだろう。月との戦争は、地球側が思っていたようには進行していない。むしろ想定外の苦戦を強いられているはずだ。そんなとき、お前という素材を放置しておくとは思えない」

「おれを何に利用するのさ？」

そう訊きながら、なんだか身の毛がよだつような恐怖を覚えていた。ドゥアンにじっと見つめられているせいでもあるだろう。ドゥアンも〈サピエンティア〉も、ジャックを好きに料理できるという点では同質の存在といえた。そしてその両者が結託してジャックをとんでもない目に遭わせようとしているかのように思えるのだった。

実際、そうなのかもしれないとジャックは思った。ジャックが首尾良くここを出て月へ送り込まれるには、ドゥアンの同意も必要になるはずだ。ドゥアンにプリズナーの処置について相談するのはキーパーたちだけではない。施設の調査チームも、かなりの程度、ジャックの調査についてドゥアンの意見を取り入れているはずなのだから。ドゥアンが、ジャックにはまだ調査し切れていない何かがある、と意見すれば、調査チームは引き続き、長期にわたる調査計画を立てることになる。

「わからない。〈サピエンティア〉はときに、おれの想像を超えることをしでかすからな。特に、月との戦争など容認するはずがないと思っていた」

だがドゥアンは、自分はそちら側には与《くみ》しないと注釈するようにして言った。

「今じゃ戦争が、地球の一番の事業だけどね」

「人間を操り、あらゆる人間性を合理化し、最適化し、最大の利益を生み出させる。そんなシステムが、おびただしい人命を損なうことを前提に、戦争を容認する理由はなんだ？」

「やられたらやり返せ？」

「やらねばやられる、かもしれん」

「それだけ月の人たちを恐れてる？」

ドゥアンがうなずいた。

「おれが人生で恐怖を覚えるのは、ただ一つ、〈サピエンティア〉に対してだけだ。あれのせいで、今のおれがあるといっていい。その〈サピエンティア〉ですら恐れるものが、月に存在している。〈サピエンティア〉は遮二無二それを——それなのか誰かなのかわからないが——抹殺しようとしている。そう考えると、辻褄が合う」

厳粛といっていい面持ちだった。半生を〈サピエンティア〉の監視から逃れて人殺しを続けることに献げてきたこの狂人こそ、むしろジャックが知る限り最も〈サピエンティア〉に畏敬の念を抱く人物だと言ってよかった。

「それが月の悪魔だってことはある？」

「あるかもしれないな。消えたステーションの責任者と同じ名を名乗る存在がいて、いまだに何者かはっきりしない、などということは〈サピエンティア〉が誕生して以来、初めてのことだ」

「それで……」ジャックは元の話題はなんだっけと考え、言った。「おれが何の役に立つわけ？」

「わからない」

そう言いながらドゥアンはさらに注意深くジャックを観察する眼差しになった。

「なんであれ、心の用意はしておいたほうがいい。お前がもし本当に軌道シャフト崩壊の引き金になったのであれば、〈サピエンティア〉はお前自身を用いて、同様の報復を計画するだろう。〈サピエンティア〉の存在意義にかけてでもそうするはずだ」

「なんだか……まるで、〈サピエンティア〉にも感情があるみたいな言い方だね」

ジャックは茶化して話を逸らそうとした。だがドゥアンはむしろ目を見開き、それが真実だという顔をしてみせた。

「あれにも感情はある。おれがまだ娑婆にいた頃は、あれがときおりみせる感情を感じるたび、恐ろしさと絶望に襲われたものだ。なぜみなはそうではないのかと不思議に思いながらな。あれは、人類の歴史に登場するどんな暴君よりも貪欲だ」

「それは……言うことを聞かないおれたちを、怒ってるとか憎んでるとか、そういうこと？」

「いいや、ジャック。そうじゃない。あれはとことん人類を愛している。どんな個人であろうと愛情を注ぐんだ。このおれのような人間であってもな。どれほど拒絶しても、あれはおれたちを愛する。月の独立は、あれの愛を拒む行為だ。お前という存在は、いわばあれに突き立てられたナイフだ。拒絶の意思のあらわれだ。〈サピエンティア〉はそう考えているだろう。二度と愛を拒絶させないために、あれは何をしなければならないか？　自分に突き立てられたナイフを使って、相手をめちゃくちゃに切り刻み、再び抵抗できないようにすることだ。その結果、相手が死んでしまうとしても仕方がない」

3

ドゥアンがどうしてそのようなエキセントリックといおうか、常軌を逸した結論に至ることができたのか、それこそジャックには永遠の謎だ。

しかし少なくとも、ドゥアンの言葉には未来を暗示するものが多分にふくまれていた。いびつな精神だからこそ読み解けたというべきかどうかわからないが、ジャック自身を用いた報復云々という点については、まさに予言者ばりの発言をしてのけていた。

そのことをジャックが知ったのは、クルーたちが無事にアバドーン号に乗って宇宙に旅立ってから二日後のことだ。一週間から十日もすれば、クルーたちにかけられた魔法が解け、宇宙を旅する気分も薄らいでいくことだろう。そうなれば、新たなごっこ遊びのネタを考えるよう、ハーノイスや他の面々からせっつかれることになる。そのときに備えて、次のアイディアを練ることのほうが、ジャックには大事だった。

だから、いつもの拘束椅子に縛りつけられ、そのままブレイン・リーディングの部屋に運び込まれたときは、十歳以下の自分に戻れることを願っていた。何か新鮮味のあるごっこ遊びを、過去の体験から引っ張り出せないかということばかり考えていたのだ。

しかしブレイン・リーディングは一向に始まらず、時間や現実の感覚が曖昧になるときの、おそろしい無力感に備えていたジャックは、思わず誰もいない部屋に向かって声を上げていた。

「おーい、まだ始まらないのか?」

僅かな間。

ふいに、目の前の壁の一部が透明度を失っていった。すぐにそれは分厚く頑丈なガラスとなって、向こう側に佇む人物の姿をあらわし、ジャックは激しい動悸を覚えた。

どんなときもジャックの目を惹かずにはおかない女性がいた。

エリザベス・ファティマ・フジワラ・ラ・ロシェルが。

リースが。

最後に見たときより髪が短くなっている気がしたが、確信は持てなかった。ウェーブがかかった髪も、その瞳も、滑らかな頬も、あらゆる民族の美しさを兼ね備えた少し上向きの鼻も、見たこともない制服にぴっちり覆われた身体の曲線も、全てがジャックの胸を苦しいほど高鳴らせた。

リースの咳払いが、スピーカー越しに伝わった。それから、この一年、夢の中でしか聞くことのできなかった声が届いた。

「ハイ、ジャック」

ジャックはそれだけで涙がにじむのを覚えた。自分が孤絶した環境に置かれ、その馬鹿馬鹿しくも残酷な仕打ちに耐え続けてきたことが実感され、かえって心が悲鳴を上げそうになっていた。

「やあ……リース。元気そうだね」

息を詰まらせながら、やっとの思いでそう返した。

「ええ、元気よ」

「ご両親は――」

つい訊いてしまったが、リースは毅然として微動だにしなかった。

「母の遺体はまだ見つかっていない。父は酒浸りが過ぎて半年前から救護施設にいる。私はラ・ロシェル財団の管理権を譲られて、受け継いだ財産を全額、市の復興に投資した。それで父に怒られたわ。私を市議会議員の補欠選挙に出馬させる資金にしたかったのよ。市議会どころか街そのものがなくなったのに」

リースが早口で述べ立てた。ここに来るまでの間、何を喋るかしっかり決めてきたという感じだ。

「十年後には、資産を百倍に増やしたリース議員が誕生するだろうな」

ジャックが合いの手を入れるような気分で言った。リースの綺麗な顎に力がこもるのを見て取りながら、大事なプレゼンにのぞむときの彼女の顔を思い出していた。何か重要で、人の行動を促す必要があるときの顔を。

なぜ彼女がここに来たかそれでわかった。おそらく彼女の意志ではないということが直感的に理解された。メッセンジャーとして最適とみなされたのだ。ジャックを動かす人物として。

それでも可能な限り長く彼女と話したかった。これが最後かもしれないという思いが込み上げてきて、せめて椅子から立たせてくれと叫びたかった。

リースはほんの僅かの間、ジャックの合いの手に乗ってくるかのように小さな笑みをみせたが、結局そうせず、別のことを口にした。

「あなたは……元気？」

「ああ。今日もここにいる全員で宇宙に飛びたったばかりさ」

「変わらないわね、あなた」

リースの微笑が切なさを帯びた。その一言で、彼女は知っているのだとわかった。ジャックが日々、ここでどんなことをしているかを。調査チームの報告書を読んだか、誰かに口頭で伝えられたかして。

不可解な状況だった。これまでジャックに会いに来た人物はいない。いや、ドゥアンの言葉を借りれば、ジャックと会う許可を得られた人物はいなかった。あらゆる面会希望者が、〈サピエンティア〉がジャックに貼った「厳密な隔離を要する収容者」というレッテルのせいで、門前払いを食ったらしい。

今になってリースだけがその許可を得たとは思えず、その理由を知りたいとも思えなかった。なぜここに来たのか。そうジャックが尋ねればいいだけだ。きっとリースは先ほどのように早口で理路整然と話してくれるだろう。だが尋ねれば、ただ隔離されて誰にも会えないという以上の孤独を味わう気がして怖かった。かつてリースとの間にあった絆や友情が、改めて消えてなくなる気がして。

「君のファッションはだいぶ変わったじゃないか」

ジャックは言った。それでまたしばらくリースがお喋りに付き合ってくれると思った。事実、今回はリースも少しだけそうしてくれた。

「Jスリー以上のジーナーは、これを着ることになってるの。ジョイント・アーミーの制服なのよ、これ」

「君好みのデザインに変えてもらえよ」

「これでもずいぶん意見したの」

「つまり、君は軍人なのか？」

「ジョイント・ジーナーは、みなそうよ。それ以外は戦争志願者。一億四千万人の軍隊よ。まず間違いなく人類史上最大の軍事力でしょうね」

「相手は月から来るエイリアンてわけだ。君は月に行ったの？」

「いいえ。ただ、あなたの返答次第では、そうなるかもしれない」

リースの意外な言葉にジャックは不意を突かれた。返答次第で、そうなる？　一緒に月に行くとでもいうのか？　まさか。どうしたらそんなことになるのか想像もつかなかった。

「まずあなたの返答に従い、あなたの移送手続きが行われるかどうかが決定する」

気づけば本題に入っており、ジャックは慌てて言った。

「返答って？　何に対して？」

「調査チームは、ある結論に達したのよ。それで具体的な作戦が立案された。最高機密に属する作戦で、知らされているのはごく僅かな人間だけ。ただそれには、あなたの完全なる意志が必要なの。詳しいことは言えない。確かなのは、あなたがここを出て自由を取り戻す、ゆいいつのチャンスであるということ」

いったい誰がシナリオを書いたにせよ、この自分を操り、支配するという目的においては、おそろしく的確だとジャックは苛立ちとともに感心させられた。リースを餌にした上で、自発的に行動しろというのだ。

自由という言葉は添え物に過ぎなかった。本当に自由にさせてもらえるとは、とても思えない。ジャックがそのように疑うことを予期しているからこそ、リースを遣わしたのだ。

「おれを月に送るってこと？」

「詳しいことは言えないの」

リースがますます顎に力を入れ、眉間に皺を寄せた。何か辛いことに耐えているかのように。伏せられている情報がなんであれ、そのメッセージを口にさせられているリースが決して心安らかでないことは、はっきり見て取れた。こんな茶番を仕組んだのは〈サピエンティア〉だろうか。きっとそうだろう。統合的に判断された最も推奨すべき選択肢として。問題は誰がそれにゴーサインを出したかだ。その人物が——あるいは人物たちが——透明化していない壁の向こうのどこかに立っているのではないかと思って、左右に目をやったが誰かがいるともいないとも判別しがたかった。

「ここにいるのは私だけよ。あなたは私に対して答えてくれればいいの」

リースが言った。ジャックは彼女の言葉を信じることができなかった。何よりそのことにショックを受けていた。リースを疑うなんて。だがもう二度と信じることはできないだろうと思った。自分の大事なものが音もなく奪われ、どこかへ投げ捨てられた気がした。

「何を答えればいいっていうんだ！」

思わず怒鳴り声を上げていた。

リースがたじろいだが、ぐっと全身に力を込めて言い返した。

「ある作戦に参加するか、否かよ」

「何の情報もないのに同意しろってのか？」

「そうすべきかどうかは、あなた自身の意志に委ねられているのよ、ジャック」

「君はどうなんだ。何も知らされてないのか」

「私はJツー・ジーナーとして許される限りのことは聞いている」

「Jツー……？」

ジャックは咄嗟に、自分の記憶がブレイン・リーディングのせいでおかしくなったのかと思った。自分が知る限り、リースはJスリーだ。彼女の両親からしてそのはずだ。

しかしすぐに疑問は解けた。自分が再定義されたからだ。それでスクリーニング制度の相対主義にのっとり、ジャックの周辺にいる人々ものきなみジーナーに変化をきたした。

結果、リースはジーナーとしてより稀少で、価値ある存在とみなされたらしい。であれば多くのことを知ってここにいるはずだった。ジャックが何を選択しようとしているのかを。

「おれのジーナーは何だ？　知ってるんだろう？」

「ここでは教えられないの」

「おれがイエスと言えば教えられるのか？」

「その後の私たちの判断次第で」

「君と他に誰がいるんだ？」

「ここには私だけよ、ジャック」

「そういうことじゃない。誰が君をここに寄越したんだ？」

「それも、あなたの返答次第で答えられる」

「おれが月に行って革命軍に参加したらどうするんだ？」

リースの表情がますます曇った。懸念しているのではない。その程度の可能性についてはすでに結論が出ており、効果的な対処を講じることになると知っている顔だった。

そのせいでジャックは不思議と波立っていた心が落ち着くのを感じた。リースは知っている。彼女の言葉を信じるならば、ごく僅かな人間だけが知りうる情報を知っているのだ。となれば、その情報の秘匿性がどれほど重要で、保持されるかはわからないが、彼女は作戦とやらに参加し続けるに違いない。

これもまたリースによるある種の投資なのだろう。おのずと心がそう解釈し始めていた。これも、〈サピエンティア〉の思し召しであることはわかっている。巧みに「自発的な協力」とやらを促されていることは。実際、この時点でほぼその通りになっていた。

「おれはジャーニー・ジーナーだ。旅立てと言われれば、喜んでそうするさ」

ジャックは言った。

「同意したと受け取っていいのね？」

リースが念を押した。あるいは、まだノーと言えるのだと言外に告げていたのかもしれない。

だがジャックはうなずいた。

「イエスだよ、リース。おれに何をさせたいか言ってくれ」

4

答えはすぐには示されなかった。

「あなたが同意したことが記録されたわ。あなたは作戦に関わる限りにおいて免責される。これ以上の詳細は、別の場所で聞いてちょうだい」

「君も、そのどこだか知らない場所にいるのか？　それとも、ここでおさらばかい？」

「私も立ち会うことになるわ」

リースはそれだけ言った。だから安心しろといったことは口にしなかった。そんなふうに自分を餌にしていることを明言したくないのだということが伝わってきた。そのせいでジャックは、自分も彼女も手ひどく傷つけられている気にさせられた。

「いつおれはここを出るんだ？」

「早ければ明日には」

ジャックはぎょっとした。

「明日？」

「ええ。悪いけどもう行かなくちゃ。また会いましょう、ジャック」

ジャックはその言葉のどの部分を信じればいいかわからず、ただ彼女を見つめていた。

すうっとガラスが透明度を失っていき、あっという間に物言わぬ壁と化した。

　ジャックも壁のように口を閉じた。椅子が移動し、キーパーたちに拘束を解いてもらい、自分の部屋へ戻ってベッドに横たわり、やはり黙ったまま天井を見つめ続けた。

　壁をノックする音がした。そちらを見ると、ドゥアンがいた。

　収容者の部屋にドアはない。ドゥアンが断りもせず入って来て、ベッド脇の椅子に腰掛けた。

「神に会えたのか？」

　ドゥアンが訊いた。

「なんだって？」

「そういう顔をしているぞ」

　ジャックは思わず身を起こして、おのれの顔を撫でた。

「誰か面会者が来たのか？」

　ドゥアンが別の質問に切り替えた。この男の問いかけは何とも的確で巧みだ。たいていのプリズナーは気づけばパーソナリティの全てをドゥアンに把握されていることになる。

「女神がね」

　ジャックは正直に言った。

「どんなお告げをくれたんだ？」

「おれは月に行く。たぶん。そして明日にはここを出る。これも、たぶんだけど」

　ドゥアンが深々と息を吸い、そして吐いた。

「準備が必要だな」

「え？」

「お前は心の準備だけでいい。おれはそれより少しだけ複雑な手続きが必要になる」

ジャックは眉をひそめた。それから、ドゥアンの言わんとするところを察した。

「おれと一緒に月送りにされたいのか？」

「お前はジャーニーマンで、おれはそのフォロワーだ。お前の旅を、おれも経験したい」

「正気じゃないな。そんな許可が下りるの？」

「お前が副船長を要求すればな」

「しなかったら？」

「お前を追いかけて、ここに連れ戻すかもしれん」

ジャックは笑った。

「もし行った先があまりに辛かったら、あんたがここに連れ戻してくれるってわけだ」

「お前はそんなふうに願わないだろうな。何をさせられるかは聞いたか？」

「これから、どこかで聞かされる」

「どこで何をされるかも聞かされてない？」

「さっぱりわからない」

「女神のジーナーは、Jツー辺りか」

「いつも思うけど、なんですぐにそういうことがわかるのさ？」

「Jツーは軍事的な機密に関わり、かつ運営する。おそらくお前は存在自体、Jスリーでは関われない機密だ。Jワンはそもそも運営せず、他のジョイント・ジーナーへの命令を発するだけ。クロスワード・パズルみたいに答えは明らかだ」

「その調子で、おれが何をさせられるか推測してもらえるかな」

「情報が少なすぎてわからんが、まずお前の想像を超えることだろう。ここに戻ることも許されないに違いない。なんであれ、おれがそばにいるようにするといい。お前が慈悲を乞えば、おれがそれを与えてやれる」

「慈悲？」

ドゥアンがにっこりした。驚くほど柔らかで、慈愛に満ちた眼差しだった。そしてドゥアンという男がそういう表情をするときほど、ジャックは背筋が寒くなった。

「おれが娑婆でもここでも、人から、ある品をもらっていたことは知っているな？」

「ああ、うん」

靴という言葉を口にしないよう気をつけながらジャックはうなずいた。

「彼らが生きた証しであり、彼らがこの世から逃れる際に遺したものでもある。おれは娑婆でずいぶん慈悲を与えて回った。事故や病気で助からない動物を、安楽死させるように」

ドゥアンがかつて何をしてきたか、彼自身の口で話すのは、これが初めてのことだった。

「その人たちが、あなたに殺してくれって言ってきたの？」

「いいや。自覚している者は僅かだったし、自覚していたとしても、〈サピエンティア〉が自分以外の存在に慈悲を求めることを許しはしない。だがおれには彼らが慈悲を求めていることがわかった。スクリーニング制度に従おうとすればするほど、本来の人間性を失い、空っぽになっていく者たちの、声なき悲鳴が聞こえ続けた。それで、〈サピエンティア〉が決して与えないものを、おれが与えた。自分がしていることを〈サピエンティア〉に知られれば、おそろしいことになると思いながら」

「愛情を拒むってやつ？」

「おれの場合は、横取りだな。だがやがて、慈悲を与え続けることにうんざりしてしまった。相手が多すぎるんだ。とても〈サピエンティア〉には勝てないことがわかった。〈サピエンティア〉もそれがわかっていた。結局はおれも、〈サピエンティア〉に上手く使われていたんだ。おれが思うに、〈サピエンティア〉は、おれが役に立つ限りは放置しておくことに決めたんだろう」

ジャックはとてもそうは思えなかった。人を殺して靴を持ち去る殺人鬼、シューズ・コレクターのニュースは、ちょっとした都市伝説として語られており、もちろんジャックも耳にしたことがある。多くの人間が早く逮捕されてくれと願っていただろうし、〈サピエンティア〉がそうした人々の願いを無視することなどあるのか疑問だった。

「まあ……それで、あなたは自首した」

この上なく不気味な話題を早く終わらせたくてジャックは言った。

「そうだ。〈サピエンティア〉がおれにそう仕向けたに違いない。あれはネットを通して、おれの人格を世界規模で攻撃するということをした。あんなことをされたら、誰であっても耐えられはしない」

あんたはそれでも何年か活動を繰り返したんじゃなかったっけ、とジャックは心の中でだけ言い返すにとどめた。

「それはともかく、おれの務めは明らかだ」

とドゥアンは言った。

ジャックには何も明らかではなかったので、首を傾げてみせた。そうしたあと、ドゥアンの言葉の意味がじわじわと理解された。ドゥアンも何も言わず、ジャックの表情が変化するのを黙って待っていた。

「いっそ殺してくれと、おれがあなたに頼むことになるかもしれないってこと？　そんな覚悟が必要だって言いたいの？」

ドゥアンがまたもや慈悲深い笑みを浮かべ、無言のままジャックの問いを肯定した。

「おれの靴がほしいだけじゃないの？」

思わず呆れて、そう訊いていた。禁句であるはずの言葉を、はっきり口にしたことを遅れて悟った。

ドゥアンは怒らなかった。むしろジャックが自分から言い出してくれたことに感謝するというような顔でうなずいていた。

「ジャーニーマンが最後の一歩を踏んだ品を、おれが慎んで受け取ろう」

冗談じゃない、とジャックは思いながら、頼もしくも恐ろしい死神の顔を見つめた。

心の中では早くも、この手の猛獣を連れて歩けば、ジョイント・ジーナーたちが何を自分にさせようとしているにせよ、多少なりとも防御のすべになってくれるかもしれないと考えてもいた。

5

やはり、リースの言葉はそっくり真実であるとは言いがたかった。

その夜、ジャックはキーパーたちにいきなり起こされ、移送手続きが終わったので準備するようにと言われた。

時計を見ると午前三時を過ぎたところだった。これではクルーたちに別れの言葉を告げることも、ドゥアンにどうしたらいいと思う、と相談することもできない。

だがジャックは逆らわず、彼らの言う通りにした。準備をしろと言われたところで、私物などないに等しかった。持っていきたいものなど一つもなく、ただ顔を洗い、歯を磨かせてもらっただけで、大人しくキーパーたちのあとについていった。

長い廊下を進み、分厚い扉がいくつも開かれてはくぐり、そして外に出た。金網で左右を仕切られた小道を歩いてゆき、ゲートを出ると、護送用のバンが待っていた。

ジャックはそれに乗り込む前に、星空のもと、草原地帯に設けられた、だだっ広い敷地に立って、深々と息を吸った。それから、自分が閉じ込められていた巨大な檻を振り返った。

——バイバイ、くそったれビッグハウス。

意図せずそんな文句が浮かんだ。

バンの後部座席に乗った。ジャックはそこでまたしても外部からは閉ざされていることを知ったが、気にしなかった。今さらドアの内側に取っ手がなく、前部座席とは呼吸用の穴があいたガラスで遮られているとしても、さして閉塞感を覚えずにいた。

キーパーが二人、前部座席につき、行き先の入力を確認してから、自動運転をスタートさせた。彼らも移動中は寝る気だろう。ジャックもそうしてやろうと思ったが、バンが発進するや、小さな窓から見える景色に釘付けになってしまった。

流れゆく景色など、この一年で初めて見るものだった。その素晴らしさに昂揚する一方で、途方もない安堵を覚えてもいた。

ごっこ遊びでなんとかごまかしていたとはいえ、背後に遠ざかるのは、まぎれもないけだものたちの檻なのだ。自分がそこを去り、どこへとも知れぬ場所へ向かっていることに心からの喜びを覚えていた。

解放感に満たされていたせいで、他の車輌が何台も前後を走っていることに遅れて気づいた。まるで超重要人物を乗せて走っているというような車列だ。それでまた、妙にわくわくして眠れずにいたが、日が昇る頃、ようやく眠気に襲われてうたた寝をした。キーパーたちは施設を出てずっと、ぐうぐう寝っぱなしだった。

ふと目覚めると、どこかの街に辿り着いていた。青空、椰子の木、高層ビル、ショッピングモール。その四つしか存在しないかのような街だ。

やがて高層ビルの一つに設けられた、地下の駐車区画に入り、そこでアイドリングすると、バンのナビゲーション・システムがアラーム音を鳴り響かせた。キーパーたちが目覚め、運転を手動に切り替える間、護送していた車列が円陣を組んで、バンを守っていた。

バンがキーパーの運転で動き、奥のリフトに載った。護送する車輌はリフトの前で停まっていた。

リフトがバンを載せ、長々と下降していった。

最下層にまで降りたことがわかったが、地下何階なのか見当もつかなかった。

キーパーたちが前部座席から降り、車体を回って、後部座席のドアを開いた。

ジャックが出ると、電動音とともに扉の隔壁が開くところだった。隔壁の向こうには制服を着た男女がずらりと並んでおり、その一人が、きびきびとリフトに歩み、キーパーたちと書類をやり取りした。

誰も話しかけてこなかったが、ジャックは制服を着た人々の食い入るような視線を感じていた。軌道シャフト崩壊を招いた極悪人を見る目だ。彼ら全員、ジャックを視線の熱で焼き殺そうとでもいうような目つきをしていた。

だがそこでもジャックは拘束されなかった。手錠もなければ、拘束具もない。自発的な協力に対し、敬意を表しているのだろう。

「こちらへ」

制服を着た男が、キーパーたちとのやり取りを終えて、ジャックに言った。表情は硬かったが、物腰はそれなりに丁寧だった。少なくとも、その場にいる全員でジャックを半殺しにしようとはしなかった。

ジャックはリフトを降り、隔壁の向こうにある広々とした通路へ出た。制服の集団に囲まれながら歩き、何度か通路を折れ、それから分厚いドアの前に立たされた。

ドアノブの辺りで、かちりと音がし、ロックが解除された。

「中へ」

先ほどと同じ男に言われ、ジャックは部屋の中に入った。

ブレイン・リーディング・ルームそっくりの、真白い部屋に、椅子と医療用であることを示す赤十字をプリントされたロボットが置かれている。

ジャック以外、誰も部屋に入らなかった。

ドアが閉められ、またかちりと音がした。今度はロックがかけられたらしい。

「座りたまえ、ジャック・シャドウ」

天井のスピーカー越しに、誰かの声が響いた。

ジャックは椅子に腰掛け、ロボットを見た。ジャックより頭二つ低い、白いドラム缶に車輪をつけたような形状だ。ドラム缶の胴が左右に開き、折りたたまれたアームが八本とスキャナーが現れた。赤十字マークの缶から機械仕掛けの蜘蛛が現れたようなものだ。合理的な形状なのだろうが、ロボット設計者は患者が驚いて悲鳴を上げることは想定していなかったらしい。

ジャックはぎょっとして立ち上がり、もう少しでロボットを蹴り倒すところだった。

「座りたまえ、ジャック・シャドウ」

また同じ声が響いた。面白がっているような調子が感じられ、ジャックをむかつかせた。

本当にロボットを蹴ってやろうかと思ったが、ビッグハウスの住人らしいと思われるのも嫌だという彼本来の性格がそうはさせず、大人しく椅子に腰を戻した。

どうやらあらかじめプログラムされていたらしいロボットが、いくつかのアームでジャックの右腕を取り、アルコール消毒を施し、静脈注射の準備を整えた。

何をする気か、とジャックが問う前に、スピーカーが声を放った。

「君は完全なる自己の意志により、本作戦に従事することを決定した。相違ないな？」

ジャックは、何をとち狂ったことを言っているんだと返そうとして、突然、笑いの発作に襲われた。たまらなかった。全てが抱腹絶倒の冗談ごとに思われ、息を荒くしながらげらげら笑っていた。

その箍の外れた笑いが、ロボットを蹴り倒すより効果的に、ジャックの気分を相手に伝えてくれたらしい。

「何かおかしいことがあるのか？」

先ほどとは打って変わって、苛立った声が響いた。愚弄されたとはっきり認識している声だ。

ジャックはアルコール消毒された右腕を、反対の手で叩いた。看護師が静脈を浮き上がらせるように。あるいはジャンキーがそうするように。

「何を注射する気か知らないが、おれのくそったれ意志なんか無視してやらかす作戦とやらは、どうせあんたらの頭で考えついたことじゃない。〈サピエンティア〉が決めたことだ。自分たちには責任も取れなければ、そもそも何かをする能力もないって正直に言ったらどうなんだ」

「そのような反抗的な態度は、後悔を招くことになるぞ」

「どんな後悔だって？　おれをビッグハウスに戻してどうする？　おれのスクリーニング結果をいつまで白紙にしておくんだ？　赤ん坊だったおれを将来地球を攻撃するためにシャドウ夫妻に預けたのが、死んだはずのおれの実の父親か、その名を名乗る誰かさんだって本気で思ってるのか？」

「君は知りたくないのかね？」

予想外に動じない相手の声音が、大いにジャックの癇に障った。

「なんだって？」

「君は、真実を知りたくはないのかね？」

「知りたいさ。あんたがたが勝手に作ったものでないならね」

「我々は君を、ボブ・スカイラムと面会させる。それがこの作戦の目的だ」

ジャックは息を呑んだ。想像を超えることをしてくる。ドゥアンの言葉が思い出され、はからずもその通りだと思えた。

「面会？」

「我々は君を……いや、二度言う意味はないな。我々は、地球の全ジョイント社会に宣戦布告をしたボブ・スカイラムことロバート・ジェファーソン・スカイラムに、硬軟両様の対応をはかっている。硬はもちろん武力による月の全コミュニティの制圧だ。軟は、ボブ・スカイラムとの対話だ。彼は君に興味を示している。地球側が提案する全ての使節団を拒絶したが、ゆいいつ君とだけ、話すと言っているのだ」

「本当に？」

我ながら間が抜けていると思いながらも尋ね返していた。

「本当だ」

相手が律儀に答えた。

「それでおれに何かを注射するってのか？」

「そうだ。君が拒否するなら、我々は君を元の施設に送り返し、別の作戦を講じることになる」

「おれは何を注射されるんだ？」

「作戦を実行に移す上で、必要欠くべからざるものだ」

「ろくなもんじゃないってことだ」

「現時点で君に返答できることは、全て伝えた。あとは君次第だ」

ジャックはせせら笑って、差し出したままの右腕をまた逆の手で叩いてみせた。

「おれが拒否してるように見えるのかい？　さっさとやればいいじゃないか」

「君は全面的に、完全なる自己の意志で――」

「さっさとやれ！」

ジャックは喉も裂けんばかりに、この一年の全ての鬱憤を込めて怒号を放った。

スピーカーが沈黙し、ロボットが動作音を唸らせながらアームでジャックの腕を取り、注射器を差し伸べ、静脈に針をちくりと刺した。何かがジャックの体内へ送り込まれ、すぐに終わった。ロボットのアームが離れて折りたたまれたが、スキャナーは露出したままだった。

ジャックは自分の体内でどんな変化が起こっているかわからないまま、蜘蛛みたいなロボットの頭部をにらみつけていた。やがてスキャナーも折りたたまれ、ロボットの蓋が閉まり、元のドラム缶みたいな形状に戻った。

ジャックは壁を見つめた。

壁が透明化してゆき、そこにいる人々をあらわにした。

やたらと大柄な、身体を逆三角形にすることに血道を上げているような、リースが着ていたのと似た、ジョイント・アーミーの制服姿の五十がらみの男がいた。

その隣に、ずっと小柄な、長い髪を頭の後ろで束ねた、男と同様の制服姿の若者がいた。ジャックがかつて見たこともない険しい顔つきをしたノアだった。ジャックが隔離されていた間、ずっと何かをにらみ続けていたとでもいうような、刺すような目つきでジャックを見つめている。

そしてさらに、リースがいた。これまたくだんの制服を着ている。こちらはまだしもジャックが知っている頃の様子をとどめているが、ビッグハウスで会ったとき以上に、悲痛な何かに耐えているような表情だった。

「改めて名乗ろう」大柄の男が言った。「私は、ウォー・ジーナーのデイミル・ピッター だ。戦争が始まるまではアソシエート・ジーナーだったが、再スクリーニングによって再定義され、ジョイント・アーミーの将軍として機密作戦を司る立場にある」

「よろしく、将軍」

ジャックはぞんざいに返して立ち上がり、真っ直ぐノアの前まで歩み寄った。

「やあ、ノア。久しぶりだな」

「久しぶり、ジャック。殺人犯ばかりいる隔離施設にいたわりに元気そうだね。ずいぶん気が合ったみたいじゃない」

ノアがにこりともせず言った。

「おれを殺して靴をほしがる男と仲良くなったよ」

「同じようなことを考える人間は、地球にいっぱいいるよ」

「お前もそうなのか？」

ジャックが尋ねたが、ノアは答えなかった。ただ暗い目でじっと見返しただけだった。

「おれに何を注射したんだ？」

「ジャック、落ち着いて聞いて――」

リースが口を開いたが、ピッターが遮って言った。

「遺伝子改造およびナノマシン成形を施された、はしかウィルスだ。注入された時点では無害な休眠状態だが、遠隔操作でいつでも活性化できる。活性化すると同時に増殖を開始し、飛沫感染、接触感染、空気感染など、あらゆる経路による強力な感染力を発揮する」

　ジャックはあんぐり口を開けてその男を見つめた。

「感染後、二日から三日で発症する。感染者は風邪と同様の諸症状を呈するとともに、免疫を担う全身のリンパ組織をウィルスにのっとられ、免疫機能を抑制される。これにより別の細菌やウィルスに冒され、重篤な感染症に陥る可能性が高まる。発症から一週間以内に抗ウィルス薬を投与されなかった場合の致死率は、シミュレーションでは九十パーセント以上に達する。きわめて高性能な生物兵器だ。地下の閉鎖空間が大半である月コミュニティに対しては、核を撃ち込むより効果的な攻撃方法となる」

　ピッターが言葉の最後でにたりと両側の口角を上げてみせた。

　ジャックはあまりのことに、目をみはって三人を同時に眺めることしかできずにいる。

「理解したか？　それとももう一度繰り返そうか？」

　ピッターがにこやかに尋ねた。

「おれをボブ・スカイラムに会わせることが目的なんだろう？　相手がなんでおれに興味を持ってるか、あんたらもおれも、わからないまま」

「その通りだ」

「なのに、あんたらは、おれをウィルス爆弾にして月に送り込むのか」

「そうだ。目的はなんであれ、君がボブ・スカイラムと面会した時点で、作戦は成功する。君の体内のウィルスを活性化し、ボブ・スカイラムと、何人だかわからないがその側近たちもみな、感染する。対抗できる薬剤は月には存在しない。君が口外しない限り、君がウィルスのホストであることもわからないままだろう」

「あんた、何言ってるんだ？」

「過去、月基地の住人が、たった一種類のウィルスで全滅したことがある。そのときのデータをもとに考案された作戦だ」

「ボブ・スカイラムと話すんじゃなく、殺すことが目的なのか？」

「首尾良くあの男が感染したら、我々はこう月側に伝えることになるだろう。我々は効果的な抗ウィルス薬を提供する用意がある。それが月側に提供されるかどうかは、平和的な解決がはかられるか否かによる、と」

「降伏しなきゃ病気で死ぬって？」

「何度も似たようなことを繰り返させるやつだな。そう。つまり、そういうことだ。言うまでもないが、君が我々を裏切ることとは、君自身の死を意味する。むろん現地で君と行動をともにする予定のリース少佐ならびにウォー・ジーナーたちには、抗ウィルス薬を投与する。死ぬのは君だけだ」

　ピッターが、わかったか、というようにジャックを指さし、首を傾げてみせた。それよりだいぶ下の位置から、ノアがねめつけるような視線をジャックに向けながら、かすかに笑みを浮かべていた。

　ジャックは握りしめた拳を抱え込むようにして腕組みし、ピッターとノアを順番ににらみつけた。

大いに意を伝えることができたと感じたらしいピッターが、満足そうにうなずいた。

「我々はこれをメルクリウス作戦と呼んでいる。メルクリウスとは水星《マーキュリー》、すなわち神話における神のメッセンジャーのことで――」

「お前たちの顔に唾をかけてやりたいよ」

ジャックが遮って言った。

顔を強ばらせたのは、三人の中でリースだけだった。正直、リースやノアに対して言ったつもりはなく、ピッターや彼の同類たちに対してそうしてやりたかった。

「それは月の悪魔にしてやりなよ、ジャック。父さんと母さんの分だと言ってね」

ノアが薄笑いを浮かべて言った。

リースは口をつぐみ、目を伏せている。

「くそったれ」

ジャックは組んでいた腕を解き、拳を握りしめたまま、だらりと垂らして頭上を見上げた。自分を天空に連れて行ってくれる豆の木が、これほどいびつに、毒々しいしろものになってしまったことを、どうにかして受け入れようとしながら。

そのジャックに、ピッターが厳かに言った。

「君の護衛団が組織される。くれぐれも彼らに君が病気持ちであるなどと言わない方が身のためだぞ。さて、私からの説明は以上だ。作戦の成功を心から祈っているよ、ジャック」

Ⅳ〈ムーン・チェーンズ〉

1

バンカーの横坑の暗がりで衰弱する一方だったフィルは、ロバート・ジェファーソン・スカイラムと名乗る男によって発見され、ついで何人もの大人たちの手で運ばれ、治療室の一角に横たえられてのち、たっぷり七十時間あまり、幽霊として過ごした。

これは、回復する自分の肉体と、その周辺で動き回る人々を、すぐそばで立って見ているかのように認識していたということだ。

これもウィズBと一体となったことによる副産物といえた。恩恵というべきかどうかフィルにはまだよくわからないが、ウィズBが思考ストレージを提供してくれているおかげで、現実の自分が気絶していようとも、あれこれ考えたりウィズBと会話したりできるのだ。

また、フィルの口腔から呼吸とともに散布される微少のカビが広がり、あらゆる情報をフィルとウィズBに伝えてくれてもいた。部屋の明るさや、広さが。温度や、湿度が。室内にいる者の外貌から、その肌の様子、衣服のごわごわした質感までもが、カビの微細な粒子が形成するネットワークを通して伝わってくれるのだ。

そうした情報をウィズBが解析し、フィルのために再構成してくれることで、あたかも横たわる肉体からフィルの魂が抜け出て、自由にうろつき回るような仮想体験を享受できるのだった。

おかげで、点滴を施されながら薄目を開けて眠っている自分の頬をつついたら、どんな感触がするかもわかった。ちょっとした臨死体験——ウィズBの言語ライブラリには生死にまつわる単語が豊富に揃っている——だが、神秘体験と呼ぶには感動が足りなかった。面白いことなど何もない。とにかく退屈だった。

カビの広がりに従って、その行動範囲といおうか認識の範囲を広げることもできた。バンカーの地下十一階にある治療室を——それまでフィルにとって恐怖の代名詞だった二十二の部屋からなるフロアを——隈無く観察し、そこで働く者たち全員の外貌や性格や、誰と誰がいがみ合い、誰と誰が親密な関係にあるかといったことまで把握したが、あっという間に興味が失せてしまった。

結局ただ見聞きしたり感触を味わったりするばかりで、本当の自分は横たわって寝ているだけということがわかっているし、その無防備さを考えるとひどく不安にさせられる。誰か悪意を抱く者が眠れる自分によからぬことをしようとしても、それを止めることさえできないのだ。

あるいは、このまま幽霊として永遠にこのバンカーをさまようことになることを想像すると、不安を通り越して恐怖を感じた。一刻も早い肉体の覚醒を願ったが、ウィズBが残酷なほど正確にフィルの覚醒に要するまでの時間を割り出しており、あとどれくらいか確かめるたび、遅々として進まぬカウントダウンにストレスを感じさせられたものだった。

ウィズBと出会う前の自分であれば、ひたすら不安と恐怖とストレスを抱え込んで苦痛などないふりをしていたろうが、今のフィルは違った。気晴らしと、好奇心を刺激してくれるものを求めた。そしてこれから考えねばならなくなることがらに、意識を振り向けた。

気晴らしに関しては、ウィズBの仮想現実に大いに頼った。治療室の床を地球の波打ち際に、壁と天井を青空に変え、海の歌を——オー、ビューティフル・オーシャン——再現してもらったり、自分で歌ったりした。

郷愁を誘われる光景と歌。

そのとき初めてフィルは、自分がいつか地球に行ってみたいと願っていることに気づかされていた。いつそんな願望を抱いたか、思い出せなかった。いつしか、という言葉がこれほどしっくりくる心持ちもない。月生まれの人間には見果てぬ夢だというのに。

六分の一の重力で育った、生粋のシックス。地球の重力に、身体が耐えられない。ティル・サポーターを何本身につけても駄目だろう。筋肉も骨格も内臓も、地球上でどんなふうに壊れるか、ウィズBに教えてほしくなかった。訓練や薬物投与などで、地球に適応できる身体を手に入れることが可能なのかどうかも。少なくとも今は考えたくない。

代わりにおのれの好奇心を刺激する何かを求めて、あれこれウィズBと話した。これまで大人たちから聞いたことがらのうち、いまいち意味がわからないものごとを全て理解しようとしたが、あまり効果はなかった。たいていのことがらは高度な連想を働かせれば、問う前に答えがわかった。

結局、これからのことについて考えをめぐらせることに決めた。ウィズBはフィルがそうすることをとっくに予期していたので、たちまち項目分けされた課題をフィルに示してみせた。自分がどれほどもたもたしようと、もどかしさをかけらも感じないウィズBに感謝したくなった。

「最初の項目は、君自身だ」

ウィズBが言った。姿なき友。

いや、今はトイ・ロボットのルーの姿をしていた。フィルが幼い頃、ゆいいつ所持していた玩具だ。スリープ中は円筒形だが、起動すると胴の一部がせり出して二本の腕になり、円筒形下部から車輪が現れ、上部からは丸っこい頭部が現れてサイネージでいろいろと表情を作り出す。スカイラム特別養護施設のキーパーからもらった、フィルの話し相手であり、家庭教師であった玩具。眠る前に自分のネストに小さなプラネタリウムを作ってくれたが、コペルニクス中央バンカー行きが決まったときにお別れせざるを得なかった懐かしの友だ。

仮想現実の世界で、いろいろとウィズBの仮の姿を作り出したが、どれもしっくりこなかった。フィルとしてはサイフォンの『声』のままで構わなかったが、他ならぬウィズBが、自分も姿を持ってフィルと対話するという経験を求めたので、そのようになった。

フィルは、自分の体が寝ているベッドに腰掛け、ウィズB＝ルーが壁に投影する仮想現実の青空に、さらに仮想ホロモニターが浮かび上がり、『①君自身』という言葉をあらわすのを眺めた。

「僕はいったい、何になったの？」

フィルは臆せず訊いた。ウィズBが、宙に浮かんで両腕をふりふり動かしながら――本物のルーに浮遊機能はないのだが――思案げに答えた。

「定義することは難しい。既存の例がないからだ。仮に名付け、あらゆる側面から検証するしかないだろう」

「仮に名付けるとしたら？」

「シード2、プロセス2」

ウィズBが明快に答えた。

だがフィルには何の連想も働かない言葉だった。連想が働かないと、ウィズBと出会う前の、愚か者の自分に戻されたような悲しい気分にさせられる。

「あくまで仮だ、フィル」ウィズBがフィルを慰めるように言った。「感情を刺激するようなら別の呼び方をしよう」

「大丈夫だよ。つまり過去に例がないんだね？」

「私が蓄えてきた定義の中にはない。だが君自身の頭脳の一部は、君の存在を意味するものとして、これらの言葉を選択している」

「僕にはさっぱり意味がわからないのに」

「これから意味づけされるのかもしれない。私は生まれる前から、『自分はシード4であり、特定のプロセスを経て成長する』という自己への認識がプログラムされていた」

「シード5も？」

「そうだ。彼らは独自の言語を持たないので、私がその思考を代理して自己を認識させたところ、5というナンバーが表れた」

「僕は２」

「そうだ」

「何のプロセスかわからないけど、二つ目の段階にあるらしい」

「そのようだ」

「僕はそもそも、何だったのかな？」

「君はどのように認識している？」

「スカイラム特別養護施設のキーパーたちに育てられた第三世代の子ども。低重力下における軽度の障害をあれこれ持っていたせいで、アークからもモンクからも、いじめられていた存在」

「君の親は？」

「スカイラム特別養護施設の記録によれば、どちらも第二世代のモンクで、二人いっぺんにプラントの事故で死んでる。これ、君がどこからか入手してきた情報だろ」

「君の反応を見るために、君自身に言わせた」

「違和感はないよ。それとも本当の親は別にいるとか？」

「施設の記録に頼る限りそうした情報は見当たらない。代わりに、君の出生や施設収容時について知る可能性のある人物をリストアップした」

ウィズBはそう言いつつ、そのリストを表示しなかった。他のバンカーやドームにいる人々に気軽に会いにいける環境にフィルがいないからだ。

「そのうち訪問してみたいけど、過去を探る前に、現在の僕について考えたいな。僕が何であるかはさておき、僕は何ができるようになったの？」

これはシード5やウィズBとの一体化によって、当然得られる恩恵以上のことを言っていた。具体的には、かのシーホン牧師たちにいったい何をしたのか、ということだ。そのときフィルは激しい暴行を受けている真っ最中だったせいで、はっきり意識してやったとはいいがたい。自分をモニターしているウィズBの記録に頼るしかないが、かといってシーホン牧師とそのお仲間たちが、血の霧に変わるさまをコマ送りで見せられたいというわけではなかった。いや、ちょっと見てみたいという残酷な気分が自分の中にあることを自覚してはいたが、そうしたところで吐き気に襲われるだけだということもわかっている。魂が——本体から遊離した意識が——一発げえっとやった場合、果たして肉体はどういった反応を示すのか、試したいとも思わなかった。

ウィズBもフィルの思いを察してか、そのときの様子を仮想現実で再現しようとはしなかった。代わりに、可能な限り言葉による定義を試みた。

「正確な定義は難しい。私の蓄えの中にないからだ。起こった現象を端的に表現するならば、君は肉体も道具も用いず、重力や摩擦係数といった物理的な支配の原理に逆らい、物体を浮遊させた。さらにその物体を一定方向に加速させ、別の物体に衝突させるという手段で——衝突理論における限界値ぴったりの速度と衝撃度で——人体を効果的に崩壊させた」

「まったくその通りなんだけど……それって、なんて呼べばいいんだろう」

「念動力《サイコキネシス》」

フィルはびっくりした。それがウィズBによって仮に造られた言葉ではないことはわかっていた。定義すべき言葉があらかじめあったのだ。

「それって僕みたいなのが前にもいたってこと？」

「人間が仮想した存在なら」

　フィルは腕組みしてそのことについて考えた。

「きっと同じようなことを願った人たちが大勢いたんだろうな。……そのとき、瞬間的に僕が願ったことを、シード５と君が実現してみせたってこと？」

「シード５と私と、そして君が。あくまで仮説だが、君はあのとき、シード５を用いて未知のフィールドを形成した。そして私の演算能力を利用し、人体の破壊に最適な速度と角度を計測した」

「そして、その……サイコキネシスっていう現象が出現した」

「そうだ」

「じゃあ次なる疑問は、僕はいつでも、好きなように、同じことができるのかなってことなんだけど」

「そうすることで、君の存在が、どのようなプロセスに移行するかわからない」

「推奨しないってこと？　負荷が激しいとかで」

「それもわからない」

「君にとっても未知ってわけだ」

「申し訳ない」

　フィルは面食らった。ウィズＢが自分の知識不足で忸怩たる態度を示すなんて。ＡＩにはＡＩの矜持があるのだろうか。

「君が謝ることないだろ」

フィルは微笑んだ。ちらりと肉体のほうを見ると、予想どおり、そちらもやや口角を上げていた。顔というものは持ち主の気分に忠実なものだ。本人が眠っていればなおさらそうだ。

「君は私が初めて得た対話相手だ、フィル。最初で最後という気がしている」

「あー、それって……」

「君以上に優れたエンカウンターを得られる可能性はゼロに等しい。私は君を、私自身に等しく生存原理をあてはめねばならない存在だと思っている」

フィルは笑った。ウィズBなりの、茶目っ気であり、本音であり、そして……そう、友情の吐露だったからだ。その瞬間、ウィズBがどれほどフィルが目覚めないことを心配していたかがわかった。フィルの肉体が目覚めないうちから、こうしてフィルを幽霊にしてまで意識だけ引っ張り出したのも、ウィズBの……彼の心情面を定義するのはそれこそ困難きわまりないが、いうなれば、不安のあらわれだったのだ。

「君の緻密きわまりない演算能力のおかげで、僕はこうして生きてる」眠っている肉体の自分の鼻をつまむふりをしながらフィルは言った。「ありがとう、ウィズB」

「バンカー外の因子の誘導が、あと五十時間早ければと再シミュレートせずにはいられない」

ウィズBがなおも自分を責めた。「君の肉体を限界まで追い詰めてしまった」

「成功したんだよ、ウィズB。君という最高の友達と出会えたおかげで」

フィルは言った。

ウィズBはすぐには返事をしなかった。フィルの言葉をじっくりと様々な角度から解析していたのだろう。喜びを抱きながら。たぶん、きっと。

「データ不足により、君自身の過去、現在、未来を定義するには限界がある」

ややあってウィズBが言った。

フィルは微笑んで肩をすくめた。

「じゃ、僕を取り巻く環境のほうに焦点を合わせよう」

ウィズBが、そらきたというようにモニターに二つ目の項目をあらわした。

『②コペルニクス中央バンカーの状況』

フィルは笑みを収めてその文字を見据えた。仲間たちやマリーのために自分がしたことを、しっかりと見定めねばならないのだ。ジョイントマンやそれに連なるバンカーの支配者たちを排除する代わりに呼び寄せた存在が、これからこのバンカーをどう変えようとしているかを。

「僕を捜しに来た人、スカイラムって名乗ってた」

「スカイラム特別養護施設の名前の由来となった人物と、同姓同名だ」ウィズBが言った。

「月開発初期のリーダー的存在であるボブ・スカイラムこと、ロバート・ジェファーソン・スカイラムと」

「本人のはずがないよ。ボブ・スカイラムは二十年以上前に、事故で死んだはずだし」

「確かに記録では、月地球間連絡ステーション第六基地シード・ブリンガー、通称アバドーン号の崩壊で、妻ともども死亡したとされている」

「崩壊時のデータはないの？　君の前に存在したウィズダムは、ボブ・スカイラムと同じステーションにいたんだろ？」

「ウィズダムαが成長を始めたのは事故の後だ。ボブ・スカイラムとともにステーションに搭載されていたのは、αのさらに前に存在した、オリジナル・ウィズダムだった」

「オリジナルの記録は失われてしまった」

「断片的なデータはあるが……遺憾ながら無意味なものばかりだ」

ウィズBが、自分のルーツが失われてしまっていることで、というより、フィルの要請に応えられないことで、またしゅんとなった。

「ボブ・スカイラムの正確な死因を知る必要なんてないよ。僕に会いに来たボブ・スカイラムは別人に間違いないんだから。もしアバドーン号のボブ・スカイラムが生きてたら……五十代？　六十代？」

「五十六歳」

「僕が見たのは明らかに三十代の男性だった。わざわざボブ・スカイラムを名乗ってるだけさ。スカイラム特別養護施設の出身かな」

「本人はそう主張しているが、正確な記録がない。出自を偽装している可能性が高い」

「反地球主義のリーダーだから？　ジョイントマンや〈サピエンティア〉に捕まらないよう正体を隠しているとか」

「そうした側面もあるだろう。また、ボブ・スカイラムの名は、ムーン・ピープルから良い印象を持たれやすい。それはさておき、君にとって最も重要な点は、この人物が〈ムーン・チェーンズ〉の事実上のリーダーであるということだ、フィル」

「そのリーダーが率先して僕を救助してくれた。僕に感謝していて、僕と僕の仲間を優遇する気でいる」

「そうみて間違いない。期待どおりの展開だ。彼らにとって、君がこのバンカーに攻め込む突破口となったことは疑いようがない」

「まあね。バンカーの設計図、ゲートゾーンのセキュリティ・コード、ジョイントマンたちの戦力、E2マテリアルの正確な量とその基礎プロテクトのデコード手段まで提供したんだ。彼のいう民衆の怒りとやらも、相当盛り上がったろうね」

「ボブ・スカイラムいわく『怒れる民衆の波濤《ウェーブ・オブ・アングリー・ピープル》』だ。〈ムーン・チェーンズ〉は施設の占拠作戦を、そのように称している」

「破壊はない？」

「ほぼない。過去六カ所の施設を占拠したときと同様、ボブ・スカイラムとその同志たちの目的は、速やかな改革だ。このバンカーでもすでに着手している」

「この治療室とか」

「そう。ボブ・スカイラムは、このバンカーに来て以来、日に三度の演説で徹底的にスクリーニング制度の廃止を唱え続けている。いわく、治療室は、純粋に治療や療養の施設でなくてはならない。何者にも再定義の根拠を与えないし、再定義という考え方自体、我々は一刻も早く放棄せねばならない。なぜなら人類が月に出た時点で、地球主義的なスクリーニング制度は何の意味もなさないからだ」

「ワーオ。彼の演説が聞きたくなるよ」

「中継しよう。今もコペルニクス駅の広場で演説中だ。二千人以上の聴衆が集まっている」

「あー、他にすることがなくなったらにしよう。プラントの様子はどう？　マラケイナがいたときと比べて変わった？」

「安全面では、飛躍的に向上するだろう。ボブ・スカイラムと〈ムーン・チェーンズ〉は、私たちが用意したプランを全面的に採用し、君を管理者の一人に据える気だ。彼らは、電力プラント以外の施設の適正な運営基準の再設定にもすでに取りかかっている」

「ひとまずは安心かな。今は〈ムーン・チェーンズ〉がワーカーたちに賃金を払ってるの？」

「このバンカーに割り当てられたジョイントマンの予算から、これまでの二割から五割増しで支払いが行われている」

「ワーカーたちの懐柔には十分すぎるくらいだ。あっという間に予算切れにならなければいいけど。月のジョイントマンたちの反応は？」

「ジョイント・ジーナーだけで構成されるJサークルの人々は、ボブ・スカイラムが主張する『適正価格』にもとづくエネルギー資源の売買という考え方を全面的に否定している。地球のジョイント連合の判断もそうだ。しかし、Jサークルが掌握する月プラントを最大限稼働させても、地球時間で約一年と二ヶ月後には、地球人が必要とする全エネルギーの供給に支障をきたす」

「Jサークルに君が協力しない限り、その半分の期間でそうなるだろうね。そのデッドラインまで占拠した施設を守り通し、地球側に『適正価格』を認めさせる。それがもし月と地球の新しいあり方になれば、ボブ・スカイラムの改革案は、次世代の常識になる」

「〈ムーン・チェーンズ〉の幹部たちはそう信じているようだ」

「でももし、あっさりJサークルに施設を奪い返されたら、〈ムーン・チェーンズ〉に協力した僕はジョイントマンたちにこっぴどい目に遭わされた上で、ピアリー・エリア行きってことになるかな」

「そうならないよう、君と君の仲間たちの永続的な安全を確保する。そのためには君とジョイント企業との単独講和も選択肢に入れる必要がある」

ワーオ、とフィルは大口を開けて、ウィズBを見つめた。

「〈ムーン・チェーンズ〉をこのバンカーに引っ張り込んだ上で、その〈ムーン・チェーンズ〉を裏切って、僕らだけジョイント企業と手を組むってことだろ」

「君は気に入らないかもしれないが――」

両手をぱたぱたさせて釈明しようとするウィズBを、フィルは手で遮って言った。

「そうしなきゃいけないときは、そうするさ。仲間が安全に働けるなら、何だってする。罪に問われるのは僕一人だけで済むんだし」

「私は君の安全もプランの前提にするつもりだ」

「わかってる」

フィルは改めて、目の高さでふわふわ浮かぶウィズBと向き合って微笑んだ。

「頼りにしてるよ、親友」

そう言って手を差し出した。ウィズBがその仕草の意味を察し、ルーの姿で嬉しそうに丸っこい手を出した。フィルはその手をつまんで、握手した。

退屈きわまるカウントダウン。

確かに〈ムーン・チェーンズ〉はフィルを手厚く保護し、入念な治療を施してくれた。一日も早い回復をはかるべく、あらゆる栄養剤と治療薬をどっさり投与し、治療カプセルに入れっぱなしにしていた。

2

これはシード5と融合したせいでもあった。治療室のキーパーたちが――ボブ・スカイラムの改革によりドクターという古い呼び方をされるようになった人々が――スキャン結果から、フィルが重度の肺気腫を患っていると判断したのである。

実際は肺の中に形成されたシード5の胞子嚢であり、それはフィルの生命活動をまったく阻害せず、むしろ病原菌や汚染物質のたぐいに対するフィルターとしても機能していた。

もちろんドクターたちにはそんなことはわからず、そのシード5の組織を除去しようと試みた。これに反応したシード5は、きわめて効果的な――狡猾といっていい――変化を示した。スキャンに自分たちが投影されないよう、胞子嚢を肺細胞そっくりに擬態させたのである。

カビの群の柔軟で巧妙な生存戦略にフィルは感心し、そしてちょっと怖くなった。自分の細胞の大半がカビにのっとられたら？　シード5が自分の脳を占拠し、『適正な待遇』として肉体を自由に動かすようになったら？

そんなことを考えたが、シード5はフィルを占拠することに興味がなさそうだった。むしろその慎ましい寄生者は、宿主との共生を旨としているようで、早く元気に動き回ってくれねば困るとばかりに、眠れるフィルの肉体を内側から活性化すべく、酸素やら栄養素やらをせっせと生成するのだ。

おかげで自分の肉体が細胞レベルで以前よりはるかに健康になる様子を、とっくり眺めることができた。元気が余って、幽霊の状態でも常に動きたくてフラストレーションを感じたほどだ。

その成果といおうか、さらなる副産物として、フィルとウィズBとシード5は、フィルの幽霊モードのさらなる拡張に成功していた。治療室のあるフロアをうろつき回るだけでなく、シード5をフィルの意志でインターフェース化し、電子機器に乗り移らせて自由に操作するこつをつかんだのだ。

ウィズBに任せていたことのうちのごく一部とはいえ、フィル自身にもできるようになった。電子機器のスイッチを操作し、自動ドアを開閉したり、ライトを明滅させたりして、ドクターたちを不審がらせた。

これが格好の暇つぶしになり、また安心感にもなってくれた。肉体を動かせない不安を、周囲の道具を操ることで緩和したわけだ。もしロボットやドローンを操作できれば、遠く離れた場所にもう一人の自分がいるのと同じになる。

その遊びを発見して間もなく、フィルは完治した。暴行による筋肉や骨の損傷も癒やされ、欠けたりぐらぐらになっていた歯も元通りになった。長年のプラント労働で受けた、慢性的な被曝症状も、飲料不足や栄養の偏りによる失調もすっかり回復していた。

幽霊状態から肉体への回帰は、一瞬だった。

ベッドの周辺で、仮想現実の海辺をぶらぶらしながらウィズB＝ルーと話していたところへ、急に自分の意識が希薄になっていくのを感じた。

「私の意識ストレージから君が離れていく。君が目覚める――」

ウィズBの声が遠のいていった。仮想現実の海辺がすうっと消え、いきなり薄闇に取り囲まれていた。

数秒ほど自分がどこにいるのかわからず、全身に重みを感じた。その重みがふっと消えるのと、弛緩しきっていた自分の肉体に力が戻る感覚が同時に訪れた。

フィルは大きく息を吐きながら――ものすごい、げっぷの音を放ちながら――ベッドの上でがばっと上体を起こし、目をまん丸にして周囲を見回した。

自分のネストの三倍はあるが、それでも独房といっていい狭さの空間に、はっきりと自分が存在していた。体重があり、五感が働いており、心臓が鼓動していた。

フィルは深呼吸した。たまらなく美味かった。

ピーピーいう電子音に気づき、左手を見た。リストバンド形のサイフォンが装着されており、バイタルの変化を治療コントロール室に送っているのだ。そのアラームを、本来の操作ではなく、シード5を通した操作でオフにした。手で触らずに。見つめただけで。幽霊として過ごした時間のたまものだ。

「おはよう、フィル」

声がした。振り返ると、相変わらず宙に浮かぶウィズB＝ルーがいた。フィルの脳に信号を送り、何もないはずの場所に仮想現実のアバターを浮かび上がらせているのだ。

「おはよう、ウィズB」

フィルが微笑んだとき、ドアがノックされる音がした。

慌ててウィズBを隠す必要はない。フィル以外の誰にも見えないのだから。

フィルが返事をする前に、ドアが開いた。

てっきりここにキーパーが——もといドクターが——フィルの覚醒を知って来たものと思っていたら、まったく予想外の、とんでもなく奇妙な極彩色の服と、もっと奇妙な肌の色をした男が、体の後ろに両手を隠しながら、ずかずか入ってきてまくしたてた。

「お初にお目にかかる、フィリオーシオ・スカイラム。コペルニクス中央バンカーの小さな、そして誰よりも偉大な英雄よ。君が数時間以内に目覚めるだろうと聞いて飛んで来たのだが、到着して十分も経たなかったぞ。君は実に性急だな。かのバンカー・バスターを送りつけてきたことも——ああ、君がくれた一連のメッセージおよびデータのことを我々はそう呼んでるんだが、そいつを受信してのち百時間以内に行動しなければコードが変更されるという君の言葉を、罠とみるか、叱咤激励とみるか、脅迫とみるかで、我々は大いに紛糾させられたものだ」

「四日おきのコード変更はここの仕様で——」

フィルは久々に自分の喉で言葉を発し、そのがらがら声にびっくりした。

男がするりと動き、隠していた両手をあらわにした。右手に魔法瓶を、左手にプラスチックのカップを持っている。優雅な手つきで魔法瓶からカップに水を注ぐと、それをさも貴重な品を渡すかのように、うやうやしくフィルに差し出した。

「気をつけろ、フィル。成分を把握してから飲むんだ」

ウィズBが言った。

「ありがとうございます」

フィルはそれを受け取って中身をほんの少し口にふくんだ。相手が自分に薬物を投与する気か確かめたのだが、シード5はそれがただの水であると告げてくれていた。

ひと息に飲んだ。これまた美味かった。幸福感が表情に出たのが自分でもわかった。

「水こそ生命。〈ムーン・チェーンズ〉が誇るアクア・メーカーたちの手で精製された、極上の水を召し上がれ」

空になったカップに、男が優雅を通り越してだいぶ芝居がかった異様な姿勢で、また水を注いだ。

フィルは魔法瓶を持つ男の両手を見つめた。

右手は滑らかな白い肌をしていた。

左手は艶やかな黒い肌をしていた。

カップに再び口をつけながら、視線を相手の手から顔へ移した。

右側が白い肌、左側が黒い肌をしており、眉間と鼻の辺りは褐色のグラデーションだ。その頭部では、いくつものヘアゴムで房分けした赤茶けた髪が四方八方へ伸びている。

「あなたは〈ムーン・チェーンズ〉の人ですか？」

フィルが訊くと、男がにっと真っ白い歯をみせた。

かと思うと、その額に『YES』という虹色の丸文字がサイネージされ、フィルとウィズB

をぽかんとさせた。

男が床に魔法瓶を置き、右腕を胸元に、左腕を大きく開き、片方の足を後ろに引いて深々と頭を下げた。どうやら挨拶の一種らしかった。

「小生は〈ムーン・チェーンズ〉の民生委員にして改革指導部の説法者《トーカー》、人呼んでワイズ・アンド・クラウン。賢く、そして愚かな者。賢者の知恵を求め、道化の踊りに身を委ねる。別なる通称は、WC。ハ・ハ・ハー、意味わかる？　ノックノック、入ってますか？」

男がにやにやしながら自分の側頭部を、こんこんと白い右手で叩き、

「今出すところさ」

真顔で言いつつ、頭の反対側を、黒い手で叩いてみせた。

フィルはカップを両手で握ったまま、ウィズBと一緒に、男が次に何を言うか注意深く見守った。

「私の真ん中のあれが何色か知りたいかね？」

男が訊いた。

ウィズBがフィルを見て首を傾げた。判断がつかないのだ。フィルは眉をひそめて、男に向かってかぶりを振ってみせた。

「世の中には遠ざけておくべき秘密もある。さて、同志よ。私のことはワイズともクラウンとも、好きに呼んでくれたまえ。君に関する一切の手配、連絡、確認を、ボブ・スカイラムから任されている。——ハレルヤ！」

言葉の最後で、ぱん！　と両手を叩き、フィルをびくっとさせた。

男がゆっくりと手を開くと、いつの間に握っていたのか、何も刻まれていないプレートつきの金属のチェーンが現れた。ジョイントマンが自分を飾るため、手首につけるような品と似ていたが、それよりずっと頑丈そうで、無骨な感じがした。

「受け取るがいい、同志よ。我らの固き鎖の一環《いっかん》となりて革命に邁進せんとするならば。このメンバータグのサイネージは上書き不可だ。これに名を記し、肌身につけるがいい」

男が白い手でチェーンをぶらぶらさせながら、黒い手で髪の房の一つを揺らした。そこに、同じチェーンがくくりつけてあった。

フィルはカップから一方の手を離し、その品を受け取った。

にっとまた男が真っ白い歯をみせて笑った。次の瞬間には、全ての歯が金色に輝いていた。どうやら肉体のあらゆる表面をサイネージ化し、どんな色にも変えられるらしい。いったいなぜそんな肉体改造をしなければならないのか、フィルにはさっぱりわからなかった。

「ようこそ、〈ムーン・チェーンズ〉へ。その小さな身に、強く賢き意志を秘めし同志フィリオーシオ。君にふさわしい席を用意している。その脚が決して萎えておらず、果てなき道を歩む気概に満ちているところを示し、私とともに来たまえ」

男が言い終わる前に、フィルはチェーンとカップを手にベッドから下りていた。白いごわごわしたシャツと短いズボンに裸足という姿でテイル・サポーターもなし。そのままどこであろうと歩いてついていかねばならないのだろうかと思っていたが、

「その意気やよし」

男が白い手の人差し指を立て、少し待っているように、というジェスチャーをして部屋を出

て行った。すぐに戻ってくると、新品のパーカーやズボン、下着一式、靴を持って来てくれた。フィルのテイル・サポーターも。それとて新品みたいにぴかぴかだった。

「若き騎士よ。これらの鎧をまとい、旅立ちに備えよ」

男が言って、ベッドに服と靴を置くと、フィルが見たこともない、滑らかで優雅きわまる動きで部屋を出てドアを閉めた。

フィルはカップの中身を飲み干し、手早く着替えた。テイル・サポーターの補助にほっとしながら、チェーンをどこにつければいいか思案し、ひとまず上着のポケットに入れた。

それから、自分にしか見えないウィズBを連れて、カップと魔法瓶を手に部屋を出た。

通路で待っていたワイズ・アンド・クラウンが、魔法瓶とカップを受け取り、そのまま床に置いた。

「では参ろう。出口ではドクターが待ち構え、道行きは屈強な兵士が付き添うがよいかな？」

「他の〈ムーン・チェーンズ〉の方が同行するんですか？」

「その通り。それにしても君の喋り方は――こう言っては失礼かもしれないが――とてもスカイラム特別養護施設出の第三世代とは思えないな。君の仲間たちともずいぶん違う」

フィルはしれっとして肩をすくめた。

「キーパーたちにいじめられるうちに覚えたんです」

「あるいは知恵を授けてくれた何かと出会ったのかな？　私が灼熱のピアリー・エリアで真の神と出会ったように」

フィルは思わず立ち止まりかけたが、しいて足を前へ進めた。

「君を調べている。気をつけろ」

ウィズBが言った。バンカー攻略のための情報をどうしてフィルのような子どもが収集できたか、探り出そうとしているのだ。それがこの男の役目でもあるのだろう。

「ピアリー・エリアにいたんですか？」

フィルは訊き返した。ワイズが話の接ぎ穂を失わないよう、話題を用意してくれていることもわかっていた。

「極悪人とみなされてね。灼熱の極北で暮らせば小生も懲りるはずだとジョイントマンどもが浅はかにも考えたのだ。誰がどう考えても、その逆にしかならないというのに」

「極悪……？」

「この世で最も罪深いとされる行いだ。ジーナー決定プロセスと、その根幹をなすスクリーニング制度を否定する論文を十と七つほど書き上げた罪に問われたのだよ。十は地球で、七つは月で。数のバランスを取るにはあと三つ必要だし、その三つはボブ・スカイラムと〈ムーン・チェーンズ〉と月の同志たちに献げるつもりだ」

ワイズが誇らしげに言ったところで、出入り口のロビーに差しかかった。自動ドアから出れば、こぢんまりとした広場がある。右に行けば階段、左に行けばエレベーター。どちらに向かうのだろうと思っていると、ふいにワイズが足を止めた。

つられて立ち止まった。長年の癖で足下を見て歩いていたせいで、ロビーにいる二人に気づかなかった。

目を上げた途端、フィルはぎょっとして後ずさった。

ワイズ・アンド・クラウンに勝るとも劣らぬ奇抜な男女がいた。

どちらも巨体だったが、その意味が違った。体を構成する素材がまったく違う。

男のほうは脚部が六本あった。双腕にはそれぞれ関節が四つあるようだった。丸みのある機械の腕と脚。表面はマット加工されている。海辺の仮想現実にたまに登場するカニという生き物によく似ていた。

ガード・ジーナーが身につけるような、頑丈なポリファイバーの衣服と防弾アーマーとヘルメット姿で、よくわからない形状の道具を——わからないながら、どれも一見して武器と推測されるものを、背負ったり腰に吊したりしていた。

そのおもては白皙といってよく、目は青みがかった灰色で、驚くほどの静けさをたたえている。幸運なプラント・ワーカーであれば、失われた体の代わりに補助器具を手に入れることができるが、この男の場合はそういうレベルではなかった。重機じみた機械の中に人間がすっぽりおさまっている感じだった。

女のほうは、ブーツに長ズボンにタンクトップ、生気に満ちたおもて、褐色の肌、真っ赤な髪をポニーテールにしている。その特徴はなんといっても、強烈なまでに発達した筋肉だった。その上腕二頭筋など、フィルの脚を二本どころか四本合わせたよりも太そうだ。さらにその露出した腕や胸元に、フィルが見たこともない生き物が炎をまとっている絵が刻み込まれていた。サイネージではなく、タトゥーのようだった。

二人とも、首元にプレートつきチェーンを下げており、どちらも〈ムーン・チェーンズ〉であることを堂々と示している。

「紹介しよう、同志よ」

ワイズがフィルの肩に白い手を置き、黒い手を男女へ差し伸べた。

「これなるハンサムなタフガイは、アペニン山脈の荒くれ者の束ね、アルキメデス・ベースンの機甲化人《パンツァーマン》たちのリーダー。〈ムーン・チェーンズ〉が誇る、生ける鎧にして武器。パンツァーマンの筆頭たる益荒男《ますらお》。ノームズ・ハービンジャーだ」

「よろしく」

機械仕掛けの大男が、機械の手を差し出した。

フィルはおっかなびっくり、その手というか指先を握った。触れた瞬間、握り潰されることを恐れたが、ハービンジャーの手は呆気にとられるほどソフトに握り返した。

「これなる女傑は、おのれの肉体こそ神と崇めるボディビルディング信者、エラトステネス・ドームきってのドクターにして生物学のエキスパート。ここの六倍の重力に耐え、地球を闊歩することもたやすいであろう、ドクター・サラマンドラだ」

「元気になってよかったな」

サラマンドラが手を差し出した。

フィルはそちらも握った。ハービンジャーよりもずっと力強く、ぎゅっと握られた。

「再生治療のついでに骨を一回り太くしておいてあげたよ」

そう言ってサラマンドラがウィンクした。それでフィルには、この文字通り屈強な女性が、あれやこれやの栄養素を自分の体に注ぎ込んだのだと知れた。

「退院の許可は下りそうかな、ドクター？」

ワイズが訊いた。

「どうかな」

サラマンドラが大股でフィルの周りをぐるりと歩いた。それから、身をすくめるフィルの背を、ばしっと叩いて言った。

「よさそうだ。退院を許可する」

「めでたや。さ、主治医に感謝を」

「あの……ありがとうございました」

ワイズに促され、サラマンドラに礼を言った。

「もっと日常的に体に負荷をかけなさい」

サラマンドラが親身な態度で言った。

「さて参ろう。頼もしき護衛とともに」

颯爽と歩き出すワイズのあとに従うと、背後から軽快な駆動音を響かせてハービンジャーもついてきた。自動ドアを出ると、ワイズは当然のようにエレベーターへ向かった。フィルが常に恐怖してきたその箱の前に、さらに二体の——いや、二人の——パンツァーマンがおり、揃ってハービンジャーに機械の手で敬礼した。

ハービンジャーが敬礼を返し、三人とも無言で、ワイズとフィルの周囲を固め、ぞろぞろと乗り込んだ。もちろんウィズBもフィルのそばについてきている。

大きなエレベーターの中はその五人でいっぱいだった。一回だけ途中の階で止まったが、乗り込もうとしたワーカーの一団がハービンジャーたちの威容にぎょっとして、その場に突っ立ったままドアが閉まるに任せた。

すぐにフィルのネストがある階に到着した。ワイズが鼻歌交じりにエレベーターを降り、くるりと振り返って手振りでフィルに降りるよう促した。

フロアへ出るフィルの左右と後ろに、三人のパンツァーマンがぴったりついていた。機械仕掛けの男たちを従えるかのようなフィルを、フロアに居合わせた大人たちがあんぐり口を開けて見ていた。

フィルは正直、このバンカーに来て初めてと断言できるほどの気分の良さを味わった。

3

「ここに、君にふさわしい席が用意されている」

ワイズがそう言って示したのは、まさにフィルが叩きのめされた場所――ドニー・シーホン牧師のオフィスのドアだった。

これは何かの冗談だろうか。フィルは真面目にそう考えた。ワイズの口ぶりでは、まるでこのオフィスというかドニー・シーホン牧師とその一派が我がものとしていた区画を、丸ごとフィルに与えるというようだった。

さすがにそれは考えにくかった。なぜならフィルの常識とかけ離れていたからだ。きっとオフィスの一室ないし一角に、自分用のロッカーを設置してくれたということだろう。

そう思いながら、ワイズとともにその区画へ入った。ハービンジャーたちは屋内へは入らず、出入り口を警備していた。

木の板を模した床は、ぴかぴかに清掃されていた。ドニー・シーホン牧師ならびに大人たち五名が粉々にされた痕跡はどこにもない。

それはオフィスのデスクやソファも同じで、人死になど決して起こらなかったと言わんばかりに汚れのないそれらに、二人の女性が座って、ワイズとフィルを待っていた。

「やあやあ、チェーンズの女郎《めろう》ども。野郎どものお帰りだぞ」

ワイズが朗らかに言った。

「黙れ、性差別野郎。てめえの帰りなんか待つか馬鹿。とっととくたばれ」

二人のうち、小柄で細身の若い女性が、ぎろっとワイズを睨んで言い返した。

フィルはまたしても、あんぐり口を開けて立ち尽くした。

そのフィルへ、四十代と思しき大柄な女性が、にこにこして言った。

「あーらまあ、つやつやした顔になって。ボブが見つけたときはミイラみたいに干涸らびてて、あたしなんかひと目見て悲鳴を上げちゃったくらいなのに」

何と返していいかわからないフィルの代わりに、ワイズがつい今しがた罵声を浴びせられたことなど記憶にないというように微笑んだ。

「これこの通り、アクア・メーカーの手になる浄き生命《アムリタ》の水の力によりて、健やかなる面相を取り戻した次第」

「てめえに話してねえだろうがタコ」

若い娘が毒づいた。幼げな顔立ち、短く切った銀髪、灰色の瞳、やたらとすらっとした肢体の持ち主だ。

その背後で動くものがあった。彼女がフィルたち同様、テイル・サポーターを装着しているのだと気づくのに間があった。

サード・モンクだ。思わず声を上げそうになった。だがそのサポーターの形状といおうか、数が違った。二本のテイルが彼女の背後で動いているのだ。二叉の尻尾つきモンク。そんなの考えたことすらない。刺々しい物言いをする第三世代という存在も。あくどいキーパーたちですら、もっと遠回しに悪意を表明したものだというのに。

「ここのリサイクル施設は他のバンカーに比べても本当にひどいものだったからねえ。これからは飲料水にもシャワーの水にも不足しないと約束するわ」

年配の方が優しくフィルに笑いかけた。ブロンドの髪をきっちり結い上げた、清らかさと柔和さを絵に描いたような女性だ。こちらは無条件に愛情を注いでくれる雰囲気を発散しており、自然とスカイラム特別養護施設の優しいキーパーたちを連想させられていた。

「紹介しよう、同志よ」

ワイズが言った。

「まずこちらの女史は、文明の利器を扱わせたらピカイチ、民生委員の技術指導部になくてはならない技術者《テッカー》にして、ピュティアス・ドームでその名を知られた、千の目を持つドローン・ライダー、ウィンディ・シルフだ」

ふん、と若いほうが馬鹿にしたような鼻息を返し、じろっとフィルを見た。かと思うと、彼女の二つのテイル・サポーターが、さっと伸ばされ、フィルの両方の二の腕に絡みついた。

フィルはあまりのことに目をまん丸にして凍りついてしまった。両腕をつかまれて身動きできなくなったフィルの顔を、鼻先をつけんばかりにして娘が覗き込んだ。

そして彼女の双眸が、青く輝き始めたことに驚き瞠目した。

「生体スキャナーだ。君を調べるためで、危害を加える気はなさそうだ」

ルーの姿のままウィズBが言った。フィルは自分の身体組成のみならず、自分が発する熱や電波のたぐいまでスキャンされるのを感じた。

娘の瞳に細かな光の列が浮かんでは消えていく。何かのプログラム・コードらしい。瞳の裏側がサイネージ化されており、眼球と網膜そのものがスキャナーでありモニターであるのだ。

フィルはそのウィンディの視線をじっと浴び続けた。自分の体内に存在するシード5や、ウィズBとのやり取りの証拠をつかまれるのではないかという不安を押し殺して。

「大丈夫だ、フィル。彼女には何もつかまれていない」

ウィズBの言葉とともに、ウィンディが小馬鹿にしたように鼻を鳴らし、その双眸の輝きをオフにした。

「なに、お前？　なんにもバイオ・ユニット持ってないし。頭ん中にストレージもないじゃん。本当にテッカーか？」

ウィンディが下がり、二つのテイル・サポーターがフィルの腕から離れた。フィルはやはり返す言葉もなく、その娘の、綺麗で澄んではいるが、割れたガラスなみにぎざぎざした切りつけるような目を、ぼんやり見返すことしかできないでいる。

「そして、こちら」

ワイズが、とことん若いほうの発言に取り合わず、ソファに座る女性を手振りで示した。

「同じく民生委員の技術指導部に欠かせぬアクア・メーカーにして、ラインホルト・ベースンを泉の湧く地に変え、この月に恵みの雨を降り注がせる科学の雨乞い師《レイン・メーカー》、ロザンナ・アンブローシアだ」

「ヤッホー。初めまして、フィル」

ロザンナが今初めてフィルと対面したかのように立ち上がって両腕を広げた。フィルは自分でもびっくりするほど、駆け寄って彼女の大きな胸に飛び込み、抱きしめてほしいという欲求に襲われ、慌ててそれを退けねばならなかった。

そのフィルの肩をいきなりワイズが抱き寄せた。お前が考えていることはわかるぞ、というような目を近距離からフィルに向けつつ、歌うように言った。

「治療室で紹介したドクター・サラマンドラ、外で警護についてくれているハービンジャー、そしてこちらのウィンディとロザンナ。この四人こそ、ボブ・スカイラムの四銃士とお見知りおき下され、コペルニクスの英雄よ」

「英雄?」ウィンディがワイズの発言を聞き咎めた。「データ送りつけてきただけで、本人はどっかの洞穴でへたばってたんだろ」

「ウィンディ、ウィンディ、ウィンディ」

ワイズがフィルの肩から手を離し、ようやくウィンディに向き直って言った。

「ボブ・スカイラムが、このオフィスを彼に与えると決めたのだ。君ではなく。君が優れたテッカーであることは自明だし、ここにその可愛いお尻の置き場を求めていることはわかるが、これは決定事項なのだよ、ウィンディ」

ウィンディが、頭髪を逆立てんばかりの形相になった。二つのテイル・サポーターが、うねうねと苛立ちをあらわにしている。テイル・サポーターを用いた感情表現というのも、フィルが初めて見るものだった。

「あたしの何が何だって？　もう一度言えクソセクハラ野郎。掘削ドローンのレーザーで焼き殺すぞ――」

「あら、もうこんな時間」ロザンナが、周囲の発言を無視するという点ではワイズにも優るおおらかさを示し、ウィンディに微笑みかけた。「指導部の会議に遅れちゃうわ。ボブに、このエリアの改善案を提案しなくちゃ。行きましょう、ウィンディ」

ウィンディがむっとしつつも口をつぐみ、小さくうなずいた。眼差しと言葉を鋭利な刃物のように振りかざすこの女性も、ロザンナのおっとりした態度には逆らえないらしい。

「またね、フィリオーシオ。指導部の会議で会いましょう」

ロザンナが、ぱっちりした目をワイズとフィルの両方へウィンクさせて出て行った。

「あたしは認めない」

ウィンディが、ワイズとフィルのどちらをともつかぬふうで言い捨てて出て行った。

「さて、小生も会議があるので、そろそろお暇しよう」

だしぬけにワイズが言った。

「え？」

フィルは我ながら素っ頓狂な声を上げた。このオフィスで何をしろというのか。その点を聞いてもいないのに、ここで放置されても、ただ突っ立っている以外にどうしたらいいかわからなかった。

そんなフィルへ、ワイズが何もかも見透かしたように笑いかけた。

「まずは、ここが新たな宿であり、職場であり、そして憩いの場であることを、心から納得することだ、同志よ。この、Jサークルにおけるバンカー運営規則から甚だしく逸脱した、違法建築そのものといった区画をどう活用するか、君の仲間たちとしっかりと相談するがいい」

「仲間？」

フィルは馬鹿みたいにその言葉を繰り返した。

ワイズがにやっとなってオフィスから出て行った。

気づけば、その場に一人になっていた。ドニー・シーホン牧師やオールド・スキップが木っ端微塵になった部屋で。そのとき嗅いだ、むせかえるような血の臭いを思い出しそうになり、慌てて自分もここから出ようとしたとき、ドアが開いた。

ぞろぞろと子どもたちが入ってきた。みな、おっかなびっくりの様子だが、フィルの姿をみとめると、ほっとした顔になったり、目を輝かせたり、あるいは目を潤ませたりした。

仲間たちだった。マルコが、ワイズとやや似た感じで、にっとフィルに向かって口角を上げた。ダリアが、今にも喜びで歌を口ずさみそうになっているのがわかった。そしてまた、マリーが真っ直ぐフィルを見ていた。いつも誰とも目を合わさないマリーが。

その全員の頭に、髪が伸びていた。誰にも刈られることなく。フィルはマリーのまだまだ短い髪が、綺麗な赤味を帯びていることを久々に思い出した。

フィルは胸の内側がかっと熱を帯びるのを感じながら、おずおずと彼らに歩み寄った。彼らもフィルへ歩み寄ってくれた。

気づけば仲間たちに囲まれていた。彼らなりに事態を理解し、フィルの無事を喜んでくれていた。あるいは、急激に変化した状況に不安を抱きながら、寄り添うことで何とかもちこたえようとしていた。小魚の群のように。マーケット・フロアを横切るときにいつもそうしていたように。

「大丈夫だよ、みんな」

フィルが言った。励ましでも慰めでもなく。誓いの言葉として、仲間たちに告げていた。

「何もかも大丈夫。僕たちみんな、大丈夫だよ。絶対に、大丈夫にしてみせるから」

4

本当に大丈夫にするには、途方もないハードルをいくつも跳び越えねばならないことはわかっていた。

いざなわれた〈ムーン・チェーンズ〉に属するにせよ、それを裏切るにせよ。

とにかく最初の賭けに勝ったことは確かで、〈ムーン・チェーンズ〉が保証する報奨をフィルは存分に受け取った。自分と仲間たちのために。

プラントの労働環境はいくら改善してもし足りないということはない。適切な稼働プランに従ってシフトを組み、さらにそのシフトを余裕のあるものとすべく、ドローンやロボットの使用権限をがむしゃらにもぎ取った。

三機の検査ドローン、四台のプラント補修ロボットを常に自分たちのものにしたことで、仲間に週二日の休日を与えることに成功した。その代わり、フィルと仲間たちの担当区域はNLGN4だけでなく、1から4までの全てということになった。

「求めよ、さらば与えられん。君は革命的に貪欲な労働者の鑑だな」

というワイズの皮肉だか称賛だかわからない言葉の裏には、あれこれ抱え込んだフィルがパンクするかどうかとっくり観察してやろうという意図が見え隠れしていた。

だがウィズBが最適な補修の順序を弾き出してくれるし、不具合があればプラントじゅうにはびこらせたシード5がすぐに異変を告げてくれるのだから、十分に運営できる自信があった。シード5についていえば、むさぼり食える電力が足りなくなることについてフィル以上に過敏であり、地球からもっとエネルギーをよこせと言われ続ける月のジョイントマンたちの気分がちょっとばかり理解できたほどだ。

安全面でいえば、ウォーター・シールドが全面的に使用可能になったことが大きかった。とてつもない変化といっていい。バンカーの雰囲気そのものが、急に明るくなったことを誰もが実感したほどだ。アクア・メーカーのリーダーであるロザンナ・アンブローシアはたちまちバンカーじゅうの信頼を勝ち取り、聖母のごとく称えられた。

安全で確実なプラント運営。その成果をてこに、フィルはもっぱらワイズを通して次々に設備の使用権限を獲得していったが、それだけで満足する気はなかった。

仲間たちのサイフォンのアクセス権限を拡大し、月で手に入る音楽や映像を視聴できるようにした。また、意思疎通のため、イエス・ベル以外のプログラムを使用することも認めさせた。仲間たちはいつでもホロ・ボットを起動させ、自分の言いたいことを代弁してもらえるようになった。フィル以外の全員が、自分のアバターであり代理ペルソナであるホロ・ボットをカスタマイズして楽しんだ。

とりわけマリーがホロ・ボットを通して、こう言ってくれたことはフィルのこれまでの努力に報いて余りある満足を与えてくれた。

「ありがとう、フィリオーシオ。あなたのおかげで、私は今とっても安心できている」

フィルはマリーに安心だけでなく、喜びや生きがいや幸福を感じてほしかった。もちろん仲間たち全員に、同じものを与えたかった。

それで、ドニー・シーホン牧師のオフィスだった区画を、元NLGN4グループの憩いの場にした。部屋の一つを共同リビングにし、仮想現実の海をいつでもあらわせるようにした。

マーケットで、掘り出し物の——その分とんでもなく値が張る——シンセサイザーを手に入れ、リビングの一角に置いた。どかん、と音を立てて現れたかのようなその品に、仲間たちは跳び上がるほど喜んだ。

音色の構成法に興味を持つ数人が——マリーもその一人だ——しばしば演奏者となり、グループきってのシンガーであるダリアが歌った。そうしてリビングで休日の夜を過ごしているうち、たまらなくなって嗚咽する者もいた。どうして泣くのかきっと自分でもわからないに違いない。これまでずっと危険に取り囲まれ、辛さや不快さを訴えるすべもなく、ただ耐えてきたのだから当然だ。フィルとて、これは夢ではなく現実なのだと実感するたび、涙がにじむのだから。

ここまで用意が整ってようやく、フィルは人員の配置に口を出せるようになった。プラント・ワーカーの配置ではない。再定義されてしまった仲間たちを、再び呼び戻そうとしたのだ。

ジーナーを否定し、スクリーニング制度を廃止しようというのが〈ムーン・チェーンズ〉の主義主張なのだから、このフィルの願いは今の状況下では真っ当なものとみなされた。少なくともワイズは、フィルの言うことに反対しなかった。

「ともがらを思う気持ちこそ、チェーンの環を何より強固にする力なれば、君の切なる思いは必ずや叶えられん」

こういうワイズ・アンド・クラウンの長ったらしい口ぶりにもすっかり慣れていた。言いたいことはわかるし、ワイズが嘘やごまかしを口にしたことは一度もなかった。むしろ残酷なほど正直で、思ったことを隠さず口にする。このときも、ワイズは釘を刺すというより当然の忠告をするかのようにフィルに言った。

「ジーナーを否定したところで、身につけたスキルが労働者を縛りつける。種々の障害があればなおさらだ。君の仲間たちが、再定義された自分という殻を破れることを祈ろう」

そしてワイズの言葉通り、仲間を呼び戻そうとするフィルの努力は、これまで以上に困難なものとなった。

真っ先にジョーゼフに会いに行ったが、フィルと目を合わせようともしなかった。話しかけても一言も応じず、まるでフィルにいじめられているかのように身をすくませていた。

ヨブもそうだった。両脚を損傷したヨブは、灯りがほとんどないバンカーの基底部で、リサイクル・ジーナーとして廃油まみれで働かされていた。フィルが現れると、ヨブは自分の姿を見られたことを恥じるように暗がりに逃げていった。

フィルはショックでオフィスに閉じ籠もり、何時間も泣いた。ウィズBがフィルを慰め、こうしてはどうか、こうすれば解決するのでは、といくつも提案をしてくれた。

そのうち一つか二つを採用する気になり、やっとフィルは立ち直った。

ドクター・サラマンドラがあるじとなった治療室のフロアへ行き、再定義された仲間たちのため、治療を提供してくれるよう頼んだ。ドクター・サラマンドラは快く承知してくれた。そして部下となったドクターたちを引き連れ、再定義された仲間たちを問答無用で治療室に連れ込んだ。

治療室に対する恐怖はそう簡単には拭えない。運ばれた仲間たちは、わけのわからない金切り声を上げ、猛烈にじたばたもがき、フィルの姿をみとめると、怒りのこもった激しい眼差しを向けてきた。

フィルはまたしても大きなショックを受けた。

「必要なプロセスだ、フィル。彼らはすぐに君の意図を理解する」

ウィズBがそう慰めてくれたので、フィルはどうにか耐えることができた。さもなくばフィルのほうが怖くなって仲間たちに会えなくなっていたかもしれない。だが憎まれてでも仲間たちを元に戻したかった。自分に考えるすべを与えてくれたジョーゼフと、仲間を救ってくれたヨブと、もう一度会いたかった。

再定義された六人の仲間たちは、みな、たっぷり七十二時間かけて再治療された。

ドクター・サラマンドラは、彼らが受けたずさんな治療に憤り、彼女が持つ技術と設備を惜しみなく駆使してくれた。

恐怖の叫びを上げながら収容された六人は、フィルがそうされたように鎮静剤で眠らされ、不足する全てのものを施された。彼らが退院を迎えた日、フィルは他の仲間たちを連れて、フロアへ赴いた。

ロビーに入ると、ジョーゼフをふくむ六人の少年少女が、呆然と佇んでいた。

体が歪んでしまって這うことしかできなかった彼ら全員が、補助器具を装着しているとはいえ、自分の脚で立っている。テイル・サポーターを装着しているが、それはあくまで補助であり、尻尾がなければ上半身を起こすこともできない状態ではなかった。そのことに六人とも戸惑っている様子だった。

彼らの回復した姿を見た他の仲間たちが、フィルの背後で次々に感極まって泣き始めた。

フィルも泣いていた。はらはらと涙の滴を宙に振りまきながら、ゆっくりとジョーゼフに歩み寄った。ジョーゼフが真っ直ぐフィルを見つめ返した。憎んだり恐れたりする者の目つきではなかった。ただびっくりしていた。身をすくめて自分の中に閉じ籠もろうとはしなかった。

歩み寄るフィルが両腕を広げると、ジョーゼフがつられてそうした。そして互いに抱きしめ合った。ジョーゼフの左腕は骨格を再生され、萎えてしまった筋肉の代わりとなる補助器具が完璧に作動していた。

フィルとジョーゼフの二人の周りに仲間たちが集まり、次々に抱きついたり、そっと寄りかかったりした。帰ってきた者たちもともに。十八人が、大きな塊になって寄り添い合うさまを、ドクター・サラマンドラが逞しい両腕を組んで実に満足そうに眺めていた。

5

かくしてフィルは何もかもを得た。これ以上の何かを想像することが困難になってしまったほどに。

そしてそんなフィルが最後に感じたのは、安寧ではなく、途方もない不安だった。

短期間であらゆるものをがむしゃらにかき集めたせいで、それらが同じくらいあっという間に消えてしまう可能性にたまらない不安を感じさせられるのだ。

フィルは改めて、ウィズBが示してくれた選択肢について考えるようになった。いざとなれば〈ムーン・チェーンズ〉を裏切って、ジョイントマンと可能な限り有利に交渉する。その選択肢は本当に現実的だろうか。

再びスクリーニング制度の枠組みに戻ったときに待っているのは、どう考えても喪失の一語でしかない。自分がオフィスに陣取り、仲間たちが思う存分休日を楽しむことを、この月ののどんなキーパーが認めてくれるというのか。

自分がジョイントマンにでもならない限り、今あるものを持ち続けられはしないだろう。そして地球側が望む月の秩序は、第三世代の子どもを――いずれ成長するにしても――ジョイントマンにするようなものではないのだ。

自分はまんまと術中に陥ったのではないかとも思った。ボブ・スカイラムと〈ムーン・チェーンズ〉の術中に。いずれ地球側が捲土重来を期するのは目に見えているというのに、自分はいつの間にやら、改革の夢にどっぷり浸かってしまっていた。貪欲に求めすぎた。いや、そもそも仲間たちの安全を求め、ジョイントマンによる秩序を否定した時点で、後戻りする道を捨てたのだといえた。そうであることを後から知っただけで。

もはや事ここに至っては、今の改革を――〈ムーン・チェーンズ〉の革命を守ることが、仲間を守ることに等しかった。

となれば考えるべきこともおのずと決まってくる。対象が格段に広がりはしたが、フィルの思いは変わらない。安全を守る。そのためにはどうすればいいか？ボブ・スカイラムが目標とする『適正価格』の実現を助ける。そのために、〈ムーン・チェーンズ〉が占拠した六つのベースンを守り通す。それでどうにかなるか？

足りない。フィルもウィズBもそう結論していた。地球は何も変わらない。いっときはエネルギー不足に喘ぎ、各種の廃棄物の捨て場所に困るだろう。だがそれで地球人類の生存が脅かされるわけではなかった。それどころか、時間をかけて人員とE2マテリアルを月に送り込み、じわじわと確実に〈ムーン・チェーンズ〉を取り囲んで叩き潰すだろう。ボブ・スカイラムが唱える改革を実現するには、地球人類自身に、彼らが定めた制度を諦めさせる必要がある。ジーナーを。スクリーニング制度を。ジョイント体制そのものを。月事業におけるあらゆる取り決めを。

月のベースンを六つ奪ったくらいではとても足りない。せめて月の半分を掌握するくらいでなければ、地球との対等な関係など夢のまた夢だ。

ではどうすれば月の半分を掌握できるか。それ自体が夢物語じみている。いったいボブ・スカイラムに勝算はあるのだろうか？　それとも歴史に自分の名を遺すという、今いる多くのムーン・ピープルにとってはきわめてどうでもいいことに、ヒロイックな喜びを抱き、勝算もなく革命に邁進しているのだろうか。

後者であったらと思うだけでぞっとする。

連想するのは、ハーメルンの笛吹き《パイパー》だ。このところフィルのオフィスとサイフォンのライブラリは充実する一方なので、地球由来の様々な比喩を思い浮かべることができるようになっていた。笛の音に導かれるネズミの群のように。あるいは連れ去られる子どもたちのように。自分たちを恐ろしいどこかへ連れて行くだけなのではないか。

ボブ・スカイラムと〈ムーン・チェーンズ〉について、ウィズBと一緒にあれこれ考えたが、結論は出なかった。彼らが何を考えているかを推測したところで仕方なかった。答えがほしいなら、彼らに直接訊くしかない。

その手段も、手を伸ばせば届くところにあった。ボブ・スカイラム率いる〈ムーン・チェーンズ〉の民生委員会に出席するのだ。

行使する気などなかった権限。大いに引け目を感じるからだ。十五歳の第三世代なら当然ではないか。ワイズも、十代の民生委員はフィルが初めてだと言っていた。

だが少なくとも一度は出席させてくれるだろう。助けられて以来、一度も会っていないボブ・スカイラムに、直接礼が言いたいと言えば。そしてこのバンカーが擁する施設に関して提案書の一つもあればいい。

「慎重に行う必要がある」

ウィズBは、しっかり釘を刺すのを忘れなかった。もし〈ムーン・チェーンズ〉が、パイパーとネズミの集団なら、勝算はあるのですかと訊いたところで感情的な言葉を投げ返されるだけだろう。怒れる民衆の力を見損なうなとかなんとか。その際、フィルが彼らの勝利を疑問視するような態度を取れば、問答無用で反感を買うだろう。その場で叩きのめされるかもしれない。そんな目に遭うのは一度で十分だ。

ではどうするか。結局のところ、電力プラントの事故を減らそうと躍起になっていたときと同じことをするしかない。ウィズBと一緒に情報を集め、分析し、プランを立てる。それをどうにかして採用してもらう。

そのためには、民生委員会に入り込んで組織に影響を与えられる立場を得るしかない。ワイズに面倒を見てもらっているプラント管理者の一人ではなく。ボブ・スカイラムに直接プランを提出できるならベストだが、そんな地位が簡単に手に入るとは思えなかった。

「一つ一つ確実にクリアしよう」

ウィズBの冷静な——そうでないときなどないのだが——意見を肝に銘じた上で、フィルはワイズに会い、委員会への出席を願い出た。

ワイズは二つ返事で快諾した。

「もちろん大歓迎だ。委員会には話を通しておく。君のプランには委員全員が興味津々になることだろう」

予想どおりの展開。

その晩、フィルはオフィスに籠もって、プランを練った。実際に提出する気であるバンカーの運営提案書はとっくに用意してある。それよりも〈ムーン・チェーンズ〉と月社会が今後ともフィルや仲間たちにとって安全であり続けるための条件の洗い出しに専念した。

権限ありきだ。設備の使用。シフトの調整。プラント労働のあらゆるプロトコル。バンカー内の区画やインフラの利用。どの権限も失ってはならない。権限そのものが消えてなくなるような制度改革も防ぐべきだった。

プランに集中するため、ウィズB＝ルーを消し、脳裏でウィズBとやり取りしながら、権限保持の策をデスクの端末に入力することに夢中になった。

ミッドナイト・タイムだ。ふいにウィズBに忠告されて我に返った。ほどなくしてフロアに穏やかな音が響き始めた。**そろそろ休もう。**以前はただのジリジリいうベルの騒音だったが、今はタイムごとにそれぞれふさわしいとされる音楽が流れる。そのほうが人間的な気分になれるというのが〈ムーン・チェーンズ〉の主張だ。

フィルは席を立って伸びをした。そろそろネストに戻ろう。この区画の広々とした寝室はとっくに仲間たちのための娯楽室に改装している。自分一人で使う気にはなれなかった。キーパーたちがいなくなった分、ネストの面積を以前より広めにできたし、たとえ狭くとも仲間たちとともにいるほうがずっといい。

明日の作業工程がホワイトボードにきちんと書かれているのを確認し――大半はジョーゼフの字だ――微笑んでドアに向かったとき、ノックの音がした。

仲間の誰かが、フィルの帰りが遅いので心配して来たのだろうと思いながらドアを開けた。

想像した相手ではなかった。

いや、想像もしなかった相手というべきだろう。しかも一人ではなかった。フィルが知る全ての顔があった。

「こんばんは、フィリオーシオ」

ボブ・スカイラムことロバート・ジェファーソン・スカイラムその人が、ワイズ・アンド・クラウンだけでなく、自らの『四銃士』を従え、玄関先に立っていた。

フィルはあまりのことに大口を開けたまま、その場で凍りついてしまった。

「夜分に失礼。君が会いたがっていると聞いてね。矢も盾もたまらずというやつだ。私も健やかさを取り戻した君を見たいと常々願っていたのだよ。何しろ私が知る君の顔は、傷だらけの上に、今にも渇き死にしそうな状態だったのだから」

ボブ・スカイラムが、低すぎも高すぎもしない、よく通る声で言った。

月育ちのコーカソイドらしい白皙のおもてに、力強い笑みをたたえている。黒みがかった栗色の瞳と髪。背は高く、がっしりした体格は、ドクター・サラマンドラほどではないにしろ、地球でもしっかり立っていられそうだ。

フィルは、相手の言葉や声だけでなく、その体から発散されるエネルギーの波をじかに受けたことで、完全に絶句してしまった。実際に彼の体が熱や何かを放射しているわけではないはずだが、相対したフィルはまざまざと圧力を感じ、後ずさっていた。

常に演説で数千人を集め、モニター越しに数十万人に影響を与える男。今やその影響は月全土と地球全域に及んでいるのだ。一千億の人類と対峙して——地球の総人口とイコールの憎しみを浴びながら――一歩も引かない革命の旗手。

　その佇まいに、フィルは自分が引き寄せられているのか、それとも押しのけられているのかよくわからなくなった。後ずさったのだから後者だろうと思いたかったが、そうではない可能性も強く感じていた。

「お邪魔してもいいかな？」

　訊きながらボブ・スカイラムがすっと一歩近づいた。

「あ、はい」

　フィルはまた下がって同じ距離を保った。

「少々、大所帯だがいいだろうか」

「はい」

「フィリオーシオ民生委員の許可が出たぞ。みな入りたまえ」

　ボブ・スカイラムがにこやかに言いながら歩を進めた。

「ハイホー、開けゴマ」

　ワイズ・アンド・クラウンが両手を叩きながら入って来た。ややこしいことに今日は右が黒い肌で、左が白い肌に変わっている。

「失礼する」

　軽やかな駆動音を立てながら、ノームズ・ハービンジャーが巨大な六本の脚部を巧みに動かし、ドアを傷つけずにするりと入り込んだ。

「今晩は、フィル。心拍数が上がっているぞ」

ドアの上辺より頭二つ大きなドクター・サラマンドラがぬっと現れ、フィルにウィンクした。

「なにぼさっと突っ立ってんだ。茶とか出せ」

ウィンディ・シルフがすたすた入って来て刺々しい言葉と視線をフィルに叩きつけた。

「毎日シャワー浴びてる？　今期の貯水量は心配しないで」

ロザンナ・アンブローシアが愛情たっぷりの微笑みとともに入室し、ドアを閉めた。

「あの……飲み物を出します」

フィルは何とか自分を落ち着かせようとしながら給湯スペースに入り、冷蔵庫から合成アイスティーが入ったボトルを出した。仲間たちがいつも作っておいてくれるもので、人数分をカップに注ぎながら、緊急事態だ、とウィズBに驚愕の念を送った。

落ち着くんだ。ウィズBがすぐさま応じてくれた。**彼らの目的を推測し、対策を考えよう。**

ボブ・スカイラムがなぜこんな不意打ちをしたか。**冷静に考えねばならない。**

フィルは大急ぎでウィズBと一緒に考えた。

一つ。委員会に迎え入れる前の、人材調査を兼ねた面談。彼らの考えをフィルが知ろうとしているのと同じように、彼らもまたフィルの考えを知ろうとしている。

一つ。フィルが提案するというプランを事前に知ること。これまでフィルは自分と仲間たちを優遇させることばかり求めてきた。フィルがこの上さらに要望を重ね、委員会やバンカーの運営を混乱させるようなことがないか事前に確かめる必要があった。

一つ。〈ムーン・チェーンズ〉が過去に占拠してきたバンカーは、どれもこのコペルニクス中央バンカーに比べれば小規模だ。彼らはここを拠点とし、勢力安定をはかりたい。またそのためには、このバンカー攻略の鍵となったフィルが、なぜそうなることができたかを知っておかねばならない。さもなくば、フィルが裏切ってジョイントマンと通じたときに対策を講じることができなくなる。だからここで威圧し、服従させ、是が非でもフィルの秘密を――ウィズBやシード5の存在など彼らには想像もつかないだろうが――握りたい。

さらに一つ。ボブ・スカイラムの単純な興味。常に護衛とシンパと敵に囲まれた男が、お忍びでやって来た。委員会に招くには若すぎる少年と語らうために。

フィルの現時点での身の危険や、安全確保の手段をウィズBが一緒に考えてくれている間に、フィルは招かれざる客たちにカップを配って回った。

ボブ・スカイラムがソファに座り、その左右にワイズとサラマンドラが腰を下ろしていた。別のソファにウィンディがどっかと座り、ロザンナがリビングから椅子を運んできて行儀良く座っている。

ハービンジャーが彼ら全員と出口の間に位置し、六本の脚部の膝をついて『休め』の姿勢を取っている。いざとなればボブ・スカイラムの盾となり、この建物の壁をぶち破って脱出させる気でいると顔に書いてあった。

フィルはそのハービンジャーにもためらいつつカップを差し出した。ハービンジャーは機械の手でうやうやしくカップを受け取り、律儀にお辞儀をしてみせた。

「かけてくれ。そこが君の席のはずだ」

ボブ・スカイラムが、デスクを手振りで示した。

フィルは自分のカップをデスクに置き、椅子に座ろうとしてやめた。彼らがどんなつもりでここに来たにせよ、フィルには仲間の安全を永続的に守るという使命があった。

ボブ・スカイラムたちに対抗しろ。フィルもフィルで決して妥協しないという意思を示すため、あえてデスクに腰を下ろし、彼らを見渡すようにした。

反応らしい反応をみせたのは、ウィンディだけだった。テイル・サポーターの一つにコップを持たせ、もう一つをくねらせながら、敵愾心を剥き出しにして、ぎろりとフィルを睨んでいる。だがそのウィンディも、そこから下りろとは言わなかった。

「さて、ようやく君と語り合える。君を委員会に迎える前に、是非ともこのような時間を設けたかった。今まで遅くなってしまったことを幾重にも詫びよう」

ボブ・スカイラムが言った。

フィルは心の中で、先ほどの推測の全てにチェックマークをつけた。ボブ・スカイラムが改革の意気込みだけでここまで生き延びられたはずがない。それはきっと、誰よりも慎重で狡猾だったからだ。彼はフィルの全てを見抜き、自分のものにしようとしている。その確信があった。あるいは、あえてボブ・スカイラムが、フィルに自分の意をあらわにした。

「こんなふうにお会いできるなんて思ってもいませんでした。あなたに見つけてもらわなければ、僕は今ここにはいませんでした。こちらこそ、幾重にも御礼を申し上げます」

「こちらこそ礼を言わねばならない。君のような革命の旗手のもとに駆けつけられたことこそ、望外の喜びだ」

「僕には何もできませんでした。あなた方を呼ぶことしかできなかった」

「いいや。君はこのバンカーの全てを調べた上で、この区画に巣くっていたキーパーたちを、まとめて粉砕した。自作の電磁パルス弾か何かを使ったんだろう。違うかね？」

　この質問に対する答えはすでに用意していた。フィルはそれをすらすらと口にした。

「僕はただ、仲間がひどい目に遭わないようにと願っただけです。それで、キーパーたちが持っていた物を、僕が使いました」

「ほう。彼らが所持していたご禁制の武器を奪ったと？」

「はい。それが何であるか、僕にはわかりませんでした。彼らが邪魔者を消すときに使っていると知っていただけで」

「なるほど。素晴らしい勇気だ。君はこれまで孤独に戦っていたのだろう。これからは、ここにいる私たちがともに戦うと誓おう」

　ボブ・スカイラムがそう言ってカップを掲げた。フィルもカップを手に取り、応じた。

「ところで、バンカーの運営プランがあるとか」

「はい」

「きっと素晴らしいプランに違いない。だが問題がある。君はこのバンカーがずっとこのままだと信じているかね？　いずれジョイントマンたちが大軍を率いてここを奪い返しに来るとは考えていないのか？」

　ボブ・スカイラムの問いに、フィルはまごついた。てっきりその話題を避けるものと思っていたのだ。まさかボブ・スカイラムのほうから切り出すとは考えてもいなかった。

「それは……思ってます」

「君は疑念を抱いているのではないか？〈ムーン・チェーンズ〉は果たして革命の夢を見て

いるだけだろうか、それとも、ちゃんと現実を見て行動しているのだろうかと。もし単に夢を見ているだけなら、自分たちが生き残るための道を他に探さねばならない」

フィルは無意識に生唾を呑んでいた。こうまでこちらの本心を見抜いているとは、これまた想像もしていなかったのだ。

「あたしだって、そんくらいのこと考えたね」

意外なことに、口を挟んだのはウィンディだった。初めて会ったとき、テッカーとしてどちらが優れているかという競争心を示しはしたが、まるでボブ・スカイラムと〈ムーン・チェーンズ〉を疑うことに関しても競うような言い方に面食らってしまった。

「自分だけじゃないんだ。仲間の運命を委ねるんだから。当然だろ」

ウィンディが肩をすくめてみなを見回した。フィルが驚いたことに、ボブ・スカイラムを除く全員がうなずいていた。

「おお、フィリオーシオ。誰がたやすく革命の道など信じるだろうか」

ワイズが朗らかに言った。

「おれも最初にボブの話を聞いたときは」とハービンジャーが厳かに言い、一拍おいて続けた。「ひと月も経たずにジョイントマンたちに叩き潰されるだけだと思ったものだ」

そのハービンジャーの言葉に、フィルが感じたのは、予期せぬ昂ぶりだった。ふつふつと何かが込み上げてくる。それが何であるかもわからずに。

「そうではないと――」

「君が作るプランは、君がきわめて高い推定能力の持ち主であることを示している」ハービンジャーがフィルを遮って言った。「参考までに、これから十年にわたり、我々〈ムーン・チェーンズ〉が地球勢力に対抗するには、どれほどの戦力が必要だと思う？」

フィルは即答しかけ、慌てて口をつぐんだ。何かの罠で、反革命的な思想の持ち主かどうか試そうとしているのかもしれなかったからだ。

「ハービンジャーは、忌憚のない意見を聞きたいだけだよ、フィリオーシオ」ボブ・スカイラムがにこやかに言った。「彼はおためごかしというものを一切許容しない男でね。いや、ここにいる全員がそうだが、彼はとりわけ、誇張された情報というものを憎悪しているんだ」

フィルはなおも逡巡したが、ハービンジャーの途方もなく静かな眼差しに気圧されるようにして、答えを口にしていた。

「最低でも……、二千万トンのE2マテリアル、あなたの部下と同等の兵士が四千万人、補給線を担う一億人のムーン・ピープル、月施設の半分である四十カ所のプラントの占拠が必要です。それでどうにか、コペルニクス・エリアを中心としたプラントの占有権を保持し、地球と対等な交渉を行うことが可能になるでしょう」

てっきりみなが怒り出し、盛大に罵倒されると思ったが、誰もそうしなかった。

「なんとなんと」ワイズが大いに感心したようにうなずいた。「テッカーの申し子にして、コスト管理の天才たるウィンディの計算と、ぴたり符合するとは」

「あたしの最後の試算見たのかよ？」きっとなってウィンディが言った。「抱えなきゃいけない人間を八千万人まで減らしたろ？」

「それでもすごいわよ、フィル」ロザンナが、まるでフィルの母親か年の離れた姉のように誉めた。「どうしたら、そんな計算ができるのかしら？」

「あの……」

フィルは何か答えようとして、言葉に詰まった。

彼らを再評価すべきだ。ウィズBとまったく同感だった。**彼らは状況を正しく把握している。**つまりフィルにもウィズBにも未知の打開策をすでに持っているということだ。

「あなた方は、どうする気なんですか？」

フィルは思わずわめいた。彼ら全員にすがるようだった。いや、鷹揚な微笑みを浮かべてゆったり座るボブ・スカイラムに向かって、もはや隠しだてもせず叫んでいた。

「騒ぐだけ騒いで逃げる気ですか？　ここで働くしかない僕たちを本当に救ってくれるんですか？　こんな区画を与えておいて、安全な働き場所を与えておいて、守れなくなったら全部放り出していなくなる気じゃないんですか？」

フィルの心からの叫びに、誰も言い返さなかった。ジョイントマンなら、黙れとかお前の考えることじゃないと言い返したことだろう。だが誰もそうしなかった。真摯な面持ちでフィルを見つめ返していた。それはつまるところ、彼らもまたフィルと同じ思いを抱いていたにもかかわらず、今こうしてボブ・スカイラムとともにいるということを意味していた。

「美味しいお茶だった。ありがとう」

ボブ・スカイラムが立ち上がり、空になったカップをフィルが座るデスクに置いた。

残り五人が同じようにした。

このままフィルを置いてみないいなくなるのかと思ったが、そうではなかった。

「フィリオーシオ、私たちと少し散歩に出ないか？　君に見せたいものがある」

ボブ・スカイラムが言った。

フィルはうなずいた。話の途中から、相手がそのつもりであることは感じていた。彼が何を手の内に隠しているにせよ、それをこちらに明かす気だろうと。

フィルは彼らとともにオフィスを出た。きちんと戸締まりをして区画を離れ、寝静まったフロアを横切り、エレベーターに乗った。

ワイズが最上階のボタンを押すのを見て、フィルは眉をひそめた。ゲートゾーンに行く気なのだ。

あのフロアなら誰もいないということだろうか。そう思ったが、違った。

目的の階で降りると、ボブ・スカイラムたちは真っ直ぐEスーツを取りに向かった。

「外に出るんですか？」

フィルが訊くと、ボブ・スカイラムが当然のようにうなずいた。

「我々の合い言葉通り、月が地球の上に昇るところを見よう」

バンカーの外で自分をどうにかするつもりだろうかと疑ったが、わざわざそうする理由がなかった。殺したいならハービンジャーの機械の拳一発で十分と考えるはずだ。

ワイズが真っ白いロビーを優雅に横切り、左側の赤いバルブドアを開いてボブ・スカイラムとフィルをいざなった。

フィルはボブの後に続き、相手がするのに合わせてシュートボックスからメットとEスーツを取り出して装着した。大人たちとそうするのは初めてだった。みなワーカー出身らしく、きびきびと下着姿になってEスーツとメットを装着し、衣服をボックスに入れた。Eスーツの伸縮性は大したもので、ドクター・サラマンドラの逞しい四肢もすっぽり包んでしまう。ウィンディの二つのテイル・サポーターも問題なくスーツの変形によって動作可能だった。

ハービンジャーはどうするのだろうと見ていると、腰のデバイスを操作するだけで、すでに装着しているメットと防弾ジャケットが、月面活動用の形態に変化した。貴重なEスーツを日常的にまとっているのだ。

フィルはふとワイズから受け取ったプレート付きチェーンのことを思い出していた。六人とも体のどこかにそれをつけることで結束の証しとしているのだ。フィルも、ワイズと会うときは身につけるようにしているのだが、肌身離さず持とうとはしていなかった。自分がそうしていないことを咎められるだろうかと思ったが、誰も気にする様子はなかった。

ほどなくしてボブ・スカイラムと五人の同志とともに、フィルは月面に出た。

真っ直ぐ続く西側の車道の向こうで地球が昇っている。ついいつもの習慣で「EAROM」と口にしそうになったが、

「MSROE」

大人たちが次々にそう唱えるので、何も言わないようにした。彼らにとっては昇っているのは地球ではなく、この月のほうなのだ。

ボブ・スカイラムが車道に沿って歩き始め、みなが粛々と従った。

「君はロバート・ジェファーソン・スカイラムという男を知っているかね？　かつて月開発の先駆者とみなされた男のことを？」

左右の電気畑を眺めながらボブ・スカイラムが言った。

なぜ彼がそう名乗るか語ろうとしているらしいと察しをつけながらフィルは答えた。

「あまり知りません。スカイラム特別養護施設の名前は彼にちなんでいるということは知っています」

「彼は四つの企業のCEOを兼任していた。どれも地球外開発を担い、うち一つは軌道シャフトとリング・ステーションの原型を考案したことで知られている。のちに彼の妹が受け継ぎ、シャドウ・コーポレーションに吸収されたがね」

月地球間連絡ステーション第六基地を建造した企業だ。ウィズBが注釈してくれた。**ボブ・スカイラムが消えたステーションの運営主体でもあった。**

フィルは心の中でうなずきつつ、そうしたことがらを自分から口にすることは避けた。まずは相手の意図を注意深く探るべきだった。

「妹夫婦がボブ・スカイラムを偲び、あの特別養護施設を設立したことは知ってたかな？」

「はい」

フィルはうなずいた。特に重要な情報ではない。これまでずっとそう思っていた。

「妹夫婦はボブ・スカイラムを偲びはしたが、思想を受け継ぐことは拒否した。むしろ〈サピエンティア〉の推奨という名の強圧に屈し、闇に葬ったというべきだろう。ボブ・スカイラムにまつわる、あれやこれやの記念品を飾り、初期の開拓者として称揚することで」

「ボブ・スカイラムの思想？」

フィルの問いに、ワイズが口を挟んだ。

「かのスーパー・パイオニアは、〈サピエンティア〉に人類の何もかもを委ねることに反対だったのだよ。特にスクリーニング制度については、その施行に全面的に反対していた。そのことを証明する論文を書いたことが、私の月行きを決定づけたのだ」

「てめえの話してどうすんだ」ウィンディがばっさり切り捨てた。「ボブが喋ってるだろ。お前は黙ってろ道化野郎」

「話の接ぎ穂を提供したまでのこと。さあ続きを、ボブ」

「ありがとうWC」ボブ・スカイラムが気を悪くした様子もなく言った。「かのスカイラムは、単にジーナーが身分制度化することを危惧したわけではない。地球人類を基準としたスクリーニングにより、人類や生命の地球外適応が否定され、彼の宇宙播種計画が潰されることを危惧したのだ」

「宇宙播種……計画?」

聞いたこともない言葉に面食らった。フィルには種を播くという行為がなかなか想像できない。生成した土壌に種子を植えるという地球さながらの穀物プランテーションは、月ではきわめて珍しいのだ。培養槽で生産したほうがよほど効率がいいのだから当然だろう。

「必ずしも植物の種を播くわけではない。いわば地球という種子から放たれる、ありとあらゆる生命を宇宙に適応させることが目的だ。宇宙に出た時点で、生命の定義自体も変化を遂げるだろう。何が生命で何がそうではないという区別も曖昧になる。とはいえ適切な実験のためには分類が不可欠なので、彼は十二の種を設定し、その思想を託した」

「十二の種……」

フィルはその言葉を繰り返した。ウィズBが教えてくれたこと。彼の仲間の数。

「中には、地球では生命とみなされていないものもあった。人工知能や、自律型ロボットといったものも」

フィルはひやりとした。もしかすると彼らの目的はウィズBなのではないか。自分の顔が強ばるのを感じた。ボブ・スカイラムがバンカー外に出ることを提案してくれていなければ、彼らの前で青ざめた顔をさらしていたことだろう。

「今のジョイント・ジーナーたちが聞いたら卒倒する話だ」

ボブ・スカイラムが、フィルの不安をよそに続けた。

「スクリーニングにとらわれた人々には、人類と同じような遺伝子を持たない存在を、生命とみなすことができない。長いときをかけてそう教育されてしまったんだ。他ならぬ〈サピエンティア〉によって。〈サピエンティア〉が決して望まぬことが一つあるとしたら、それは人類から生命とみなされることとなのだよ。生命は競い合う。だが〈サピエンティア〉は人類とは競わない。それが、あれの戦略だ。そうして絶対的な存在として、人類を支配し続ける。そしてその支配原理であるスクリーニング制度を否定する存在は、なんであれ闇に葬ろうとする。十二の種が新しい生命史を綴ろうとしていたステーションも、当然ながら抹殺対象となった」

「抹殺……？」

「ステーションの崩壊は決して事故ではなかった。致命的な事故が生じるよう、あらゆるシステムに破壊的なプログラムを流し込まれたのだ」

「〈サピエンティア〉が攻撃した？」

「そうだ。彼の妻子とクルーもその犠牲となった。ただし、手をこまねいていたわけではない。彼はおのれと十二の種を、〈サピエンティア〉や地球人類の手の届かぬ場所へ——月の開発予定外エリアへ放ったのだ。うち一部は〈サピエンティア〉に追跡されたが、ほとんどは管理者不在のまま適応を成し遂げ、この月で息づくことに成功している」

「……壮大な話ですね」

フィルは感想を述べるにとどめた。どこに話が落ち着くのかわからない不安を、歩くことに意識を集中させることでなんとか抑えつけていた。そのせいで、今しがたボブ・スカイラムが、とんでもないことをしごくあっさり告げた事実に気づかなかった。

「悲劇的ではあるが、希望は失われていない」

ボブ・スカイラムがそう言って足を止めた。

みなが立ち止まった。まるでここが目的地であるというように。だが左右に電気畑が広がるだけで、何もなかった。

「むしろ、今だからこそ、この月でその思想を訴えることができる。ムーン・ピープルの目覚めと、播かれた種の芽生えを力に変えて。地球にとらわれた人々に対抗するのだ」

ボブ・スカイラムがフィルを振り返り、輝く地球を背に負いながら、両腕を広げてみせた。ともに地球人類と戦おうとフィルに呼びかけるように。

長々と話を聞いてきたが、何の答えも得ていなかった。どうしたら地球人類を敵に回して戦えるのかという点については。ただ、ウィズBやシード5がどこから来たかを語られただけだ。これでは彼の呼びかけに応じていいかどうか判断がつかない。いや、むしろ悲観的な気分が込み上げてくるばかりだ。

そう思ったとき、何かがふわふわと舞い飛び、ボブ・スカイラムの腕にとりついた。光り輝くものが。小さな羽を持った生き物。**蝶だ。**ウィズBの注釈でやっとそれを表現する言葉を得ていた。光る蝶が――真空ではばたいたところで飛べるはずがないのに――一つまた一つと数を増やし、ボブ・スカイラムの腕や肩にとまったり、その周囲を舞い飛んだりした。

シード7。

いったいどこから現れたのか。フィルは慌てて左右を見た。電気畑のパネルの陰に隠れていた蝶たちが、あたかも主人の帰りを喜ぶかのように一斉にはばたき出たところだった。

プロセス3。

たちまちその数は何百、いや何千となり、頭上で光の渦を描くそれをフィルは呆然と見つめた。

「ステーションから放たれたシード・シリーズは、本能的に他の生命とのエンカウントを果たすようプログラムされている。おのおのの命を孤立させず、共生系をなすように。計画では単にそのほうが生存の可能性を高められると考えられていたが、結果的に、生命の相乗効果とでも呼ぶべき効果を発揮することとなった。この私の命もふくめてね、フィリオーシオ」

ボブ・スカイラムが言った。そこでフィルは、はたと彼の発言を思い返していた。

おのれと十二の種。

フィルはまじまじと男を見つめた。

「月で成長したシードたちが、今どれほどの力を獲得しているか、君は知っているはずだ」

奪われる。ウィズBを。シード5を。そう思って後ずさり、きびすを返した。逃げようとしたが、遅かった。すでに五人が、フィルの行く手を阻んでいた。

「逃げる必要はないんだ、フィリオーシオ」

ボブ・スカイラムが優しく言った。

「私たちは、君の意志に反することをしたいわけではない。ただ、こう告げたいだけだ。ここにいるみなが、きみと同じであるのだと。この月でシードたちと出会った、エンカウンターたちなのだと」

フィルは驚きで目を見開き、居並ぶ五人を眺めていった。彼らが小さくうなずき返した。メット越しにかろうじて全員が笑みを浮かべていることがわかった。ある者は親しげに、ある者は自信たっぷりに。

「私たちは、まだ全てのシードに出会っていない。全てのシードを結集させることで、我々は地球にない力を手に入れることになる。地球人類が〈サピエンティア〉の推奨によって開発をやめてしまったテクノロジーを。その力をもってすれば、この月の独立は叶う。地球人類がいかなる戦力を投じようとも、耐え抜き、退けることができる。私はそう確信している。これで答えになったかな？　君が聞きたかったことは全て聞けたか？　フィリオーシオ？」

フィルは、おずおずとまたボブ・スカイラムに向き直った。

「あなたは……本物のロバート・ジェファーソン・スカイラムなんですか？」

ボブ・スカイラムが、蝶たちに無言で何かを命じたのがわかった。蝶たちが、ぱっとボブ・スカイラムから離れ、光の渦がまた電気畑の陰へ吸い込まれるように消えていった。

「かつて夢もクルーも妻子も何もかも奪われた。死に瀕しながらシードたちとともに月に降り、長い眠りについた。そしてシード0としてよみがえり、この月に播かれた者として、〈サピエンティア〉との対決を選んだ。それが、私だ」

そう言いながらボブ・スカイラムがフィルに歩み寄った。

フィルは一瞬またしても、男が発散するものに押しのけられそうになっているのか、引き寄せられているのかわからなくなった。だがこのときはすぐにどちらかわかった。

データ不足だ。ウィズBが慌てたように警告した。**事実であるか検証すべきだ。**しかしウィズBですら、ボブ・スカイラムの言葉をただちに否定しえなかった。

彼が本当のことを言っているかどうか確かめるすべは明白だった。彼のもとにいればわかることなのだ。そしてそれは大して重要なことではなかった。どうやら彼は地球人類と〈サピエンティア〉を相手に戦い、勝利を収める気でいるらしい。あとは実際にそうなるかどうか。問題はそれだけだった。

ボブ・スカイラムが差し出す右手を、フィルは迷わず握り返した。

「MSROE」

ボブ・スカイラムが言った。

「MSROE」

フィルは、地球の輝きを背負う男を見つめながら、間断なく応じた。

背後で五人が同じ言葉を次々に唱えた。彼らの環のつらなりに、自分がしっかりつなぎ合わされたことを、このときフィルははっきりと感じていた。

V　ジャーニーマン

1

その聖地に赴くまで、ジャックはこれを果たして旅と呼ぶべきかどうか大いに疑問を抱かされていた。ドゥアンによっていみじくも命名されたジャーニー・ジーナーとしてふさわしいあり方とは、とても思えなかったからだ。

その扱いは、いうなればボックス・パッキング・ジーナーとでも呼ぶべきものだった。何しろ三メートル四方の完全密封された人間用の水槽に入れられたまま輸送されたのだから、我ながら良いネーミングではないか。

水槽は優れたエアフィルター付きで、二十四時間、箱の内外の安全をしっかりと守る。ジャックが酸欠で死んだりせず、かといってジャックの体内で何かがうっかり増殖して予定外のパンデミックを始めてしまったとしても、水槽の外に影響を及ぼすことはないというわけだ。灯りは長持ちするLEDライトが天井に一つだけ。一面は外部からいつでもサイネージ可能な三重強化ガラス。反対側の壁面には、スピーカー、簡易ベッド、トイレ、カーテンなしのシャワーが備えつけられている。出入り口は二重構造。水や食料を差し入れるための小窓は電動式で、閉じると完全に隙間がなくなる。小型の宇宙用ポッドなみの造りだ。大気圏外に射出し、無重力状態で猿がどのような影響を受けるかという観察実験にはもってこいだろう。

　実際この水槽は——輸送開始時にガード・ジーナーたちの雑談がたまたまスピーカー越しに聞こえたのだが——動物園の大型動物を移送する檻を、ジャック専用に改造したものらしかった。

　もっと詳しく聞きたかったが——最後に入ったのが何の動物なのか知りたかった——ガード・ジーナーたちはジャックの表情が変わるのを見て、声が聞こえていることを悟り、以後は完全に沈黙したまま作業をするようになってしまった。

　その水槽にジャックが入れられたのは、北アメリカのメリーランドにあるフォート・デトリックに移送されたときのことだ。ジャックはまず、ロボットに注射され、ピッター将軍と名乗る男と、ノアと、そしてリースと向き合いながら、自分が何に変えられたかを教えられた。それから、そのときいた部屋の出入り口に、重機ロボットたちが水槽を設置した。ジャックは逃げ場を失った実験用の動物よろしく、その水槽に追い込まれ、閉じ込められたのだった。

　そして、水槽はフォート・デトリックに運ばれた。

　北アメリカのメリーランド・ゾーンにある、研究施設に。かつてアメリカ陸軍が所有し、もっぱら生物兵器の効果的活用および防護に関するおぞましいあれやこれやに貢献してきた施設だ。〈サピエンティア〉の誕生とスクリーニング制度の一般化によって地球から戦争行為が消えてのちは、ジョイント企業の下部組織の一つとして、バイオテロに備える防疫研究所の機能を担っている。

　そのフォート・デトリックで、ジャックは、最新のナノテクノロジーとバイオテクノロジーを駆使した、どこに出しても恥ずかしくない立派なバイオ兵器として機能するよう、十一日間かけて何度もテストを受けた末に、施設のサイエンス・ジーナー全員のお墨付きを得た。

ジャックは、彼らとジョイント・ジーナーたちが自分を丁寧に箱詰めにし、包装紙にくるみ、リボンをかけて月へ発射するところを何度も想像し、そのたびにヒステリックな笑いが込み上げ、胃がむかつくほど笑いの痙攣に襲われたものだった。

ボタン一つで——実際にどういう操作をするのかよくわからなかったが——いつでも致死的影響をもたらす、生けるウィルス袋。

フォート・デトリックに来て十二日目、ジャックの輸送が開始された。

ジャックを入れたままの水槽を、重機ロボットたちがコンテナに搬入するさまを、ガード・ジーナーたちが淡々と見守っていた。ジャックも、彼らを淡々と見返していた。どちらも水槽のガラスのサイネージ権限を持っていなかったのだ。

誰かがわざとそうしたのかどうかは不明だった。おおかたジョイント・ジーナー全員が、水槽のガラスを透明以外の状態にすることを失念していたのだろう。自分以外の誰かがそうすると思って。おかげで、運ばれる者と、運ぶ作業を管理する者たちが、数十分あまり口を閉じて向き合ったままでいるというシュールな状況に全員が耐えねばならなかった。

コンテナに水槽がすっぽり収まると、ジャックは我ながら奇妙な悔しさを覚えていた。作業着姿で馬鹿みたいに自分を見守っていた男女に、こう叫んでやるべきだった。

おれのジーナーを知っているか。おれはジャーニー・ジーナーだぞ。

きっとみんな爆笑したに違いない。もしそうなっていれば、誰か一人くらいは、ジャックも実は人間であり、彼らと何ら変わらない存在なのだということを思い出したかもしれなかった。

生きた爆弾として月に放り出されるべき存在ではなく。

だがコンテナがトレーラーか何かに搭載され、ベッドや床ががたがた揺れ始めると、叫ぶことの馬鹿馬鹿しさのほうが優った。モノとして扱われることに慣れておくべきだぞと心がささやいた。ジャックはその自分の心にイエスともノーとも返さず、ただ深々と溜息をついた。

何時間か床に座り込んで宙を見つめていると、自動的に小窓が開いて、パックが二つ放り込まれた。マルチミネラル・ゼリーと高カロリービスケットだ。食欲はなかったが、それらを開いて口に入れた。味わいもくそもないそれを、しっかり味わいながら。退屈すぎて、何かすることがあるということにありがたさを感じていた。

それからまたしばらく無の中を通過した。ビッグハウスでそうしていたように自分が果てしない旅のさなかにいるのだと空想しようとしたが、そうする気が起こらなかった。ただ、大きな空白の中に埋没するに任せた。

唐突に、ベッドに伝わる振動が消えた。どこかに到着したのだとそれでわかった。コンテナの隔壁が開かれ、重機ロボットたちがアームを伸ばし、水槽をゆっくりと引き出していった。

水槽のガラスは透明なままだった。

夕焼け空が見えた。

一面のコンクリートと鉄骨。

ジャックはそこがどこであるか悟って、無の中でおのれを麻痺させようとしていた自分の全精神がにわかに目覚めるのを感じた。

思わずガラスに手をつき、ひざまずいて目の前の光景に見入った。

間違いない。自分は今、メリット島にいるのだ。ＪＦＫ宇宙センターに。ジョイント企業の一つであるケープカナベラル・ロケットエクスペリメント社の施設だ。

ジャックにとってそこは、豆の木を求めた幼い頃からの憧れの地だった。軌道シャフトが完成するまで、人類が挑戦を繰り返してきた場所。

発射台《ローンチパッド》３９Ａが近づいてくる。度重なる改修を受けてなお建設当初の面影を残すロケット開発の聖遺物が。希望と絶望のありったけを人々に見せつけてきた試練の塔のふもとへ水槽が運ばれていった。重機ロボットとガード・ジーナーたちを従えて。

ジャックはすっくと立ち上がった。

発射台をしっかりと目に焼き付けながら、大声で叫んだ。

「おれのジーナーを知っているか！」

ガード・ジーナーたちがぎょっとしてジャックを振り返った。

ジャックは彼らを見ずに、ただ発射台に向かって——旧友であり尊敬の対象である誰かとはからずも再会した気分で——思い切り声を放った。

「おれはジャーニー・ジーナーだ！　お前がおれの豆の木だ、３９Ａ！　おれを連れて行け！空の向こうへ、このジャーニーマンを連れて行け！」

ガード・ジーナーたちが、とうとうこの哀れな囚人がいかれたと思ったらしく、顔を見合わせ、目をぐるりとさせ合っている。

知ったことではなかった。ジャックはけたたましく笑った。おかしな存在に変えられたのは自分だけだった。豆の木のほうは、自分の心の中にある通りのまま尊くそびえ立っていた。その先に何が待ち構えていようとも、こうしてこの場に来られたということに、ジャックは文字通り跳び上がりながら歓喜の声を上げていた。

2

そこが素晴らしい聖地であると思っているのは自分だけらしいとすぐに察したものの、ジャックは気にしなかった。

生まれてこの方、たいていそうだったからだ。あの無骨で前時代的な豆の木をこよなく愛するジャックに理解を示してくれたのは、思えばノアとゲオルグとリースだけだった。あとはドゥアンとビッグハウスの愉快な殺人鬼たちだが、彼らの理解の仕方はみな例外なく一風変わっており、共感し合うというのとはかなり違った。

ジャックの入った水槽は、発射台から二百メートルほど離れた場所にある格納庫の外のロータリーに置かれた。すぐに特殊なスーツを着込んだ連中がぞろぞろと集まってきた。

ジャックは、彼らが着ている宇宙用Eスーツと小脇に抱えたメットに目が釘付けになった。予備のEスーツだとすぐにわかった。胸元にサイフォンと非常用インターフェースを接続し、E2マテリアルを何キロか背負ったフル装備だ。白と灰色の迷彩をスーツ表面にサイネージしているのは、月面を意識してのことだろう。戦闘用であることを大いに主張する模様だ。

肩や胸にアルファベットや他の何かの記号が浮かび上がっているのは、彼らのジーナーや階級を意味するものだろうと知れた。

初めて見るEスーツに心を奪われながらも、ジャックはこれまたすぐに、集団の後方に見知った顔がいることに気づいていた。

「やあ、リース。君もとうとう宇宙開発に本格的に投資する気になったみたいだな」

ジャックのその意気揚々とした物言いに、リースが一瞬、気後れしたような様子を見せた。Eスーツを着た連中と、ガード・ジーナーの男女全員が、リースを振り返っていた。

「……Jツー・ジーナーとして、これより私が全ての作業を監督します」

リースがすぐに眉間にぐっと皺を寄せ、きびきびと告げた。ジャックの親しげな呼びかけなど聞こえなかったというようだ。

それでリースの立場がどういうものであるかが察せられた。月の悪魔の手先とみなされる男から、にこやかに声をかけられるいわれはないと周囲に誇示せねばならない立場だ。もしかすると同行する連中から、いろいろと疑われているのかもしれないなとジャックは他人事のように思った。ジャックの扱いに手心を加えるのではないかとか、いざとなれば逃がしてやろうとするのではないかとか、そんな感じで疑われているのだとしたら、気の毒なことだ。そもそも彼女が今の役割を喜んで引き受けているとは、とても思えなかった。

ジャックが最も逆らわないであろう適切な人材として〈サピエンティア〉に選ばれ、古今東西まれにみる貧乏クジを引かされた人物。それがリースだと人々に言ってやりたかったが、口にした途端、ジャック自身の心の奥深いところがたいそう傷つくこともわかっていたので、そうしなかった。

「彼にスーツを」

リースが命じると、迷彩仕様のEスーツを着た男が水槽の二重扉の一つ目を開いて入ってきた。

扉をきっちり閉じ、それからパッキングされた同じ柄のEスーツを小窓からジャックに差し出した。

ジャックはちょっとわくわくしながらそれを受け取り、水槽のガラス面を振り返った。

みながジャックを見つめ返した。

「今身につけているものを脱いで、それを着なさい、ジャック」

ジャックは、そんなことはわかっている、というように肩をすくめてみせた。

リースは眉をひそめ、ふと左右を眺め渡した。やっと、水槽のガラス面を操作できるのがジョイント・ジーナーだけだということに気づいたのだろう。

「あ……ごめんなさい」

リースが、急に素に戻った。ほんの一瞬だけとはいえ、ついそうしてしまったリースを、みなが見た。リースは、自分は何も口にしなかったというような、必要以上に冷淡な顔つきになって、胸元のサイフォンを指先で起動させた。なんだかリースがますます気の毒に思えた瞬間だった。

すぐにガラス面が遮光モードになった。完全に壁と同じ色になるのではなく、曇りガラスと同じ状態だ。プライバシーを百パーセント与えるわけにはいかないということだろうが、ジャックは感謝を示すため、右手でサムズアップしてみせた。リースは顔を逸らして見ていないようだったが。

ジャックはさっさと服を脱いだ。曇りガラス越しのストリップなど恥ずかしいとも思わなかった。ビッグハウスで過ごした経験のおかげだろうし、早くEスーツを着たい一心でもあった。

感触は、ウェットスーツを何倍も分厚くし、着心地を格段に良くした感じだった。やや重いが、それがむしろ頼もしさを感じさせてくれた。何のデータも入っていないサイフォンがあらかじめ胸元に装着されており、予備のインターフェースもE2マテリアルもついている。

ガラス面を叩いて着替えたことを告げた。

「彼にメットを与えて」

リースが声を上げた。

二重扉の内側が音を立てて開かれ、先ほどスーツを渡してくれた相手が現れた。きっちりメットをかぶって全身を防護しており、同じメットを差し出してきた。

「おれの体から何か漏れてるのか？」

さすがに心配になってリースや他の面々に尋ねた。

「心配ありません」

リースが、まず周囲の人々が動揺しないよう言った。

「万一に備えてのプロトコルに従っているまでです。ジャック……ジェイコブ・シャドウ、黙ってメットを着用しなさい」

ジャックはまたサムズアップしてみせてから、にっこりしてメットをかぶった。状況はともあれ、子どもの頃に戻った気分だった。宇宙飛行士ごっこをしていた頃に。いや、そのときの夢が叶ったというべきか。

Eスーツが反応し、自動的にメットとの接続が行われた。サイフォンがこれも自動的に起動してメット内にアイコンタクト・インターフェースと半透明モニターのホロを現し、ものの数秒で、スーツ内外の音声のやり取りが可能になったことを告げた。

「最高にクールだ」

ジャックが、入って来た相手にもサムズアップしてみせた。

相手は、その親指をへし折ってやりたいというような唸り声を漏らしながら、

「来い」

と言って、出口へ促した。

水槽に閉じ込めた状態から、スーツの中に密封した状態にして移送するわけだ。合理的だな、と皮肉な気分がわいた。ラッピングして『親愛なる月の悪魔へ』というメッセージカードを添えなくていいのかと口にしたかったが、リースがいるのでやめておいた。

ジャックとともに出て来た男が、水槽の前でメットを取り、リースにうなずいた。

「受け取り作業は無事に完了しました。ご苦労様」

リースが、ガード・ジーナーたちをねぎらった。意識的にジャックを物品扱いしようとしているのか、無意識にやっているのか、ジャックにはわからなかった。

物品ならロボットの手で運ばれそうなものだが、そこから先はジャックも歩かされた。むろん、ちっとも苦ではなかった。狭苦しい水槽から解放された喜びでスキップしたい気分だし、最高にクールなスーツに身を包んでいる自分をサイフォンで撮影したいほどだった。思えばサイフォンを身につけて歩くのも、一年以上前に禁じられて以来のことだった。

眼前に発射台が迫るにつれて、昂揚するジャックとは対照的に、リースたちは緊張を漂わせている。これから彼らにとって最も行きたくないところへ行くのだから当然だろう。しかも最も一緒にいたくないだろう相手と一緒に。リースもそう思っているのかはわからないが。

ジャックが思ったのは、テクノロジーの格段の進歩のことだった。人間をロケットに搭載するというのに、まるで飛行機の搭乗口に赴くような簡便さだ。

メディカルチェックのたぐいはなし。宇宙飛行士としての厳しい適性を問われることもなし。重要なことはエンジニア・ジーナーと〈サピエンティア〉が全てやってくれる。ジャックやおおかたの人間のすべきことは、転ばずに鉄の階段を上って搭乗室に入り、壁際にずらりと円形に並べられた席に座って、頭上のシートガードを、ジェットコースターでそうするように、ちゃんと胸元に下ろすだけだった。

ジャックがまず座らされ、自分でやりたかったのに、二人の大柄な男たちがシートガードを下ろした。ジャックの左右に彼らが座った。ジャックの向かいにリースが。空いた席に、めいめい男女が座った。ジャックを入れて十一人いた。

「あんたたちのことはウォー・ジーナーってやつだと思っていいのかい？」

ジャックはのんびりと左右の男たちに訊いた。二人がいやに胸を張って、いかにもお前を監視しているぞという威圧を発散させるからだ。確かに腕力ではかないそうにないが、正直、ドゥアンやビッグハウスの人々に比べれば危険など微塵も感じなかった。

「そうだ」

右側の男が言った。

「月と開戦した途端、再定義されたのさ」

左側の男が誇らしげに言った。元は何のジーナーだか知らないが、自分がヒーローになる機会が与えられたと思っているのだろう。

「今どき軌道シャフトを使わずにロケットで飛ばされるってのは、優遇されてる証拠なのかい？　それとも事故で吹っ飛んでも惜しくない地球市民と考えられてるのかな」

そのときには全員がメットを装着していたが、サイネージされた硬化ガラス越しでも、リースをふくむ全員の表情が硬くなるのがわかった。

「決して攻撃されずにリング・ステーションまで辿り着ける手段だからだ」

右側の男が、正しくジャックの質問に答えているとは言えないものの、近いことを口にした。

「てことは逆に、軌道シャフトを使うのはリスクがあるって考えてるんだな」

「お前を運ぶんだ。当然だろうが」

左側の男が目を剥いてわめいた。

ジャックは無視して質問を重ねた。

「月に行くジョイント・ジーナーは、誰も軌道シャフトを使いたがらないって本当かい？」

みな黙った。

それで、ビッグハウスの面々がニュースを見ながら話していたことを思い出した。兵士と物資を大量に月へ送り込むにも、月でまだ地球のために稼働してくれているプラントからエネルギーを供給されるにも、軌道シャフトは必要不可欠のはずだった。しかし、七十二基のうち一基を完璧に破壊され、しかもその手段が完全に解明されたとはいいがたい。そのため、どのジョイント企業も軌道シャフトを通常通り使用することに恐怖を感じているのだという。

ドゥアンの予想では、現在の軌道シャフトの稼働率は三十パーセントにも満たないだろうということだった。ちょっとしたエラーが検出されただけで、破壊を恐れるジョイント・ジーナーが、軌道シャフトの機能をシャットダウンしてしまうのだ。七十一基も残っているのだから、他のジョイント・ジーナーの誰かが、自分たちの代わりを担ってくれると信じて。

そんな状態で、これから何百トンという物資や地球上のゴミと一緒に月へ送り込まれる何千何万の兵士たちは、どんな気分であの最新式の豆の木をのぼるのだろう。それとも単に知らされていないだけなのかもしれない。月との戦争が終わるまで、ジョイント・ジーナーは昔ながらのロケット打ち上げと有人ポッドの海上着水しか選択する気はないだろうということを。

「エネルギー問題はまだ生じてないのかい？　それとも、とっくに全世界で省エネブームが広まってるとか」

何人かがシートガードに手をかけた。だが、打ち上げ直前にそれを引っ張り上げ、ジャックを叩きのめしにかかろうとする者はいなかった。これがビッグハウスの人々だったら、とっくに全員が立ち上がって、ジャックをバラバラにしていることだろう。

彼らを落ち着かせるために、リースが言った。

「エネルギー供給が全面停止したわけではないのよ。備蓄エネルギーも十分ある。戦争のために余計なエネルギーを消費したとしても、問題といえるほどには不足しない」

ジャックは、あくまで挑発したいのはウォー・ジーナーとかいう連中だけだと思っていた。リースをそれに加えたいわけではないのだと。だが気づけば、こう口にしていた。

「さすがJツーだな。全世界のエネルギー需給データまで把握してるわけだ。それとも〈サピエンティア〉やJワンが言ってることを鵜呑みにしてるだけかい？」

「需要と供給の総量は公開されてるの。誰が見ても答えは同じでしょ。いえ、あなたはデータにアクセスできないんだったわね――」

リースが言いさして口をつぐんだ。メット越しに、後悔するような表情がちらりと見えた。

「悪かったよ。一年以上も外の世界を見てなかったんでね。ニュースに飢えてるんだ」

ジャックは、リースではなく左右の男たちに言った。

男たちが苦々しげな唸り声を漏らしながらジャックから顔を背けた。

幸い、誰もそのあとの沈黙に長く耐える必要はなかった。

「管制室が発射許可を出したわ。コクピットのエンジニア・ジーナー二名はスタンバイに」

リースのみが管制室とやり取りしているのがそれでわかった。

ふいに振動が来た。

ビッグハウスでジャックが想像をたくましくさせて感じようとしていたものが。それはどんどん大きくなり、ジャックだけでなく全員がシートガードの枠を両手でぎゅっと握りしめた。

「カウントダウン」

リースが言った。

「テン、ナイン、エイト、セブン、シックス、ファイブ、フォー、スリー、ツー、ワン……」

「ゼロ」

ジャックが声を合わせた。

衝撃が降りかかってきたが、激烈なものとはいえなかった。ぐっと頭や肩を押さえつけられるような感じだ。有人ポッド全体が気圧の変化とGを相殺する機能を備えている。自分の体を振り回す訓練は必要ない。ブラックアウトもなし。耳抜きの必要もなし。飛行機の離陸が延々と続くような感じだった。

正直、物足りなさを覚えたが、込み上げる歓喜の妨げにはならなかった。

「それ行けーっ！」

大声で叫んだ。

誰も咎めなかった。とっくにジャックとの通信をミュートにしているか、音量を絞っているのが何となくわかった。それでむしろ遠慮なく叫んでやった。そうしていけない理由なんてあるだろうか？　まさに今、夢が叶ったのだから。

衝撃が何度か増してはすぐに減じた。やがてあっけない早さで、すーっと振動が収まっていった。降りかかる衝撃が、名残惜しげに首元や尻にまとわりつき、そして消えた。

訪れたのは、自分の体重がほとんどどこかへ行ってしまうという、摩訶不思議な感覚だ。めまいが起こりそうな不安があり、それも消えた。全身全霊が、これは奇妙だぞとささやいていた。おそろしく不安定な体勢にある気がするが、落下したり倒れたりすることもない。シートガードが、本当の意味で、席に尻をつけておくために必要なものとなっていた。

「リング・ステーションとのドッキング・シークエンスに入ったわ」

リースが言った。

「そういえば、このロケットに名前はあるのかい？」

誰も答えなかった。

「マーキュリーよ」

ややあってリースが返答した。過去のロケット開発にちなんだ名称かと思ったが、別の誰かから聞かされたことを思い出していた。ピッター将軍とかいう男から。メルクリウス作戦。またの名を、メッセンジャー・ウィルス作戦だ。

せっかくの喜びに水を差されたくない一心で、ジャックは今しがた質問したことを頭から放り出した。

がしゃん、という音がどこからか響いてきた。ドッキングが上手くいったのだろう。慣性の法則が働き、全員が一方向に押し出されそうになるのを、シートガードが防いでくれていた。

ほどなくして天井の――もはや上下左右の区別が消えていることがそれで明らかになったのだが――バルブドアが開き、座っている面々とは直角をなす角度で、オレンジのストライプのEスーツを着た人間が二人、入って来た。

彼らはまずリースのシートガードを解除し、恭しくバルブドアの向こうへ連れて行った。

二人がまた戻ってきて、一人ずつドアの向こうへ導いた。泳ぐような姿勢でついていこうとする者もいれば、なんとかどこかに立って歩こうともがく者もいた。

ジャックは最後だった。このポッドに置き去りにされ、このまま月面に落下させられるのではとも思ったが、オレンジのストライプのクルーは――スーツにサイネージされたアルファベットや記号からは何のジーナーかよくわからなかった――分け隔てなくジャックをドアの向こうへ連れて行ってくれた。

アルミ布に至る所をカバーされた部屋だった。電線やよくわからない何かが壁中をうねっている。そこを通り過ぎ、通路らしい、上下だか前後だかに長い空間に入った。壁に取っ手がついており、リースたちはそれを頼りに、体がふわふわとどこかへ行ってしまうのを防いでいる。

ジャックは取っ手につかまることを許されず、オレンジのストライプの二人に両腕をつかまれたまま、通路を進み、狭いバルブドアの出入り口をいくつかくぐった末に、水槽に放り込まれた。

地上で移送に用いられたものの、宇宙版というべき水槽だ。

一面は透化モードの硬化ガラス。ガラスの向こうは真っ白い何もない部屋。

他の面はクリーム色の壁。バキューム式トイレ。シャワーはなし。ベッドというか、壁づけの寝袋らしきものが、壁の一つに設置されている。

これは何の動物を収めていた檻なのだろうか。

疑問に思ったときには、背後でバルブドアが、がちゃんと閉められていた。

ジャックは部屋のあっちこっちを浮遊し、くるくる回ったりして、遊泳を楽しんだ。リング・ステーションは数珠つなぎの宇宙ステーションで、多少の重力があると聞いていたが、感覚としてはこれぞ無重力という感じだった。

そうするうちに奥の壁に触れたとたん、サイネージが生じて、円い窓が現れた。

ジャックは息を呑んだ。

地上の水槽にはなかったもの。なぜそこに窓をつけてくれたのかわからなかった。いや、もともとあった機能を削除し忘れただけかもしれない。

なんでもいい。今自分が見ているものが現実であるということ以外、全てどうでもよかった。暗黒の宇宙に漂う、青い星だ。ジャックの意識の全てがその美しさに吸い込まれるようだった。

「おれは地球を見ているんだ」

ジャックは言った。自分のその言葉で、総毛立つような感動を覚えていた。

スーツの首元を慌てていじったがメットは外れなかった。そうするにはサイフォンを操作しなければいけないことがわかり、そうした。頭からむしり取るようにしてメットを外して放り投げ、窓の向こうに見入った。

「おれは地球を見ているんだぞ。おう、なんてこった。おれは地球を見ているんだ」

小一時間はそのままでいた。まったく飽きることなく。背後から呼びかけられなければ、ずっと同じようにしていただろう。

「ジャック」

その声に、一発で動悸を覚えた。ここに来るまで一緒にいたというのに。

振り返ると、ガラスの向こうにリースがいた。メットを外した、白と灰色の迷彩柄のスーツだが、肩と胸元の記号は誰とも違う、リースだけが。

「宇宙へようこそ、リース」

ジャックが言った。

リースが困惑気味に微笑みを浮かべた。それは自分のセリフだと思っていたのだろう。

「今後、私が作戦行動の全てを監督するわ。今日いたジーナー全員が行動をともにする。あなたには月面活動のための訓練を行ってもらい、それが終わり次第、月に降りるわ。その際、あなたの……キーパーとして、プリズナーが数名つくでしょう」

「おれのために、わざわざ地球からプリズナーを運ぶのか？」

「戦争志願者よ。もともと月行きを希望して、地球を出た人たち」

「感染しても構わない連中ってわけだ」

ジャックがガラス面に近寄って言った。そのあとすぐに後悔した。どうもこのままだとリースに何か言うたびに、後悔の嵐に襲われそうだという嫌な気分になった。

だがリースは表情を曇らせることなく、真っ直ぐジャックを見つめて言った。

「この全部を、私がくそ食らえだと思っていると言ったら、少しは私を許してくれる？」

彼女のその言葉は、ジャックの心臓を一直線に撃ち抜いた。それこそ、これまでの全てを帳消しにするほどの力を持つ言葉だった。心のどこかで、〈サピエンティア〉は恐ろしいほど正しい選択をするものだという考えもわいていたが、それもどうでもよかった。

「君を許す？　そんな必要なんてあるか？　おれがどう思ってると思ってたんだ？」

ジャックはこの上なく正直に訊き返した。

リースが目を伏せ、肩を震わせ、そして気丈に微笑みながら再びジャックを見つめた。

「あなたのスーツのサイネージを……プリズナーのものにしなきゃいけないの」

「やってくれ。もう一年以上もそうなんだから、気にすることないだろ」

「その前に、あなたのジーナーを教えるわ」

ジャックは意表を突かれてリースを見つめた。自分はジャーニー・ジーナーだから、どうでもいいとは言えなかった。どのみち意味がないとも。それは性格診断や占いに似ていた。現実も感情も関係なく、自分を規定してくれることに安心させられる気分。

「教えてくれ」

ジャックは言った。

リースが、ジャックを見つめたまま、胸元のサイフォンに手を触れた。

ジャックのスーツの胸元と両肩に何かの記号が表れた。Ｊというアルファベット。１という数字。そして見たこともない形状の記号。

「J……ワン？」

ジャックは、見たままを口にした。

リースが深くうなずくのを目の当たりにして、ぽかんとなった。

「Jワン？」

訊き直したが、リースは何も言わなかった。ただ何かに耐えるようにジャックを見つめていた。

ややあって、ジャックは微笑んだ。

「何の意味もないよ」

リースが眉をひそめつつ、微笑み返した。

「そう言うと思った」

ジャックは笑った。

「おれはジャーニー・ジーナーだ。遠くへ旅に出るために生まれた、ジャーニーマンなんだ」

それから、朗らかに、なるべく真摯に伝えられるように、こう言った。

「全部、くそ食らえさ」

リースがくすくす笑った。今にも泣き出しそうな顔で。実際、スーツに包まれた指で、そっと目尻を拭っていた。

3

無重力生活そのものは訓練の対象ではなかった。月面に降りるのに、無重力にすっかり慣れてしまっては支障をきたす。

人体が無重力から受ける影響は、主に二つだ。血液量の低下と、平衡感覚の喪失。

重力がある場所では、血液は主に両脚に溜まりやすい。立ちっぱなし、座りっぱなしだと脚がむくんだりするが、無重力では無縁の話だ。逆に、それまで両脚に溜まっていた血液が一気に体中に広がる。そして、血液が多すぎると判断した肉体が、血液の製造量を低下させてしまう。

それに慣れた状態で地上に降りると、今度は一気に血液の多くが両脚に降りてしまい、貧血を起こして動けなくなる。これが宇宙飛行士を襲う、貧血症だ。

さらに無重力では上下の感覚がなくなるため、脳がその感知をやめてしまう。ジャイロ機能をオフにしてしまうのだ。結果、立つ、座る、歩く、という感覚自体が消える。そんな状態のまま、重力がある場所に行くと、どうなるか？　体の支え方がわからず、地面に激突するまで、自分が倒れているということも認識できなくなる。

かくのごとく人体は速やかに無重力に適応してしまうのだ。そして無重力状態の感覚たるや、安楽の一言だった。全身への負荷が一切ない。どれだけ動いても疲れないし、眠るときはここまで深く眠れるのかと思うほどの、瞑想的といっていい眠りが味わえる。

もちろんそれに慣れてしまってはいけないので、リング・ステーションの各区画には、擬似的な重力を発生させるための機能が備えられている。ロケットとのドッキングがないときは、自転による重力モードになるのだ。

おかげで、ジャックは無重力遊泳という楽しみを失った。代わりに、ジャックがいる水槽にトレーニング・セットが一式運び込まれ、一日最低四時間、せっせと運動することが義務づけられた。

同じ頃、ジャックのスーツのサイネージは、白と灰色の迷彩模様に、プリズナー・レベル5を意味するP5、そして×に見える記号で落ち着いた。

むろん四六時中スーツを着ている必要はなく――むしろそうしたかったが――ビッグハウスで着ていたのと大して変わらないシャツとパンツと下着を与えられた。歯ブラシとカップも。マルチ食、合成ジュース、合成パンのパックも。ジャックにつけられた別のプリズナーがそれらを運んでくれたのだが、なぜか全てに名前を書くよう指示された。電子書類にサインをするのではなく。物品にインクペンで書きつけるのだ。

「それが規則なの」

と、その女は言った。

「あたしはゾワン。ただのゾワン。ファミリー・ネームとかないから」

というのが女の自己紹介だった。当然それだけでは何者なのかさっぱりわからず、ジャックは相手の危険度をはかるためにも、いろいろと質問をした。

「プリズナーとして長いのか？」

「二十九歳のとき捕まったからね。四年目だよ」

「何をしたんだ？」

「何って。色々。データいじったりとか。みんながあたしにお金払うようにしたりとか」

「プリズナーレベルは？」

つまるところ詐欺師だろうと思って気軽に訊くと、

「4だよ。4。あんたより一つ少ないだけ」

プライドを刺激されたようにゾワンが言った。果たしてジャックは、一発で相手の評価を改めた。レベル4のプリズナー。殺人犯に次ぐレベルの犯罪者。知的犯罪でそのレベルに達するのは、ジーナー偽装をやらかした者だけだ。

ジャックは改めてゾワンを観察した。束ねもせず四方八方に漂わせたぼさぼさの赤毛、ぎょろぎょろ動き続ける緑の目、そしてその下の青黒いくま、紙のように血の気の失せた顔、極端なまでの猫背といった様子の全てが、但し書きのように〝私は壊れています〟と告げている。

病的な自己愛に支配され、財宝を蓄えてただその上で眠りこけることを愛するドラゴンなみに金銭に執着する女でもある。別にそのような分析をジャックがしたわけではない。単にゾワンがその本性を隠そうともしなかっただけだ。

ファミリー・ネームを名乗ろうとしない〝ただのゾワン〟が、ありもしない規則をでっち上げているのだということも、すぐにわかった。

ゾワンが何度目かにジャック用グッズを持って現れ、

「ほら、サインして。早く早く。言った通りにして」

と人間水槽用セットとペンを忙しなく突き出すさまを、ジャックは腕組みして宙に浮かびながら冷淡に見つめ返した。

「おれのサイン入り使用済み歯ブラシを幾らで売ってるんだ?」

「売ってなんかないよ」

ジャックは黙って相手を睨んだ。こうしたたぐいの人間は、自分以外の人間を、開けるのに少々手間のかかる財布としか思わない。共感も優しさも通用せず、断固として拒否する以外にないのだと、別のベクトルをきわめたドゥアンから教わっていた。

「サインしないなら持って帰るよ。全部。食事抜きになるよ」

ゾワンが苛々と親指の爪の根元を、人差し指の爪でほじくりながら脅してきた。もうじき親指から爪が飛び出しそうなほど、そこの皮と肉が抉れているのを見て、ジャックはうんざりさせられた。

「さっさと持ってるものを置いて行け」

目に力を込めてジャックは言った。動物的な威嚇。それしか通用しない相手だ。

「何偉そうなこと言ってんの？　規則を守んない人間が。規則だよ。守りな――」

そのゾワンの頭を、背後から伸びてきた巨大な手が、いきなりわしづかみにして宙に固定した。

ジャックは目を丸くした。ゾワンの目はもっとまん丸に見開かれている。

「ジャーニーマンが言っていることが聞こえないのか？　彼の言うことが規則だ。それを守ることができない者を罰するのが、彼のフォロワーであるおれの役目だ。わかったか？」

ゾワンは一切の動きを封じられたまま凍りつき、口をわなわなさせている。自分の頭をつかむ馬鹿でかい五指が、いかに無慈悲で仮借ないかを、じかに感じさせられているのだ。

ジャックは危うく彼女に同情しそうになりながら、組んでいた腕をほどいて、その男に微笑みかけた。

「ハロー、ドゥアン」

「ハロー、ジャーニーマン」

ドゥアンが右手首をさっと振って、握っていたものを手放した。ゾワンの体が吹っ飛んでいって壁に激突し、きゃん、と蹴られた犬そっくりの声を上げた。跳ね返ってまた別の壁に叩きつけられ、彼女が抱えていた品々がばらばらと辺りに漂った。ゾワンが呻きながら両手で頭を抱え、シャツや歯ブラシやペンと一緒に漂うのを無視して、ジャックが言った。

「ようこそ、宇宙へ。いったいどうやったら、こんなに手際よく後を追ってこられるんだ？」

「このご時世だ。月に行きたいと言う者を、誰も止めはしないさ。お前をフォローするのに、いくつか手続きが必要だったがな」

ドゥアンのいう手続きには、相手に合わせた最適な脅しもふくまれる。今しがたゾワンに対してしたようなものもあれば、巧妙な取引のかたちをとることもある。

「手続き上、お前がおれを指名したことにさせてもらったが、構わないか？」

完全に事後承諾だったが、ジャックはもちろん構わなかった。四面楚歌の状況で、天才的な頭脳を持った戦車みたいな男が味方になってくれることを拒む気はさらさらない。ビッグハウスであれ、リング・ステーションであれ。たとえその男が無慈悲な殺人鬼であっても。

「おれと一緒に働くクルーを紹介しよう。二人ひと組が原則なので連れてきた」

ドゥアンがバルブドアの向こうに長くて太い腕を伸ばし、そこにいる者の肩をむんずとつかんで部屋に引っ張り込んだ。

図体のでかい髭もじゃの男が、すっかり怯えた様子で、ジャックに引きつった笑みをみせた。

「ハロー、キャプテン」

「やあ、ハーノイス」

ジャックは、今回は大いに同情の念を交えながら笑みを返した。

「どうせいつか月送りになってたんだ」ハーノイスが泣きそうになりながら言った。「だったら、ドゥアンとキャプテンと一緒のほうがいい。そうだろ？」

「ああ、そうさ」

ジャックはしっかり肯定してやった。哀れみを込めて。もしかするとリースが自分に対して抱いている感情は、これと似ているのだろうかと、ちらりと思い、そうではないことを願った。

「我々が世話をさせてもらう。トレーニングも一緒に行うように、とのことだ。よろしく、キャプテン。他にも何か問題があれば、おれたちが解決しよう」

ドゥアンが、ゾワンもふくめた一同を代表して言った。

「よろしく」

ジャックが右手を差し出した。ドゥアンが握り返し、ハーノイスもそうした。こそこそバルブドアに這い寄って逃げようとするゾワンを、ドゥアンが振り返ってつかまえ、同じようにジャックと握手をさせた。ゾワンは恐怖に青ざめながら身をよじり、右手だけ突き出させられていた。これほど握手を嫌がられたのは初めてだったが、余計な真似をさせないよう釘を刺しておかねばならないので、ジャックはしっかりゾワンの手を握った。

そうして三人とも出て行った。バルブドアが、がちゃんと音を立てて閉められた。ジャックがいる側には取っ手がないので開けることはできないが、ドゥアンを呼べばいつでも開くのだと思うと、格段に居心地がよくなった。

食事を終えて歯を磨いていると、今度はガラス面の向こうに二人の女が、ふわりと現れた。

重力モード下だが、月に合わせた「シックス」と呼ばれる重力レベルなので、浮かびながら現れたように見えた。そのせいで、なんだか本当に水をたたえた水槽の中にいる気分になった。自分だけでなくリング・ステーションにいる全員が、いうなれば巨大な水槽の中で暮らしているのだ。亀裂が生じればたちまち死に襲われる水槽の中で。おかげで、自分だけ隔離されているという嫌な気分もだいぶ軽減されていることをジャックは自覚した。

リースが、同世代らしい女を紹介した。何だか恐ろしく疲れた顔をした女だった。

「彼女は、イナンナ・ジンガー。アソシエート・ジーナーで、月の様々な活動の企画プロファイリングをしてくれている一人よ。今回の作戦の企画担当でもある。まず、彼女から、あなたに言うべきことがあるから聞いてちょうだい」

「なんだい？」

ジャックは歯磨きを続けながら、その女を素早く観察した。ドゥアンが必ずそうするように。その女の本質を見て取ろうとした。

明るいブロンドと緑の目の持ち主で、一見して理知的で、疲れ切って虚ろになりながら、それでも必死に働いているといった印象だ。目の下のくまが誰かを連想させた。かと思うと、イナンナが哀願する調子で言った。

「ゾワンは私の姉です」

「ああ……」

「シューズ・コレクターに、姉を殺さないよう言って下さい。お願いします。姉も反省しています。もうあなたの歯ブラシを売ったりしません。すでに売った分のお金は全部差し上げます。

心からお詫びします。ですから、どうか姉の靴をコレクションしたりしないで下さい」

　ジャックがそこでわかったのは、ドゥアンがこれほどまでに恐れられているのだということと、あのゾワンがこれほどまでに人を人とも思わないのだということだ。ゾワンが妹を使って、自分の代わりに謝らせていることは容易に察することができた。

　ジャックは水のパックを吸って口をすすぎ、古き良き宇宙飛行士の流儀に従って、ごくんと飲み込んだ。

「お金はいらない。おれが持ってたって仕方ないからね。ゾワンが大人しくしているなら、ドゥアンは何もしないよ。おれや彼の下着を盗んだりしなきゃね。心配なら、おれからドゥアンに言っておく」

「ありがとうございます。お願いします。ありがとうございます」

　心から感謝し嘆願するイナンナの様子は、姉とは別のベクトルでやや壊れたものを感じさせた。

「お金は、おれに渡したことにして、あなたが使ってくれ。何か世の中のためになることに」

　イナンナが目を潤ませた。これほど優しさに満ちた言葉を他人からかけられることは滅多にないと全身で告げていた。ジャックからすれば大して優しくした気分ではなかったのだが。あのような姉を持つと、ジャックの想像もつかないような苦労を背負うのだろう。ノアも、自分という兄のせいで彼女と似たような気分なのだろうかと、これまたそうではないことを願いながら思った。

「この件は、これで終わりね」

　リースがきびきびと話を打ち切り、本題に入るぞとジャックに目で告げた。

「お次は？」

　ジャックは歯ブラシをティッシュで拭い、歯磨き粉のチューブと一緒に袋の中に入れ、ジッパーを閉めた。

「月面活動および緊急時のエングレイビング訓練を受けてもらう。月からリング・ステーションに専門チームが到着したから、彼らにあなたとプリズナーたちの指導を行ってもらう」

「それが終わったら？」

「もちろん、あなたをつれて月へ降りる。ポイント・アポロ・トゥエルブに」

「嵐の大洋の南側だな」

　ジャックは早くもわくわくして口を挟んだ。嵐の大洋とは、かつてアポロ十二号が着陸した広大なベースンのことだ。

「そうよ。黙って聞いて」

　リースがたしなめた。そんな調子だと先が思いやられるといっているようだ。

「オーケイ。聞くよ」

　ジャックは素直にうなずいた。

「そこからケプラー・ヴィレッジという施設を目指すわ。コペルニクス包囲作戦の前線基地になっている場所よ。ここからの移動手段は、二機のスティングレイ」

「アカエイ《スティングレイ》？　毒の尻尾を持ったエイ？」

「戦闘用ホバー輸送機の名称よ。十五人乗りのランドクロール機能つき。あなたには、その一機に乗ってもらう。ケプラーの前線基地からは、ビクトリー・スリーの指示に――」

「ビクトリー・スリー？」

「月での全作戦を司る三人の将軍のこと。一人は、あなたも会ったことのあるデイミル・ピッター将軍」

「子ども番組に出てくるキャラクターかと思ったよ」

「黙って聞いて」

リースが鋭く言って、ジャックではなくイナンナをびくつかせた。

「私たちは、最前線地域を越えて、〈ムーン・チェーンズ〉の幹部と接触することになっている。戦闘をしに行くわけではないという前提で。もちろん危険がないとはいえない。〈ムーン・チェーンズ〉側と交渉を繰り返しながらの前進になる。あなたは絶対に私の指示に従わなければならない。あなたの安全を最優先にした作戦行動なのだから、決して逆らわないで」

「おれをビッグハウスに閉じ込めたあとで、ジョイント・ジーナーたちは、月でおれが自棄《やけ》になって暴れたり自殺したりしないか心配なのか？」

リースが何か言いたそうにした。あなたもジョイント・ジーナーだとでも言いたかったのだろうか。だとしてもジャックがすでに告げたように、もう何の意味もないことだった。

「オーケイ。全面的に従うよ。これまで罵ったことはあっても、逆らったことはないんだ。逆らえなかっただけだけど」

リースが言葉を探すように一つ溜息をつき、言った。

「ありがとう」

「なんなりと。リース……キャプテン？」

「Jエリザベスか、Jリースか、Jラ・ロシェルで」

自分とゲオルグが考えた愛称を選択肢に入れてくれていることが純粋に嬉しかったので、言葉通り全面的に従う気分になった。

「オーケイ、Jリース。訓練てのは、いつ始まるんだ？」

「ええ……」

リースが何か前置きしようとして言いさした。もともと勿体ぶる性格ではないせいか、スムーズに次に進めることにしたらしい。

「今からよ。あなたを訓練するジーナーたちを紹介するわ。イナンナ、呼んでちょうだい」

「はい、Jリース」

イナンナにも愛称で呼ばせていることを知って、ジャックはますます気分が和らぐのを覚えた。そして、イナンナがドアを開いて招き入れた二人の男たちを見て、ジャックは遠い過去に引き戻されるような感覚に襲われた。ブレイン・リーディングでそうされるのとは違って、異様な酩酊も今の自己が消えてしまうことへの不安もなしに。

ゲオルグ・ランドリー。オスマ・ドルミナール。ハーモニー号の生存者たち。ジェイミルズとザ・バレーという失われた故郷とそのライバルの名が久方ぶりによみがえった。

彼らと最後に会ったのは――ブレイン・リーディング・ルームからここへ移送される直前のことだった。一年と二ヶ月前のこと。もう何百年も昔のことに思える。

二人ともEスーツを身にまとい、壁の取っ手につかまって、シックスの重力空間でしっかりと不動の姿勢を取っている。どちらも以前に比べて、体格が一回り逞しくなっていた。そして、表情がなくなっていた。規律に従うことと、感情を消すこと、そして殺伐とした雰囲気を漂わせることを覚えたらしい。

Eスーツには、それぞれのジーナーを示す記号がサイネージされており、ジャックは初めて、彼らもまた再定義されたことを知った。

そのことについてゲオルグと話したい気持ちがわいたが、言葉にならなかった。どうゲオルグに呼びかけるべきかもわからない。わざわざJワンのジーナーに再定義されるような自分を、Jスリーに偽装した理由などジャックには想像もつかなかった。シャドウ夫妻がやったことなのか、それとも、顔も知らずに育った、とっくに死んだはずの父親がやったことなのかも不明だった。

「あなたにとって懐かしい顔でしょう」

リースが言った。

「前世を思い出すよ」

ジャックは、完全に無表情なままの二人の男たちを均等に眺めた。

「オスマ・ドルミナール。ウォー・ジーナーのリーダーよ」

オスマが前に出て、ジャックを見つめた。感情のない淡々とした眼差しだった。

盲目になってしまった母親のリンディはどうなったのだろう。ジャックはそう疑問に思った。いろいろなものと一緒にまとめて地球に置いてきた、とオスマの顔が言っているような気がした。今やっていることが忙しく、そんなことなど気にしていられないという感じだ。元はどんなジーナーであれ、今の自分に満足感を覚えるのがウォー・ジーナーというものらしい。再定義されたことへの恨みがましい感じはまったくなく、むしろ誇らしげにジーナーをあらわす記号がサイネージされた胸を張っていた。

「ゲオルグ・ランドリー。エンジニア・ジーナーのリーダーよ」

すっとゲオルグが視線をジャックに向け、にやっと笑みを浮かべた。〝ここが宇宙だぞ、相棒〟というように。力強く、親しみのこもったその笑み一つで、ジャックはまだ自分にも親友がいてくれたことを知って泣きたい思いに駆られた。

こちらも、車椅子に乗るようになった父親を置いて来たのだろうが、センチメンタルな気分とは無縁の様子だ。新たなジーナーとして働くうちに、そうした感性が、ごっそり削ぎ落とされたようだった。こちらも再定義されたことを恨んでいるふうではないが、何か鬼気迫る雰囲気が漂っている。最後に見たときと違って、頬に火傷の痕があり、皮膚再生治療もせず放置している。こんなのは傷のうちに入らないと言いたいのだろう。据わった目つきは、オスマより一段深く、物事を見通そうとしているようだった。

元ジョイント・ジーナーだったからか、単に二人の実力のたまものか、二人とも若くしてリーダーになったわけだ。これも〈サピエンティア〉の差配なのだろうか。なんであれゲオルグもオスマも、年上の男女を部下として扱うことに気後れすることはなさそうだ。

「彼らが、あなたを訓練する。そして作戦開始後は、最前線地域を安全に横断する道を作り出してくれるわ」

リースが言った。

「アース・ジョイント・アーミーとビクトリー・スリーの名にかけて作戦遂行に尽力します」

オスマが言った。

「安全な戦場は、ウォー・ジーナーの持ち場だからな。危険な戦場は、エンジニア・ジーナーに任せっきりだ」

ゲオルグがせせら笑った。

たちまちリースが眉をつり上げ、イナンナの目がまん丸になった。ジャックは、一人だけガラス面の内側にいる者の余裕で腕組みし、おやおや、これはどういうことだとリースに目で問いかけながら彼らの様子を見守った。

オスマがぎろりとゲオルグを睨みつけた。

「反抗的な態度が過ぎれば、最前線地域に送られる。怨むのは筋違いだな」

「生き残りたければ従順でいろってのがウォー・ジーナーの鉄則なのさ」

ゲオルグが、知ってたか、という顔でジャックに言った。

ジャックは肩をすくめた。さもありなん、というふうに。実態について今のところジャックが知るすべとてないのだが。

「反抗的な人員は作戦を乱し、犠牲者を増やす。不服従こそ危険を招く要因だ」

オスマが冷淡に言った。反論を許さないというより、正論だと本心から信じているようだ。

「犠牲者をその目で見てから言ったらどうだ。おれがどこから帰ってきたと思う？」

「ゲオルグ」

リースが制止しようとしたが、ゲオルグは止めずに続けた。

「おれはLゾーンにいた。お前たちウォー・ジーナーの常識など通用しない場所に。お前たちも将軍たちも、最前線地域がどこで、それがどんなものかもわかっちゃいない。びびってシューズ・コレクターを部隊から外したいようだが、Lゾーンで生き残るのはああいう人間だけだ」

「いい加減、黙りなさい！」

リースが一喝した。

ゲオルグとオスマがまた不動の姿勢で目線を上げた。

「二人とも下がって。トレーニング・フロアに先に行っていなさい」

男たちが腕の力だけで、器用にくるりと宙で回れ右した。シックスならではの見事な動作だ。

出入り口に向かう直前、ゲオルグがすーっとガラス面に近づいてきた。リースは咎めなかった。

「月は半端じゃないぞ。おれがその尻を守ってやる、相棒」

ゲオルグが以前と変わらぬ笑みを浮かべて言った。いや、その目の奥にまたたくものを、ジャックは見逃さなかった。ビッグハウス暮らしでは決して見逃してはならないもの。激昂を伴う異常な精神の片鱗。

——お前は何を見たんだ？

そう訊きたかったが、ゲオルグもオスマもすぐに部屋から消えた。

「何か質問は？」

リースが、何ごともなかったような顔で尋ねた。

「Lゾーンって？」

「ムーン・ピープルが支配的な地域のことよ。とんでもない騒ぎなんでしょうね。狂気《ルナティック》のゾーンなんて言われるくらいだから」

リースが言った。実際に見たことなどないし、詳しく知らないという感じだ。そんな地域に赴くことは想定していないのだろう。そもそもリースもイナンナも、月面に降りるのが今回初めてだということが、はっきり伝わってきた。

「他に質問はないよ」

ジャックは言った。リースがうなずいた。

「ではEスーツを着て。あなた達の訓練を開始するわ」

4

訓練と言っても、特殊な技能を短期間で習得するというものではなく、言うなれば便利な道具の使用方法と、観光でのアクティビティを説明されたようなものだ。

「E2マテリアルのエングレイビング権限は、Jリースによって定められる」

オスマが、しっかりとこわもてを作って、がらんとしたコンテナ室に整列したEスーツ姿のプリズナーへ言った。ジャック、ドゥアン、ハーノイス、ゾワンだ。

その様子を、リース、イナンナ、ゲオルグ、そしてオスマの部下数名が眺めている。

「お前たちに許可されるエングレイビング・プログラムは、生命維持に関わるインプリメント、つまり一部の道具だけだ。お前たちが建物や乗物をエングレイブすることはできない。また、武器やエンジニア・ジーナーが用いるような道具も作り出せない」

オスマの高圧的な言い方に、文句を言う者はいなかった。従順というよりずる賢さのなせるわざだ。注意深く自分たちを管理するキーパーの言うことを聞き、新たな環境に関する知識を少しでも手に入れようとする。キーパーの死角を探し、ここなら出し抜けると確信できる点をつかむまで、じっと大人しくしている。ビッグハウスでさんざんジャックが学ばされた態度。ドゥアンはそうした点で、まさに天才だ。きっともうすでに、どうすればオスマと立場を逆転できるか、持ち前の頭脳で考えついていることだろう。

「実際にエングレイビングをやってもらう。こいつらにE2マテリアルを渡してやれ」

オスマの指示で、部下たちがプリズナーたちにテニスボール大のE2マテリアルを渡した。

ジャックは、その灰色の奇妙な物体をしげしげと眺めた。ジャックですら、完全未加工のE2マテリアルを持つのは初めてだった。

オスマも同じものを持ち、メットの裏側にプログラム・ウィンドウをあらわした。

「スーツのバックパックのうち、酸素供給装置が壊れたという想定だ」

するとプリズナーたちのメットの裏側にも、同様のウィンドウが現れた。サイフォンの操作で、他のプログラムも選択できることが一目瞭然だった。

「インプリメント・セット。おれの言葉を真似しろ。インプリメント・セット」

「インプリメント・セット」

プリズナーたちが唱和した。

「エングレイビング開始」

「エングレイビング開始」

ジャックは馬鹿みたいなかけ声ごっこだと思ったが、実際にエングレイビングが始まると、たちまち夢中になった。

手にしたテニスボールが、エングレイビング・スーツから流し込まれるプログラムによって、たちまち形状を変え、酸素供給装置になったからだ。

「おう、すげえ！」

ハーノイスが興奮してわめいた。ドゥアンも面白そうに微笑んでいる。ゾワンがぎょろぎょろと目を動かしているのは、どうすればプログラム制限を取っ払えるか考えているのだろう。

続いて、酸素供給装置に変えたそれを、さらに色々なものに変化させることを覚えさせられた。それから、スーツやメットが破損したときの修理方法も教わった。

一つ目の訓練が、そうしてあっさり終わった。誰も問題があるように思えなかった。それだけ優れた道具だということだ。複雑な設定も操作も必要なし。どんな素人でも、エンジニアリングの真似事ができてしまう。

次の訓練は、いささか大変だった。月面での迅速な移動――ラビット・ジャンプの練習だ。そもそも走る動作と、跳ぶ動作は、別ものだというのが地球上での常識だ。それが、シックスという重力下では、跳びながら走るという動作が要求される。いや、走り跳ぶ動作といおうか。とにかく地球上では絶対に成立しない動作を、どうにかして身体に覚えさせることに、かなりの時間がかかった。

真っ先に身につけたのはハーノイスで、嬉しげにコンテナをぐるぐる跳び回った。ジャックがそれに続いた。いつまでもぎこちない感じが残ったのはドゥアンとゾワンだ。二人とも、壁にぶつかったり、床に転がったりと、オスマを苦笑させ、ウォー・ジーナーたちをどっと笑わせるようなミスを連発した。二人がわざとそうしていることをジャックだけが察していた。二人とも、今のうちから管理者であるオスマたちを油断させようとしているのだ。いざとなれば、とんでもなく見事なラビット・ジャンプを披露し、驚くオスマたちに後足で砂をかけて逃げ去るだろう。

「これで訓練はおしまい？」

ジャックは何とも拍子抜けした気分で尋ねた。

「ええ、終わりよ」

リースが代表して答えた。

「エンジニア・ジーナーから何も教わってないぞ」

ジャックが、ゲオルグを見やって言った。

「エングレイビングについてはおれが教えるはずだったんだがな」

ゲオルグが肩をすくめて言った。オスマが主導権を握るために出しゃばったのだと言いたいのだろう。オスマは無表情にそっぽを向いたままだ。

「他にあなた達に要求すべきことはないわ。あるとすれば黙って指示に従うことよ。その訓練もした方がいいかしら」

プリズナーたちは誰も賛同せず、それこそ黙って整列したままでいる。

「各自、部屋に戻って。出発まで休んでいてちょうだい」

リースが満足げに言った。

ジャックはウォー・ジーナーたちに囲まれ、水槽に戻された。

メットを外し、Eスーツを脱いで下着姿になった。窓から月を見ようとしたが、地球しか見えなかった。ゲオルグの目の光が何度となくよみがえり、自分は何を見ることになるのだろうと思った。何であれ、早く見たかった。それが何であれ。

ドゥアンらプリズナーたちが食事と着替えを運んでくれた。Eスーツは部屋で漂ったままだ。非常事態になればすぐそれを着られるように。これまでひときわ長い時間が過ぎていった。

やがて、ときがきた。

ふっと体重が消える感じがあった。リング・ステーションの区画全体が無重力モードになったのだ。ランディングやドッキングのために自転機能を停止した証拠だった。

唐突に、短い放送があった。

「プリズナーたちはEスーツを着用。スティングレイの準備ができたわ。あなた達も準備をしてちょうだい」

リースの声だ。ジャックは窓越しに地球を眺めるのをやめ、スーツを着て、メットを小脇に抱えた。急に高揚感がわいてきた。狭い水槽の中でラビット・ジャンプの練習でもしようかと思ったとき、リースがガラス面の向こうに現れ、ジャックと向き合った。

「出発よ。メットをかぶってちょうだい」

リースが言った。

「イエス、Jリース」

ジャックは勢いよく言ってメットをかぶり、スーツと接続した。高揚感がいっそう強くなった。

「準備は万全だ」

リースが出入り口のほうへ向かって、親指を立ててみせた。

イナンナ辺りが伝達したのだろう。バルブドアが音を立てて開かれた。メットをかぶったドゥアンが、無重力の空間を泳ぐようにして現れた。

「行こう、ジャーニーマン」

ドゥアンが微笑んで言った。ジャックも笑みを返し、彼とともに通路へ出た。緊張した顔のハーノイスと、しれっとした顔のゾワンがいた。

四人をオスマとウォー・ジーナーたちが囲んだ。リースとイナンナも来た。全員がメットをかぶっていた。そして、真っ白い、湾曲した通路をふわふわと泳いで移動した。

大きなバルブドアの前で、メットをかぶったゲオルグとエンジニア・ジーナー一名が待っていた。リースがダイバーのように親指を上げてみせると、ゲオルグが同じようにし、二重のバルブドアを開いた。

短い通路が現れた。搭乗のための道だ。その向こう側に、スティングレイとかいう機体の内部が見えた。飛行機のエコノミークラスみたいだ。中に入って見渡すと、まさにそんな感じだった。

指定された席に座り、オスマにベルトを締められた。シートガードではなく、両肩と腰を固定するハーネス式のベルトだ。

右にドゥアンが座った。左側にハーノイスとゾワン。ウォー・ジーナーたちが背後に座った。首をねじって見ると、リースとイナンナが最後列の席だった。

ゲオルグが通路に立ち、部下に命じて全員のベルト着用を確認させた。それから機体のドアを閉めさせた。

ゲオルグが、メットのサイネージをまたたかせながら、部下とともに操縦区画へ消えた。その声が、メットのスピーカー越しに聞こえていた。

「スティングレイ・ワン、オールレディ。スティングレイ・ツー？　よし、全員席に着いたな。リング・ステーション側のドアロックを確認。搭乗通路を格納。……完了したか？　よし、出発する。両機のゲートバーロックを解除。スティングレイ・ワン、リング・ステーションからの離脱をカウントする。ファイブ、フォー、スリー、ツー、ワン、リフトオフ」

頭上から足下へと圧力を感じた。スティングレイという名称からして平べったいであろう機体が、サメから離れるコバンザメのように、リング・ステーションから離れたのがわかった。

全員が同じ方向に尻を向けて座っていることで意識されていた上下左右が、すぐに無意味なものになった。今乗っている機体が動いている、ということしかわからない。どの方向へ動いているのか、感覚だけではつかめなかった。それとも宙返りでもしているのかもしれない。

どういう姿勢を取ればいいかわからない奇妙な不安定感がしつこくつきまとった。それを追い払うために、メットやスーツ越しに感じる機体の振動に意識を向けようとしたとき、ふいに周囲で窓が次々に開いていった。

サイネージによって外の景色が映し出されたのだ。ジャックは思わず歓声を上げた。ウォー・ジーナーたちも猛々しい声を上げたり、口笛を吹いたりしていた。ドゥアンや、怯えていたハーノイスや、退屈そうにしていたゾワンですら、感嘆の声を漏らした。

数珠つなぎになった巨大なリング・ステーションの一角と、地球が見えた。リング・ステーションから離れていく自分たちの機体の翼と、もう一機の、やはり平べったくブーメラン形をしたスティングレイ・ツーが。

地球が足下から背後へと移動していった。頭上に光るものが見えた。かつて見たことがないほど大きな月だ。

その月が、前方のコクピットと客席を隔てる壁のサイネージへと移動し、さらに大きさを増していった。

月に向かって暗黒の空を昇ってゆくようでもあり、輝ける衛星へ落下しているようでもあり、列車か何かに乗ってそこへ向かうようでもあった。上下の混乱をたっぷり味わいながらもジャックの気分は最高だった。

自分たちは月へ向かっている！　真っ直ぐに！　そう叫びたかった。

「進入軌道を確認。よし、問題ない。これより月の重力圏へ入る。姿勢制御スラスターを作動させろ。よし、作動を確認。スティングレイ・ワンおよびツー、グラビティ・アプローチ開始」

安心感を与えるゲオルグの声を心地好く聞きながら、ジャックは月の地形を見て取った。山脈やクレーターやベースンから、ポイント・アポロ・トゥエルブを自力で探そうと努めた。

真っ黒い海と呼ばれる地形のはるか上空を、二機のスティングレイが滑空するように飛んでいる感じだった。月にほとんど大気はないので、滑空ではなく狙い澄ました場所へ落下しているだけなのだろう。足下を月面の景色がゆったり流れてゆくさまは、観光としては最高だ。

かと思うと、真下で小さな輝きがまたたいた。色取り取りの火が飛び散るさまに、戦争が行われているのだと信じた。だが、まったく違った。

ウォー・ジーナーたちが盛大な歓声を上げ、セレブレーションがどうのと口々にわめいた。ベースンの一角で、地球側の人々が花火を上げているということがわかった。レイバーデーのように。ムーン・ピープルに対する挑発のためか、自分たちの憂さ晴らしをして士気を高めるためか知らないが、なんとも盛大な光景に呆気にとられてしまった。

その花火大会の輝きが後方へ消えていった。

ジャックは、なんとなく見当をつけていたポイント・アポロ・トゥエルブの方角が、どうやら大幅に間違っていたのだろうと考えた。全然違う方へ向かっているのだ。逆の方向へ。頭の中の月面地図では、コペルニクス・エリアを背にしてデカルト高地方面へ向かっていることになる。ポイント・アポロ・シックスティーンへ。

いや、そんなはずがない。それではリースがわざわざ嘘をついたことになる。

頭の中でその月面地図をぐるりと回して、眼下の風景と照合しようとしたが、おかしなことにまったく合わなかった。自分の月に関する知識がとんでもなく間違っていたのか、一年間の戦争で月の地形がまったく変わってしまったか。どちらだろうと思ったとき、だしぬけに脳裏に何かが響きだしていた。


オー、ビューティフル・オーシャン。

誰かがメット内で音楽を大音量で聴いているのだろう。それが通信に乗って聞こえてきているのだ。しかし誰もそうはしていなかった。胸元のサイフォンを操作して、通信のボリュームを上げ下げしていると、ゲオルグの声が飛び込んできた。

「こちらスティングレイ・ワン、軌道修正に大幅なエラーが発生。〈サピエンティア〉の補助操作が行われていない。スティングレイ・ツー、そちらは？　……そうか。ああ、こっちを追跡してくれ。……わからん、原因不明だ。〈サピエンティア〉に原因を訊いている。回答待ちだ。……ああ、こいつはどう考えたっておかしい。乗客？　原因？　何言ってる？　……ああ、だからどうした。知ったことか。もしそうだとしても、あいつを運ぶのがおれたちの仕事だ」

歓声を上げたり、ぺちゃくちゃお喋りをしていたウォー・ジーナーたちが、一人残らず沈黙した。

「さっそく問題が発生したらしい」

ドゥアンがジャックにささやきかけ、周囲を見回した。脱出する手段を探しているのだろう。だが地球と違って、パラシュートを身につけても無駄だ。空気がほぼないのだから。六分の一の重力で、どれほどの高さから墜落したら致命的なことになるのか、想像もつかなかった。

「乗組員に告ぐ。当機は現在、重大な軌道エラーの修正に努めている。不時着の可能性もあるため、座席の上に両足を載せ、膝を抱えて耐ショック姿勢を取っていてほしい」

ゲオルグの指示に、みながざわつきながら従った。

「冗談じゃない、こんなの冗談じゃない。せっかく自由になると思ったのに」

ゾワンがぶつぶつわめきながら膝を抱えた。

ジャックもそうした。ドゥアンもハーノイスも。

乗客。原因。ゲオルグの言葉の意味が遅れて理解された。ジャックが原因で、機体がコースを外れて飛んでいるのではないかというのだ。軌道シャフトが崩壊したときのように。

（シード１）

そうではないと思いたかった。何しろ自分にはわからないのだから。自分が本当に、重要なシステムをめちゃくちゃにしてしまう存在なのかどうか、どうしたらわかるというのだろう。

（プロセス２）

自己懐疑に襲われながらも、足下の月面を見ることをやめずにいると、ふいにまた輝きが視界を横切った。花火だろうか。機体がぐるりと旋回して、雲の海に戻ってきたのかもしれない。

違った。幻覚だった。緊迫するあまりおかしなものを心が作り出したらしい。あるいはサイネージにもバグが発生したか。

一匹の光り輝く蝶が、羽をぱたつかせながら飛んでいた。猛スピードで飛行しているはずの機体のそばで、軽々とはばたいている。光る羽に磁力があって機体に引き寄せられているとでもいうように。

ジャックは隣の男の腕を叩いた。

「ドゥアン、あれが見える？」

幻覚かどうか確かめようとしたが、そこでいきなり景色がめちゃくちゃになった。いや、機内のサイネージが異常をきたした。過去の映像がばらばらにつなぎ合わされたかと思うと、そこら中にノイズが起こり、でたらめな数字やプログラミング言語が出現した。

「ゲオルグ、あなた達がやっているの？」

リースの切迫した通信に、ゲオルグの緊迫してはいるが冷静さをしっかり保った声が応じた。

「サイネージの異常はあとで修正する。軌道修正が先だ、Jリース」

専門家に任せろというような調子。だがリースが食い下がった。

「サイネージのことじゃない。機体を構成するE2マテリアルのプロテクトを解除しようとしているのかと訊いているの」

「くそ！　こっちのネットの外からだな？　お前たち、全部マニュアルに切り替えろ。オフにできるものは全部切れ。機体の操縦だけでなく構造まで奪われるぞ。飛びながら機体を解体されたいか」

ぐん、と圧力が真横から襲ってきた。

機体が急旋回したのだ。一瞬で蝶は消えていた。ウォー・ジーナーたちが絶叫した。

「不時着する。ホバー・ノズルを五秒ごとに一つずつ閉じろ」

音量が低すぎて聞き取れなかったがエンジニア・ジーナーたちが口々に異議を唱え、

「侵入は止められない。やつらは〈サピエンティア〉のブロックを乗り越えてくる。機体を初期化してコントロールを回復させる。いいから、さっさとやれ」

ゲオルグが恐ろしいことを言ってみなを一喝した。

ドゥアンが、ジャックを安心させようとするように、大きな手を膝に載せ、ぎゅっと握った。

「頭を下げろ。決して上げるな」

ジャックはうなずいておのれの膝にメットをつけた。ドゥアンもそうするのがちらりと見えた。ついで激しい振動が起こり、何もかもがぶれて見えた。右へ傾き、左へ傾いた。機体を宙に浮かべているホバー機能が、一つずつ切られていくのだ。ジャックは、地上に戻るために自ら羽を食い千切る鳥を連想した。異常な考えなのに、今の状況にしっくりくることにぞっとした。

「着陸する！　耐ショック姿勢を取れ！」

ゲオルグの怒号。機内のサイネージが全て消えた。がん、がん、がん、と機体の底をめちゃくちゃに誰かが叩くような音が延々と続き、そして唐突にやんだ。

ジャックはおそるおそる頭を上げた。遅れてドゥアンがゆっくりとそうした。周囲は薄暗くなっていた。機内のサイネージがナイトモードになって、ノイズを走らせながら最小限の灯りをともしている。ひどい有様だが、まだ灯りが保たれていることにジャックは感謝した。機体が完全には死んでいない証拠だからだ。

ハーノイスとゾワンがまだ震えながら丸まっているのをよそに、ドゥアンがベルトを外し、警戒しながら立ち上がった。新しい場所に連れてこられたライオンが、周囲の環境を確認するような動き方だった。

「勝手に動くな！」

オスマがドゥアンに怒鳴ったが、声に力がなく、まだ衝撃から回復していない様子だ。

ジャックとてなかなか立てなかった。激しい不時着のあとで、すっくと立てるドゥアンがおかしいのだ。いや、おかしいのがもう一人いた。コクピットからしっかりした足取りでゲオルグが現れて言った。

「機体の再設定と修理を行う。終わるまで機体の外で待っていてくれ」

「スティングレイ・ツーに乗り換えられないの？」

リースも立ち上がろうとしてよろめき、ノイズまみれの壁に身をもたせかけた。

「ツーは二百キロ手前で待機し、今のクラッキング攻撃を解析中だ。あっちに乗った途端、また侵入されるかもしれんからな。飛行は危険だ。防護措置を講じてからキャタピラ・モードで移動する。何か問題が？　Jリース？」

ゲオルグがてきぱきと言った。非常事態であることを感じさせない物言いにリースも反論しなかった。

「問題ないわ、ゲオルグ。やってちょうだい」

ジャックがよろよろ立ち上がった。

「ここはどこなんだ？」

「静かの海の入江にあるポイント・アポロ・シックスティーンから千キロほど離れた、どこでもない地点だ。賓客には悪いが、しばらくその尻で月の地面を味わっていてもらう。メットの酸素供給と遮光機能をしっかりチェックしろよ」

「わかった」

「ウォー・ジーナー様方も同様だ。早く出て行ってくれれば、それだけ早く作業を始められる」

ゲオルグが右手の親指を立てて出口を示した。ドゥアンが最初にうなずき、ドアに歩み寄ってバルブに手をかけた。

「勝手に触るな！　我々がやる！」

慌ててオスマやウォー・ジーナーたちがドゥアンをドアから下がらせた。逃げ出すとでも思ったのだろうか。数千キロ四方は何もない月の荒野だというのに。

オスマを先頭に、ぞろぞろと機体から出て、めいめい地面に座り込んだ。

ジャックは座らなかった。ドゥアンやプリズナーたちとともに立ち、初めての月面をたっぷり眺め渡した。

完璧な静寂に満たされた大地に、究極の白と黒と、そのグラデーションだけが存在している。数キロにわたって不時着時の痕跡が刻まれ、翼の破片が地面に突き刺さっており、なんとなく墓標を連想させられてぞくっとなった。

メットを外せば、酸欠か高熱か気圧差で死ぬ。すぐにメットを戻したとしても頭部はすっかり焼けただれているだろう。太陽光が大気に遮られることなく降り注ぎ、地表の温度は軽く百度を超えているのだから。

死の荒野。それでもジャックはその光景を美しく、偉大だと感じた。地球の外に出て、最初に手を伸ばすことのできる未開拓地。北極や南極と同じように、果てしない人間の冒険心をくすぐり続けてきたものの一つだ。

東の彼方の山際に、地球が沈んでいくのが見え、

「ＥＡＲＯＭ」

ウォー・ジーナーの誰かが言ったが、地平線に姿を隠していく最中の地球に向かって言っても、ぐっとくるものはなかった。むしろ月の山脈の壮大さが際立つように思われた。

「不時着時のコースから見て、あちらの方だろう」

ドゥアンが何もない荒野を指さした。ちょうど地球に背を向けるような角度だった。

「何があるんだ？」

ジャックが示された方を見た。

「ムーン・ピープルが、わざわざお前が乗る機体を乗っ取り、コースを変えさせたのだとしたら、それは何のためだ？」

「おれをどこかに連れ出したかった、とか」

「何のためだ？」

「おれを受け入れるか、それとも追い払ってのたれ死にさせるとか」

「どちらなのか確かめに行こう」

ドゥアンが言った。ハーノイスとゾワンが、ジャックとドゥアンを振り返った。

リースとイナンナも。オスマたちも。みなが二人に注目していた。みな、早く機体に戻って安心したいという気分を抱きながら、そもそも今こんな場所にいなければならないのは何のためか、思い出しているのだろう。

「Jリース、おれは反対だ。あの方角にムーン・ピープルがいておれたちを待ち構えているとしても、こんなのはとても友好的な手段で招かれたとはいえない」

オスマが言った。

「でも、もし相手が引き揚げてしまったら、交渉の意味がなくなるわ」

リースが言った。どちらの意見が重視されるかは明らかだった。

「ゲオルグ、機体はいつ使えるようになりそう？　飛ぶのではなく地上を走るのでも構わない」

　リースが機内のゲオルグに呼びかけると、すぐに応答が来た。

「予備のE2マテリアルを使えば、機体はすぐに使える。ただし、スティングレイ・ツーが解析後のブロック・プログラムを送ってくるまでに数時間はかかるだろう」

「移動しながらプログラムを待つことは？」

「もちろん可能だ」

「では移動するわ。スティングレイ・ツーの待機距離をぎりぎりまで狭めて。機体の準備ができたら、ウォー・ジーナーたちは武器を装備してちょうだい」

「了解」

　ゲオルグが言った。リースがオスマを振り返った。

「了解です、Jリース」

　オスマが淡々と返した。反対できるのは、ジョイント・ジーナーが決断する前に限られる、というのが彼らの規律らしい。

　ゲオルグとエンジニア・ジーナーたちが一斉に出て来て、外側から機体を囲み、両手を当てていった。何かの儀式のように。急激な機体の形状の変化によって、万が一にも押し潰されないよう、全員が機外に出たのを確認してから、ゲオルグが大声で言った。

「ストラクチャー、オール・セット」

　部下が応じた。

「インプリメント、オール・セット」

　ゲオルグがうなずいた。

「エングレイブを実行」

　その声とともに、たちまち魔法じみた光景が現れた。

　機体そのものが変形していく。形状が、形質が変わっていく。翼が縮んでゆき、胴体からキャタピラが生え出した。コクピットが運転席になった。背面には見張り台と、電波観測装置が出現している。

　数分ほどで、スティングレイ・ワンが変貌していた。空飛ぶエイから、キャタピラで地上を這うそれになったのだ。

　全員が、再びその機体に乗り込んだ。座席の形状も変わっていた。真ん中に通路があり、壁に沿って座席が並んでいた。

　ウォー・ジーナーたちが機体の貨物室へ行き、巨大なE2マテリアルのボックスを四つ運んできて通路に並べた。

「インプリメント、セット」

　オスマの声に従い、全員がそれぞれのボックスに前後左右から手を当てた。

「エングレイブを実行」

　声とともにプログラムが走るさまが、そのメットのサイネージの輝きでわかった。

　すぐにウォー・ジーナーたちが手を離し、ボックスの蓋を開いた。中から、それまで存在していなかったであろうエングレイブされた大小様々の武器や道具が取り出された。

ジャックには何がどのように役に立つのかさっぱりわからなかったが、形もさまざま、色取り取りの品を抱えたウォー・ジーナーたちが、機体の内壁を背に片膝立ちになり、あるいは天井のバルブドアを開いて、外に出た。

ジャックとドゥアンも、リースの許可を得てハッチから外に出た。胴体上部に、見張りのための鉄柵とベルトが出現しており、腰にそれをつけるよう言われた。他に四名のウォー・ジーナーたちが、周辺と二人のプリズナーを均等に見張っていた。

「モータル・ドローンを飛ばせ」

オスマの命令で、胴体上部にいるウォー・ジーナーの一人が、三機の球体型ドローンを発射した。大気がないので羽やプロペラで飛ぶことができず、迫撃砲と同じ要領で、数キロから数十キロ先へ打ち込むのだ。球体型ドローンは、時速二十キロで移動し、様々な探知機能を発揮して情報を届けてくれる——というようなことを、ドゥアンが巧みにウォー・ジーナーから聞き出していた。ただ興味津々で訊いているのではなく、いつでも自分がそれを奪って使えるようにするためだとジャックには察せられた。

「ドローンの展開完了」

操作担当のウォー・ジーナーが、メットにドローン操作モニターをまたたかせて言った。

「よし。行動を開始する」

オスマが言った。

「よし。スティングレイ・ワンの走行を開始する」

ゲオルグが言った。言外に、機内にいる限り、ジョイント・ジーナーに次ぐボスは自分だとはっきり主張していた。

オスマがメットの内側で、ふんと鼻を鳴らした。ほどなくしてスティングレイ・ワンが移動を始めた。侵入時に操作されたコースどおりに飛んでいた場合の針路を割り出し、十五分ほどでそのコースに乗り、時速六十キロで走った。

乗り心地はお世辞にも快適とは言えなかったが、キャタピラで瓦礫を粉砕しながらレゴリスを巻き上げて進むのは大変気分がよく、地上で経験したどんなドライブよりも痛快だった。

「進行方向に何かがあります」

ジャックの背後で、ドローン担当のウォー・ジーナーが言った。ドローンがキャッチした情報が立体データとして全員に共有された。巨大な球形をしたものが高地の一角に落ちているのだ。月面にはありえない形状をした、人工物が。

「何だ？　破壊されたリング・ステーションの一部か？」

オスマが呟いた。

「E2マテリアルのシグナルがありません。かなり前に機能停止しています」

ウォー・ジーナーが言ったとたん、ドゥアンが大きな手をジャックの肩に載せた。

ジャックは意味がわからず、ドゥアンの神妙な顔をメット越しに覗き込んだ。

「おれが思うに、ムーン・ピープルはお前がどこから来たか、示そうとしているのだろう。地球側の全権大使であるお前が、本当はどちら側にいるべきかを」

ジャックはぽかんとした。

ドゥアンが微笑んで手を離し、進行方向へ顔を向けた。大いに楽しんでいる様子で。

　そのまま進み続けるのかと思ったが、ゲオルグはいったん機体を停止させた。

「オスマ、何か見えるか。モータル・ドローンからの情報は？」

　ゲオルグの通信に、鼻息も荒くオスマが返した。

「何もない。ターゲットを拡大表示しろ」

　ジャックもドゥアンも、メット内のサイネージ・モニターでそれを見た。

　球形の巨大な物体。

　ひび割れ、ひしゃげているが、しっかりと形状を保った旧式のステーションの一部だった。居住用区画なのか、それとも資材格納区画なのかは、銀色の表面を眺めていても判別がつかない。

　ドローンからの情報では、出入り口が地面を向いていることがわかっていた。

　周囲に動くものは一つもないことも。近づいてくるものも、遠ざかるものもなかった。熱を持つ存在も、動く存在もない。三つのドローンが示すのは、そこには誰もいないという事実だ。

「あの……ステーションの残骸みたいなものをエングレイブできる？」

　リースが別のことを訊き、ゲオルグが答えた。

「できるだろうが、規格が古い。三世代以上も前のE2マテリアルだ。軌道シャフトが作られた頃のものだが……プログラム・コードのトランスレートに成功。よし、可能だ、リース。いや、Jリース」

　最後のところで敬称をつけ直したのが、うっかりなのかわざとなのかジャックにもよくわからなかった。

「あの中身を調べましょう。私たちへのメッセージがあるかも――」

リースの言葉を、いきなりものすごいノイズが遮った。

ジャックもドゥアンも思わずメットの外側から耳を押さえようとしてしまった。周囲のウォー・ジーナー四名は、舌打ちをしながら胸元のサイフォンに手を伸ばして、通信機能を操作している。明らかに経験の差による反応の違いだ。

そしてその全員に、一様に同じ反応を起こさせる異変が起こった。

頭上を、燃え盛る何かが、まばゆい航跡を残してすっ飛んでいったのだ。機体の見張り台にいた全員が、思わず両手をつきながら、這うような姿勢になっていた。

「今のは……スティングレイ・ツーですか!?」

見張り台のウォー・ジーナーの一人が顔を上げてわめいた。そのメットのサイネージが、燃えながら飛翔するものを追い続けていることを示している。

「いつやられた!?」

「おう、墜ちる！」

ゲオルグとオスマの叫びが同時に聞こえた。

数秒後、彼方にそびえる灰色の山脈の一角で、それが起こった。リング・ステーションから離脱してのち上空から見た花火よりもまばゆい、炸裂が。

止まったままのスティングレイ・ワンの上で、ジャックはそれを呆然と見つめた。四方八方に煙が尾を引きながら広がってゆく。ばらばらになった機体の破片が燃えながら飛び散っているのだ。

「スティングレイ・ツーとの通信がいつ途絶えた!?　いつから通信不能になっていた!?」

ゲオルグの叫びに、エンジニア・ジーナーたちの声が重なった。口々に誰かが叫んでいる。

パニックがさざ波のように広がり、機体の上にいるジャックたちにも伝わってきたとき、ドゥアンがジャックの腕をつかんだ。

「ここは危険だ」

ドゥアンが言って、這うように身を屈めたまま、ジャックをハッチへと引っ張った。ほとんど引きずり込むようだった。ジャックは慌てて這い、ハッチへ手をかけた。

その眼前に、何かが降ってきた。

木っ端微塵になったもの。砕かれたメット。その内部から噴出する血が瞬時に凍結し、気圧差のせいで、フリーズドライの血が噴水のように溢れ出ていた。

ジャックは首をねじって、それを見た。

機体の上にいる、残り三人のウォー・ジーナーたちが、どこからともなく飛んでくる光の粒に、次々に打ち倒されていった。ある者は胸元にでかい穴が開き、ある者は首を吹っ飛ばされてメットごとどこかへすっ飛んでいった。

「早く入るんだ」

ドゥアンがものすごい握力と腕力を発揮し、ジャックを開いたハッチの中へ放り込み、ついですするりとその巨体を機内に滑り込ませた。そうしながら、内側からハッチを閉め、もしかすると一人くらいは生きていたかもしれないウォー・ジーナーの生存確率をゼロにしてしまった。

床に落ちたジャックは――シックスの重力下では大した衝撃ではない――そこでもまた這い

ながら顔を上げた。片方の膝をついたドゥアンと、同様に座席に片方の膝をついて窓から外を見ようとするリースの背が見えた。

「襲撃だ！　どこから撃たれた！」

オスマの叫びに、ウォー・ジーナーたちが口々に応じた。通信が重なり合ってジャックには全ては聞き取れなかったが、いくつかの大事な報告だけは認識できた。

「一キロ先にドローンが動体を検知！　地面の中です、キャップ！」

「くそったれの殺し屋ロボットどもだ！　地中からわいて出て来ます！」

「スティングレイ・ツーが大破！　スティングレイ・ツーが大破！　ロボットどもに撃墜された！」

ついで、ゲオルグの声が、ウォー・ジーナーたちのやり取りを貫いて聞こえた。

「前方のオブジェクトへ向かって移動する！　いいな、リース！　あのオブジェクトが必要だ！」

だしぬけにスティングレイ・ワンが前進を再開し、ぐん、と勢いに押されて、機内の全員が機体後方へ倒れ込んだ。ハーノイスがわけのわからない叫びを、イナンナが悲鳴を、ゾワンが「こんなはずじゃなかった」という罵り声を上げた。

「ゲオルグ！　説明を！」

リースが叫んだ。ゲオルグがすかさず応じた。

「前方のオブジェクトをエングレイブして砦を作る！　敵集団は五キロ後方だ！　オブジェクトに接触するまでに十キロばかり距離ができる！　敵集団の再攻撃まで時間を稼げるはず

だ！」

「機体後方にガン・ポイントをエングレイブしろ！」オスマが割り込みながら、大きな武器を抱えて後方へ走った。「ウォー・ジーナー、来い！」

八名のウォー・ジーナーがオスマを追って、貨物室の入り口に集まった。機体後部が変形し、銃眼が現れた。オスマたちがそこから外へ武器をつき出し、一斉射撃を開始した。

「敵を牽制して距離を稼げ！　ゲオルグ、オブジェクトのエングレイブを開始しろ！」

オスマの叫びに、ゲオルグが断固とした調子で応じた。

「機体を接触させてからだ！」

「なんだと!?」

「E2マテリアルの補給を兼ねてエングレイブする！」

「くそっ！　クラッシュするぞ！　ストラクチャーが競合したら――」

「黙ってろ、ウォー・ジーナー！　リース、許可を！」

ゲオルグが猛然と怒鳴った。

「きょ……許可します！」

リースが言った。オスマが唸り声を漏らした。

ジャックはドゥアンと一緒に窓の一つに這い寄り、進行方向の先を見ようとした。なんとかそれが見えた。

球形の物体が、ぐんぐん近づいてくる。スティングレイよりもはるかに大きな建造物だった。ステーションの一つだと言われても納得しただろう。何しろそれこそ、リング・ステーションの原型となったものなのだから。そういう認識が、おのずとジャックの中に生まれていた。いずれ月面のシャフトベースになるはずだったものの一部であるのだと。

オスマが武器を操作するのをやめて操縦席のほうを振り返った。メットを通して、ドローンの情報を得ているのだ。スティングレイ・ワンが、球形の物体へまっしぐらに突っ込んでいくさまが見えていたのだろう。

「減速しろ！　激突する――」

だがオスマが口にしたとたん、急激な制動がかけられ、全員が機体前方へ倒れ込んでいた。キャタピラが月面を削る激しい振動が真下から伝わり、それが延々と続いたかと思うと、ある時点でぴたりとやんだ。

「対象のオブジェクトに、機体右側面を接触させた。全員、機体右側から離れろ」

ゲオルグの冷静な声が届く。月面でとんでもないドリフト走行をやらかしたことを誇りもしない。こんなのは当然だと言わんばかりだった。

ドゥアンがまたジャックの腕をつかみ、機体の左側の壁際に引っ張った。全員が呻いたり唸ったりしながら、そちらへ移動した。

「エングレイブを実行」

ゲオルグの声とともに、機体の右側面がばりばりと音を立てて変形した。穴が開いたかと思うと、ずっとそのような構造をしていたと言わんばかりに、通路ができていた。リング・ステーションからこの機体に乗ったときのような通路が。

違うのは、行く手は真っ暗闇だということだ。

「行こう、ジャーニーマン」

ドゥアンがジャックの腕を引っ張りながら立ち上がった。ジャックもつられて立った。シックスの重力下では、どれほど簡単に身体を持ち上げられてしまうかよくわかった。

「待て！　勝手に動くな！」

オスマが怒鳴ってドゥアンの前に立ちはだかった。

ドゥアンがこうべを巡らし、手足を床についたままのリースを向いた。だが何も言わなかった。ジャックの腕を放し、そうする以外に何かあるか？　というように肩をすくめた。

「リース。あっちに行っていいか？」

ジャックが尋ねると、リースがメットを左右に振りながら立ち上がった。ジャックを制止するのではなく、衝撃から何とか立ち直ろうとしているのだ。

「危険はないの？」

リースの質問に、ゲオルグが通信で応じた。

「不明だ。少なくとも人間はいない。動体反応も今のところはない」

「E2マテリアルの補給は？」

「オブジェクトの外壁からたっぷり吸い取ってる。電力ケーブルの蓄電システムを発見した。二十分もあれば、離陸できる」

「敵は？」

「推定だが、攻撃可能地点まで来るのに三十分は稼げたはずだ――」

「あの中にムーン・ピープル側からのメッセージがあるとは思えない。これは罠だ」

オスマが通路の暗闇を指さしながら割り込んだ。

「罠ならもう引っかかったんじゃないのか」

ジャックが言った。挑発的な言い方になった理由は自分でもよくわからなかった。さっさと向こう側に行きたいからか、それとも行きたくないからか。

（養子なんだぜ）

なぜか古い記憶がよみがえった。シャドウ家の邸宅が、自分の家かどうか。もう家自体、消えてなくなったのに。五歳の誕生日のとき、喜びに水を差されたときの気分が思い出され、怒りが込み上げてきていた。

「この上にいた四人がどうなったか訊けよ、オスマ。おれの目の前でどうなったか」

「黙れ、プリズナー！」

オスマが叫んだ。その手が武器を持ち上げかけ、リースが息を呑む気配が背後から伝わってきた。

「そのプリズナーをわざわざ月に送り込んだのは何のためだ？　ボブ・スカイラムのもとに送り届けるためだろう？　あの先に、ボブ・スカイラムと会うための何かがあるかもしれないんだ」

今度はジャックが暗闇を指さした。本当に自分がそう考えているのかわからなかったが、オスマがたじろぐ姿を見ることができただけで満足だった。

「Jリース」

オスマが呼んだ。こいつを黙らせてくれとでも言いたかったのだろう。

「十分よ。それ以上の時間を割けないわ。いいわね、ジャック」

だがリースは言った。オスマが唸った。ジャックは知らん顔で周囲に呼びかけた。

「誰か一緒に行くかい？」

ドゥアンが率先して手を挙げた。

「おれはジャーニーマンのフォロワーだ」

ジャックは他の面々を見た。ハーノイスが尻餅をついたまま後ずさった。ゾワンが身をすくめた。イナンナはぽかんとしている。リースは立ったままその場を動こうとしない。

「勝手に動くな。おれの指示に従え」

オスマが言って、リースを振り返った。

「プリズナー二名を連れて、あのオブジェクトの内部を調査します」

リースがうなずいた。

「ええ、オスマ。許可します」

オスマが握った武器を通路の方へ振った。ウォー・ジーナーたちが集まってきた。オスマが武器を構え、先頭に立って暗闇に向かった。主導権を握るために。あるいはそれ以上の目的のために。

ウォー・ジーナーたちがオスマに続いた。ジャックとドゥアンが、後を追った。残りの面々は黙って見送った。

通路の先は近づいてみると、ひどく狭かった。人が屈んで入れる程度の穴だ。

ウォー・ジーナー二名が武器を構えながら、一人ずつ頭を低くして中へ入った。すぐに、一人が手招きした。

オスマが入り、ジャックに手招きした。ジャックとドゥアンが中へ入った。ジャックが振り返ったが、ハーノイスとゾワンは肝試しを怖がる子どものように一歩も動かなかった。

ジャックは暗闇へ顔を向けた。メットが自動的に投光機能をオンにした。いくつもの太い光のラインがステージ・ライトのように交差し、中の様子をあらわにしていった。

足下に沢山の何かが散乱していた。ひっくり返ったデスクやチェア。おびただしい数のチューブのついたフラスコ。旧式の遠心分離機。３Ｄプリンター。食器に似たあれやこれや。全て月の重力で一方向に落下していた。

「無重力を前提とした実験施設らしい」

ドゥアンが端末に歩み寄り、コンソールに触れたが反応はなかった。

「勝手に触るな」

オスマが咎めたが、ドゥアンは肩をすくめただけだ。

ジャックはしげしげと中を見て回り、ガラス面で区切られた小部屋を見つけた。サイネージではなくただの強化アクリルガラスだ。足下に突き出した隔壁は、半端に開いたドアだろう。それを乗り越えて入った。もとは床として用いられていたであろう右手の壁にあったものが、全てジャックの足下にぶちまけられている。

棚から溢れ出した白い布の塊。ジャックにはそれがおむつに見えた。宇宙で見るべき大人用のそれではなく、赤ん坊用の。小さなシーツの束。真っ白いシャツとズボン——どれもひどく小さい。

まさか、ありえない。

人間の赤ん坊を無重力状態のリング・ステーションで育てていたなどという記録は、見たことも聞いたこともなかった。猿や犬ならまだしも。それともこれはチンパンジー用の道具だとでもいうのだろうか。

もちろん宇宙での人間の出産実験は過去に何度も行われている。月面でも同様だ。しかしその過程で生じた痛ましい事故の記録のほうが、成功した記録よりも注目されがちだった。今だって、月での第四世代出産を解禁すべきかどうか、結論が出ていないのだ。

ドゥアンがジャックの背後からやって来て、シーツの束の下から、透明な箱を見つけて引っ張り上げた。それが尊い遺物であるかのように恭しく撫でながら、こう言った。

「微少な重力しかない状態でも、卵子が受精する確率は地上とあまり変わらないらしい。だが細胞分裂が起こる確率は、半分以下にまで下がるそうだ。女性が首尾良く自然妊娠し、胎児の育成に成功したとしても、重力がない状態での自然な出産は困難だろう。純粋に筋肉の力だけで胎児を体の外に出さねばならないのだから。麻酔を投与しての手術も難しいはずだ。そしてここでは、そうした困難をどうしたら打ち破れるかが研究されていたとみるべきだな」

ジャックが訊いた。

「それは……何？」

ドゥアンが振り返って、壊れ物を扱うような――それこそ生まれたばかりの赤ん坊を両手に乗せるような――繊細な手つきで、その箱をジャックに差し出した。

箱に磁力でついているプレートの刻印がはっきりジャックにも見えるように。

『ジェイコブ・J・スカイラム　2077．APR．17　BUM』

ジャックにはそれを受け取ることができなかった。

優しげな調子で、ドゥアンが言った。

「おれの推測では、このBUMは『微小重力下で生まれた《ボーン・アンダー・マイクログラビティ》』を意味するのだろう。この名前は、もともとお前のものではないか？　Jがジェファーソンならそうだろう。そしてこの日付は、まさにお前の誕生日ではないか？　つまるところ、これは幼子だった頃のお前の揺りかごだ。そういうことになるのではないか？」

そのドゥアンの胸元を、ライトが照らした。

オスマが武器を構えていた。気づけばウォー・ジーナー全員が、ジャックとドゥアンを取り囲んでいた。

「黙れ、プリズナー。それを置け」

オスマが言った。

「何してる!?　何で銃なんか向けるんだ！」

ジャックが怒鳴った。オスマが据わった目で見つめ返してきた。その目つきに、思わずぞっとした。感情的にやっているのではない。オスマはあくまで冷静に、何かをやろうとしていた。必要なことととして。オスマが信じることを。

「待てよ、オスマ。何をしようってんだ」

ジャックは声を静めて尋ね直した。リースやゲオルグに通信しようとしたができなかった。オスマの権限とやらで通信が絶たれている。ウォー・ジーナー権限による通信停止。それがメット内のサイネージに表示されるのを見て呆然となった。

「メルクリウス作戦は、ビクトリー・スリーの総意じゃない。お前を始末した方がいいと考える将軍もいる。そして、おれたちはその将軍のもとで戦ってるってことだ」

「待てよ、オスマ。待ってくれ――」

「母さんの目が見えなくなった。目だけじゃない。脳の損傷でクローン眼球すら使えない。お前のせいでそうなったんだ、ジャック」

「違う！　おれをボブ・スカイラムと会わせればわかる！」

「ボブ・スカイラムはおれが殺す。おれが吊してやる。お前のくそったれの父親の名を名乗る阿呆を八つ裂きにしてやる。お前はここで死ね、ジャック。ここにロボットがいたことにすりゃいい――」

その瞬間、ドゥアンが手にしたままの箱を、オスマのメットに叩きつけた。

箱に亀裂が走り、いくつかの破片にわかれて宙を舞った。オスマが呻いて後ずさった。ウォー・ジーナーたちも驚いてそうした。その隙にドゥアンはオスマの首に腕を回し、他方の手でその喉をつかんだ。オスマが武器を握ったままじたばたしたが、ドゥアンの巨体に完全にとらわれていた。その腕がメットを覆っていて、視界も塞がれている。オスマの身体が盾になって、ウォー・ジーナーたちもむやみに撃てない状態だ。

ドゥアンが、ジャックを振り返って微笑んだ。

「ここがお前の本当の生まれ故郷だ、ジャーニーマン」

自分がオスマを抱きかかえているということすら完全に忘れたような口ぶりだ。

そのとき、暗がりで何かが起動した。ドゥアンの背後で。いみじくもオスマが言った通りの存在が、積み重なった棚や小さな衣服やあれやこれやを押しのけて身を起こしたのだ。ジャックの倍の背丈ほどもあるロボット。四本の腕、四本の脚、光り輝く蜘蛛の目のようなセンサーアイを持つ殺し屋。

「ドゥアン！」

ジャックが叫んだ。ドゥアンの行為は迅速で、的確だった。抱え込んだオスマの身体を振り回し、身を起こしたロボットに向かって投げつけたのだ。

「おおお！　ジャック！」

オスマが背から倒れ込みながら目を見開いて武器をかざそうとした。自由になったと勘違いしたのだろう。そしてロボットの四本の腕が、鮮やかに振るわれた。

オスマの身体がばらばらに切断された。頭部や腕や脚が別々の方向へ舞い、断たれた箇所から、瞬時にフリーズドライ状態になる血飛沫が結晶化しながら飛び散った。

ウォー・ジーナーたちが絶叫しながらロボットへ武器を向けた。銃撃の閃光と轟音が満ち溢れ、また一人、誰かの五体が吹っ飛んで壁にぶつかり、四散した。

ジャックは自分の身体が猛烈な勢いで押し飛ばされ、ついで引っ張り上げられ、さらに引きずられるのを感じた。全てドゥアンによるものだった。すぐに通路が見えた。スティングレイ・ワンの機内の灯りがぐんぐん迫り、そして気づけばその床に転がり倒れていた。

「ジャック⁉　何があったの⁉　通信ができなくなって――」

駆け寄るリースへ向かって、ジャックはありったけの声で叫んだ。

「逃げろ！」

リースが息を呑んだ。

ドゥアンがジャックの肩をつかんだ。激情を宥めようとしてくれていることが肩越しにジャックに伝わってきた。

「おれたちに武器をくれ」

ドゥアンが、リースに言った。

「なんですって？」

「待ち伏せだ。ウォー・ジーナーたちは全滅する。おれたちのエングレイビング制限を解除し、武器を扱えるようにしてくれ。さもなくば、ここにいる我々も――」

突然、火花が舞い飛んで来た。通路からだ。かと思うとずたずたになった何かが機内に吹っ飛んできた。その場にいる者たち全員が、それに注目した。ウォー・ジーナー・チームのリーダーであることを示すサイネージが表示されたままのスーツ。オスマの胴体だけが、シックスの重力下で、ゆっくりと床に転がった。

「通路を遮断する！」

ゲオルグの声が通信越しにジャックの耳を打った。通路を振り返ると、すぐさまそれが閉じようとしていた。まず、鉄格子のようなものがいくつも上下左右から伸び、そのあとから隔壁が閉じていった。

がん！　とものすごい衝撃音がした。組み合わされた鉄格子に、先ほどのロボットが激突したのだ。それが猛然と暴れながら、こちら側へ来ようとしているさまに、ジャックは凍りついた。リースもそうだった。ハーノイスも。イナンナも。隔壁が閉じたあとも、何秒か動けずにいた。

ドゥアンは違った。ゾワンもそうだった。二人とも、ウォー・ジーナーたちが残したボックスに取りついていた。E2マテリアルが詰まった、武器を作り出す箱に。

「解除を。ジョイント・ジーナー」

ドゥアンが言いつつ、ジャックの腕をつかんで引き寄せた。武器を持て。そうドゥアンは言っていた。ジャックは慌ててボックスに手を当て、リースを見上げた。

「リース。オスマは死んだ。あれがオスマだ」

ずたずたになったものへ顎をしゃくった。そうしながらボックスの蓋を叩いた。がん、がん、と隔壁の向こうで何かが激突する音が響き続けていた。

「きょ……許可します」

リースがそう告げ、そのあとで不安と後悔が入り交じった顔になった。

エングレイビング制限が解除されたことが、メットのサイネージに表示された。だがジャックは多数のプログラムから何を選び出せばいいかわからなかった。にもかかわらずドゥアンが適切に選択し、ボックスにインプリメント・プログラムを流し込んだ。

ドゥアンが蓋を開いた。馬鹿でかい同型の銃器が三つ、入っていた。

「これを持て」

ドゥアンが言った。ジャックだけでなく、ハーノイスにも顔を向け、

「早くしろ」

うろたえる二人を急かした。

ジャックは慌ててそれを持ち上げた。ドゥアンが残り二つを両手に持ち、一つを投げた。ハーノイスがぎょっとしながらそれを抱きしめて座席に背から倒れ込んだ。

「オブジェクトを放棄して離脱する。E2マテリアルは十分手に入れた」

ゲオルグの声がした。通路の形状が歪み、いきなり切断された。機体に開いた穴が塞がり、がん、がん、と隔壁を叩く音がふいにやんだ。

ついで横殴りにGが来た。機体が急発進したのだ。ジャックが膝をつき、長大な武器を抱えたハーノイスが床に転がり倒れた。悲鳴を上げるイナンナをゾワンが抱きかかえ、リースが椅子にしがみついた。ドゥアンだけが穏やかとさえ言える足取りで、ウォー・ジーナーたちが武器をつき出していた機体後部の銃眼に歩み寄った。

ジャックも立ってドゥアンの後を追った。ハーノイスが這いながらそうした。

ドゥアンが武器を銃眼からつき出した。かと思うと、隣に来たジャックを見て微笑み、手を伸ばして、ジャックの手に何かを握らせた。

「お前の旅の始まりだな、ジャーニーマン」

ジャックは手の上のそれを見た。小さなプレート。BUMベビーの揺りかごからいつの間にか剥がされたものだとわかった。そのプレートに赤いきらきら光るものが付着していた。おそらくオスマの血だろう。

ジャックは、それを放り捨てたくなる気持ちを飲み込み、ぎゅっと握りしめた。

「そうさ。これが、おれの旅の始まりだ」

それから手にした武器を銃眼からつき出し、迫り来るものを待ち構えた。

5

アガルム岬をLゾーンに変えて、しばらくしてのち、バンカーのコントロール室に入ったフィルを出迎えたのは、音楽だった。

幼い頃から何度も聴いた曲。あるいは、それ以外に聴くことを許されなかったもの。二十年以上前、ボブ・スカイラムが大気圏外のリング・ステーションで、ウィズダムと名付けられたＡＩに作らせた曲だ。

オー、ビューティフル・オーシャン――

コントロール室には、みながいた。ワイズ・アンド・クラウン。ハービンジャー。ドクター・サラマンドラ。ウィンディ。ロザンナ。〈ムーン・チェーンズ〉の真の幹部たち――シード・シリーズのエンカウンターたちが。

その向こう、コントロール室のモニターの前に、彼らの指導者にして最前線で戦う兵士が陣取っている。

「いよいよ、最後のシードが手に入る」

ボブ・スカイラムが言って、フィルを振り返った。

稀代の革命家のおもてに浮かぶ微笑みを真っ直ぐ見つめ返してフィルはうなずいた。そして、その場にいる他の者たちの注視を感じながら、なるべく平淡に聞こえるように疑問を口にした。

「もし手に入らなかったら？」

ハービンジャーとドクター・サラマンドラが興味深そうにフィルを見つめた。ウィンディが屹然とした眼差しをフィルに投げつけた。ロザンナはにこにこしたまま、ワイズ・アンド・クラウンはにやにやしたまま、フィルの言動を観察している。

ボブ・スカイラムがにやりと笑みを返した。フィルの内心を察しているようでもあり、何も気づいていないようでもあった。

「わかっているはずだ。我々とのエンカウントを拒むシードは、いみじくも〈サピエンティア〉がもたらす秩序を拒む人間に与えられるのと同じ状態となる。孤立主義者《アイソレイショニスト》に。どのような生命がそうして生きられると思う？」

「どんな生命も生きられないでしょう」

フィルは言った。ボブ・スカイラムが、我が意を得たりというように、うなずいた。

「月は昇る。地球の上に。我々の輝きを降り注がせるのだ。ＭＳＲＯＥの呼びかけのもとに」

ボブ・スカイラムの詠唱に、みなが倣った。フィルもそうした。ひそかな思いが声音にあらわれないよう注意を払って。目の前にいる男が招くであろう滅びの未来を、どうか食い止められますようにと切に願いながら。

〈ムーンライズⅡ　シード・ブリンガー〉に続く

本作は書き下ろしです。
本作品はフィクションです。実在の人物や団体、地域とは一切関係ありません。

TO文庫

ムーンライズⅠ　ボーン・デイ

2025年5月1日　第1刷発行

著　者　冲方丁
発行者　本田武市
発行所　TOブックス
〒150-6238 東京都渋谷区桜丘町1番1号
渋谷サクラステージSHIBUYAタワー38階
電話 0120-933-772(営業フリーダイヤル)
FAX 050-3156-0508
フォーマットデザイン　金澤浩二
本文データ製作　TOブックスデザイン室
印刷・製本　中央精版印刷株式会社

Printed in Japan ISBN978-4-86794-490-5